A INDENIZAÇÃO

Duane Swierczynski

A INDENIZAÇÃO

Tradução

Antônio E. de Moura Filho

Rocco

Título original
SEVERANCE PACKAGE

Edição brasileira publicada mediante acordo com o autor, a/c de Baror International, Inc., Armonk, Nova York, USA.

Direitos para a língua portuguesa reservados com exclusividade para o Brasil à
EDITORA ROCCO LTDA.
Av. Presidente Wilson, 231 – 8º andar
20030-021 – Rio de Janeiro – RJ
Tel.: (21) 3525-2000 – Fax: (21) 3525-2001
rocco@rocco.com.br / www.rocco.com.br

Printed in Brazil/Impresso no Brasil

CIP-Brasil. Catalogação na fonte.
Sindicato Nacional dos Editores de Livros, RJ.

S979i Swierczynski, Duane, 1972-
A indenização / Duane Swierczynski; tradução de Antônio E. de Moura Filho. – Rio de Janeiro: Rocco, 2013.

Tradução de: Severance package

ISBN 978-85-325-2831-5

1. Ficção norte-americana. I. Moura Filho, Antônio E. de. II. Título.

13-0045 CDD-813
CDU-821.111(73)-3

Para **JAMES ROACH**, que me ensinou
o jogo mais perigoso do mundo

SUMÁRIO

HORA DE ACORDAR

Foi um prazer fazer negócio com você.

– Anônimo

Seu nome era Paul Lewis...

... e ele não sabia que tinha apenas sete minutos de vida.

Quando abriu os olhos, a esposa já estava no chuveiro. O banheiro ficava bem ao lado do quarto. Ouviu a água bater no ladrilho com toda força. Paul a imaginou lá dentro. Peladinha. Toda ensaboada. A espuma deslizando pelos mamilos. Ele bem que podia fazer uma surpresa e entrar no boxe. Ainda não tinha escovado os dentes, mas tudo bem. Não precisavam se beijar.

Então, lembrou-se da reunião que Molly teria naquela manhã. Olhou o relógio. 7:15. Ela precisava chegar cedo. Lá se foi uma tranquila manhã de sábado.

Paul sentou-se na cama e passou a língua ao redor da boca. Seca e pastosa. Precisava de uma Coca Diet imediatamente.

O ar-condicionado central passara a noite ligado, de forma que a sala estava um breu e gelada. Na estante, os dois DVDs alugados na noite anterior: dois filmes de ação extremamente violentos, estrelados por Bruce Willis. Estranhamente, Molly – que não curtia filmes de ação – tinha sugerido os títulos.

– Mas sou gamada no Bruce Willis – justificara, toda meiga.

– É mesmo? – Paul sorriu. – O que ele tem que eu não tenho?

A esposa acariciou-lhe o peito com as unhas e respondeu:

– Um nariz quebrado.

E foi assim que a sessão de cinema em casa chegou ao fim naquela noite: ainda faltando meia hora para o término do primeiro filme.

Havia duas caixas na mesa de jantar. Uma, Paul sabia, era para o chefe de Molly. Absurdo. Será que o cara não podia pegar a própria correspondência? A segunda era branca, de papelão, amarrada com um fio. Provavelmente cheia de *muffins* de baunilha ou *cannoli* com recheio de chocolate, que Molly tinha comprado no Reading Terminal Market, ao voltar para casa, na véspera. Aquela cambada de cretinos metidos do trabalho não merecia uma pessoa tão gentil como a Molly, mas Paul não se metia. Era o jeito dela.

Paul levantou-se e foi à cozinha. Por um segundo, achou ter deixado as caixas de comida chinesa no balcão e gelou ao imaginar a possibilidade de os restos de arroz frito com yakisoba e teppanyaki misto terem estragado. Só que Molly tinha cuidado de tudo. As caixinhas vermelhas e brancas estavam arrumadinhas na geladeira. Logo abaixo, as latas de Coca Diet – sempre tomou Coca-Cola comum até o dia em que Molly o advertiu quanto à enorme quantidade de açúcar que ele ingeria toda manhã – e em cima, uma Tupperware branca de tampa azul com um bilhete amarelo grudado: SÓ PARA O ALMOÇO! COM AMOR, MOLLY.

Oh, minha linda.

Paul levantou a ponta da tampa e sentiu, de cara, o aroma adocicado. A salada de batata de Molly. Seu prato preferido.

Ela havia preparado salada para ele, especialmente para hoje!

Cara, ele amava aquela mulher!

Filho de família polonesa – que, para sua felicidade, trocara o sobrenome de Lewinski para Lewis, cinquenta anos antes – Paul tinha comido todos os pratos típicos possíveis. Sua avó, Stell, era famosa por um prato definitivamente não polonês: salada de batata, que estivera à mesa de todos os feriados desde que ele ainda era bebê. Mas vovó Stell morreu quando Paul tinha treze anos e, desde então, ninguém conseguia fazer uma salada parecida. Nem mesmo sua mãe, nem as irmãs, muito menos as primas de segundo e terceiro graus. Poucos meses após o início do namoro, Paul contou a Molly que tinha muita saudade da salada de batata da vovó Stell. Como era de costume, ela apenas sorriu e escutou com atenção. Mas, lá no fundo, ficou matutando. E nas semanas que seguiram, Molly Finnerty – que se tornaria mais tarde Molly Lewis – saiu pesquisando.

Na Páscoa seguinte, Molly presenteou o noivo com uma Tupperware com uma salada de batata simplesmente inacreditável. Igualzinha à da vovó Stell, incluindo o adocicado da maionese e o aipo cortado do mesmo jeito. A família Lewis adorou a salada, e Molly conquistou o coração de todos para sempre.

Hoje, assim do nada, ela preparou a salada para ele.

Paul releu o aviso SÓ PARA O ALMOÇO! E sorriu. Molly odiava acordar no Natal ou na Páscoa e pegar o marido enfiando uma colher na Tupperware horas antes de os convidados chegarem.

Ah, mas hoje não é feriado, pensou ele. Não vem ninguém almoçar.

Catou uma colher de sopa na gaveta atrás dele e provou a comida mais saborosa do mundo. Quando a mistura especial de maionese tocou-lhe as papilas gustativas, Paul foi tomado por uma sensação maravilhosa. Era um sabor que o lembrava da sorte que tinha por ser casado com uma mulher como Molly.

Segundos depois, Paul começou a engasgar.

Parecia que um pedaço inimaginavelmente grande de batata tinha parado na sua garganta. Paul achou que uma simples tossida resolveria o problema; mas a coisa estava esquisita – ele não conseguia respirar. O pânico substituiu aquela felicidade causada pela salada de batata. Não conseguia respirar, falar, nem gritar. Escancarou a boca e cuspiu pedaços de batata semimastigados. O que estava acontecendo? Ele não tinha sequer engolido a primeira mordida!

Os joelhos bateram contra o piso.

Paul levou as mãos à garganta.

Lá em cima, Molly Lewis terminava o banho. Uma delícia a água quente caindo nas costas. Só mais uma partezinha na perna para depilar, um enxágue e fim de banho. Ela se perguntou se Paul ainda dormia.

* * *

Paul batia as pernas freneticamente, como se corresse em uma esteira invisível caída de lado. Os dedos trêmulos arranhavam o chão. Não, não pode ser. Que jeito mais cretino de morrer. Tudo, menos a salada de batata da Molly.

Molly.

Molly era a salvação.

Levante.

Precisa levantar.

Alcance o fogão, pegue a chaleira cromada e comece a bater. Alguma coisa que chame a atenção dela.

Vamos lá!

Paul começou a ver borrões cinzentos, algo alucinante. Conseguiu agarrar-se no piso de linóleo com a palma da mão, o suficiente para arrastar-se alguns centímetros à frente. Em seguida, a outra mão já suada. Escorregou. Bateu com o nariz no chão. Sentiu uma dor violenta no rosto. Teria gritado, se conseguisse.

Agora, só pensava em uma coisa:

A chaleira.

Alcance a chaleira.

Molly adorava chá e chocolate quente. No Natal, dois anos antes, Paul a presenteara com a chaleira, que encontrou em uma das filiais da Kitchen Kapers, no centro. Era a loja preferida de Molly.

Levante!

Molly fechou primeiro o registro de água quente e, cerca de dois segundos depois, o de água fria, deliciando-se com o jato gelado no final. Não havia nada melhor em agosto. Em seguida, virou a chave que drenava a água dos canos do chuveiro para dentro da banheira. O excesso esguichou em seus pés.

Abriu a cortina e esticou o braço, tateando pela parede em busca da toalha. Ao agarrar o tecido felpudo, achou ter ouvido algo.

Uma pancada... metálica?

Não, não pode ser. Que jeito mais cretino de morrer.

* * *

Paul bateu a chaleira contra o tampo do fogão novamente... mas acabou por ali. Ficara sem oxigênio por muito tempo. Seus músculos estavam famintos. A demanda era imediata e constante – oxigênio o tempo todo. Malditos vorazes.

Depois de cair e rolar na direção da pia, Paul tentou socar o peito com o punho cerrado, mas foi em vão. Não lhe sobrava mais força alguma.

Uma batata.

Um pedacinho de batata tinha arruinado seu mundo.

Oh, Molly, pensou ele. Me perdoe. Sua vida mudou para sempre por eu ter sido imbecil a ponto de tirar uma colherada de salada de batata em uma manhã de sábado. Sua doce salada de batata com maionese, um símbolo de todas as coisas gentis que você fez por mim durante os anos.

Minha doce, doce Molly.

A cozinha foi se esmaecendo.

A cozinha que eles tinham reformado um ano antes, substituindo os antigos armários metálicos por novos, feitos em sândalo novinho e perfumado.

Ela os escolhera. Gostou da cor.

Oh, Molly...

Molly?

Aquela era Molly, ali na porta, com o lindo cabelo ruivo pingando, uma toalha felpuda enrolada ao corpo?

Deus do céu, não era alucinação! Era ela mesmo, ali, parada. Olhando para ele, enfeitando os punhos com joias. Braceletes grossos de prata. Paul não se lembrava de tê-los comprado para ela. De onde surgiram?

Espere aí.

Por que Molly não estava tentando salvá-lo?

Será que não o via ali, engasgando, tremendo, debatendo-se, arranhando, suplicando, *apagando*?

Molly, no entanto, só olhava, com uma expressão muito estranha. Aquela expressão seria a última coisa que Paul Lewis veria na vida, e se houvesse vida após a morte, seria uma imagem que o atormentaria, ainda que suas lembranças da vida terrena fossem apagadas. A expressão estampada no rosto de Molly ainda permaneceria ali. Intrigando-o. Quem era essa mulher? Por que lhe causou tamanha dor na alma?

Foi quase misericordioso Paul não conseguir ouvir o que a esposa dizia ao olhar para seu corpo ali no chão, contorcendo-se, morrendo:

– Pois é, meu querido! Você adiantou as coisas.

CHEGADAS

Não tolerar os incompetentes que ocupam cargos importantes é dever dos executivos para com a empresa e com os colegas.

– Peter Drucker

Seu nome era Jamie DeBroux...

... e ele passara praticamente toda a noite em claro, revezando com Andrea, andando de um lado para o outro do pequenino quarto nos fundos do apartamento.

O que mais incomodava, depois de horas acordado, eram os olhos. Jamie usava lentes de contato descartáveis, mas ultimamente deixara de tirá-las à noite. Sem elas, ficava quase cego e, pai pela primeira vez, não queria correr risco algum ao trocar uma fralda ou preparar uma mamadeira com a visão comprometida. Já bastava que eles tinham que trabalhar no escuro para que Chase aprendesse a diferenciar a noite do dia.

Luz do sol.

Escuridão.

A manhã estava ensolarada, prometendo um sábado escaldante. O ar-condicionado de janela não dava conta, e Jamie precisava se arrumar e ir para o escritório. Os olhos lacrimejavam.

A vida com o bebê agora era:

Dia

Noite

Dia

Noite

Fundindo-se um no outro.

Ninguém avisou que a paternidade era como se drogar. Que a vida que a pessoa conhecia tão bem se esvaía ali, bem diante de seus olhos. Ou, se alguém avisou, não foi levado a sério.

Jamie sabia que não podia reclamar. Não depois de ter tirado um mês de licença-paternidade.

Ainda assim, era estranho retornar em uma manhã de sábado para participar de uma reunião de gerentes presidida pelo chefe, David Murphy. A última vez que o vira fora em junho, no bizarro chá de bebê que os colegas fizeram para ele. Ninguém levou presentes. Apenas dinheiro – notas de um e cinco – enfiado em um envelope. O próprio chefe levou uma variedade de frios e biscoitinhos Pepperidge Farm – os favoritos de David. Stuart correu até a máquina de refrigerante para pegar Coca-Cola – comum e diet. Jamie lhe deu algumas notas do envelope para pagar.

Tinha sido bom afastar-se por um tempo.

Muito bom.

E agora essa tal "reunião de gerentes". Jamie não fazia ideia do que se tratava. Passara um mês fora.

Pior que nem gerente ele era.

Só que agora era tarde. Fazer o quê? Mudar de emprego e ficar sem plano de saúde por três meses? Andrea tinha largado o trabalho em maio e, por conta disso, perdido o outro pacote de benefícios.

Além disso, não era tão ruim assim trabalhar para David. Os outros, sim, o aborreciam.

Não era difícil entender o problema. Jamie ocupava o cargo de "diretor de relações com a mídia", o que o obrigava a explicar ao resto do mundo – ou, mais especificamente, a algumas publicações comerciais – qual era a atividade da Murphy, Knox & Associates. Só que nem mesmo Jamie entendia lá muito bem o que a empresa fazia. Sempre que tentava entender, acabava com dor de cabeça.

Todos os outros, que desempenhavam as reais atividades da empresa, formavam uma panelinha bem fechada. Tão fechada que era difícil, se não impossível, penetrar. Eram eles que, de fato, tocavam o negócio: o círculo VIP.

Ele era o nerd que controlava as palavras.

A Murphy, Knox & Associates aparecia na Dun & Bradstreet como um "escritório de serviços financeiros", divulgando vendas anuais de $516.6 milhões. Os *press releases* escritos por Jamie eram, em geral, sobre novos pacotes financeiros. As informações vinham diretamente de Amy Felton – às vezes de Nichole Wise. Raramente vinham de David, embora todos os comunicados à imprensa tivessem de passar por sua sala. Jamie imprimia uma cópia e a deixava na caixa preta de plástico na mesa de Molly. Algumas horas depois ele a recebia de volta, passada sob sua porta. Algumas vezes, David não mudava nada. Outras, reescrevia tudo de forma gramaticalmente incorreta.

Jamie tentou fazê-lo parar com aquilo – tomando a liberdade de reescrever o que David reescrevera, e passando o material para ele com um memorando explicando o porquê de certas alterações.

Só fez isso uma vez.

– Por favor, repita comigo – dissera David.

Jamie sorriu.

– Não estou brincando. Repita comigo.

– Oh! Hum... repita com você.

– *Nunca mais...*

– *Nunca mais* – cara, que humilhante.

– ... vou reescrever o trabalho de David Murphy.

– ... vou reescrever o seu trabalho.

– O trabalho de David Murphy.

– Ah, tá. O trabalho de *David Murphy*.

Pois é. Às vezes David era um escroto. Mas nem se comparava com o jeito com que os outros funcionários da Murphy, Knox & Associates o tratavam diariamente. Não era *falta* de respeito na medida em que respeito nunca existiu ali. Para aquela panelinha – o círculo VIP – Jamie não passava de um nerd preocupado em escrever tudo certinho.

O cara era um zero à esquerda, exceto quando precisavam de um *press release*.

E o pior de tudo: Jamie compreendia. Antes, quando trabalhou como repórter para um pequeno jornal no Novo México, os redatores e repórteres formavam a maior panelinha. Ignoravam completamente o controlador – o robô contador de migalhas. Convidá-lo para uma cervejinha depois do expediente? Seria o mesmo que convidar Bin Laden para o jantar de Ação de Graças em casa, com peru e molho *cranberry*.

E agora *Jamie* era o robô. O Bin Laden que escrevia os comunicados para a imprensa. Não era de se espantar que não estivesse com pressa de chegar ao trabalho nessa manhã.

De alguma forma, ele se esforçou. A imagem mental de Chase dormindo lembrou-lhe o motivo.

O ar-condicionado rapidamente resfriou o interior do Subaru Forester. No banco traseiro, um assento de bebê da Graco recentemente instalado. A maternidade só os deixou partir depois que o instalaram; ambos tinham se esquecido. Ele precisou correr até uma loja Toys "R" Us, em Port Richmond, e depois passou boa parte de uma noite úmida de julho tentando descobrir como instalar o troço no banco traseiro.

Pelo retrovisor, olhou o assento de Chase. Ficou imaginando se ele já tinha acordado.

Enfiou a mão no compartimento frontal da bolsa de couro. Pegou o celular e abriu. Apertou firmemente o 2. O telefone de casa apareceu no visor.

Bipe.

Sem serviço.

Como assim?

Jamie tentou novamente e olhou para as barrinhas de sinal. Nada. Em seu lugar, a imagem de um fone com um risco vermelho.

Sem serviço.

Sem serviço aqui – a alguns minutos do coração do centro da Filadélfia?

Talvez David tivesse cancelado esse benefício desde que ele saíra de licença. Mas, espere aí. Não, não fazia sentido. Jamie usara o celular na véspera para, da farmácia, falar com Andrea, confirmando a marca das fraldas de Chase.

Jamie teclou novamente. Nada. Ia ter de ligar para Andrea do trabalho.

Seu nome era Stuart McCrane...

... e seu Ford Focus já estava no meio da rampa branca de concreto quando ele viu a placa. Pisou no freio e apertou bem os olhos para ter certeza de que estava vendo aquilo mesmo. O Focus estava em marcha lenta. O carro não gostava de ficar em marcha lenta, ainda mais em uma subida tão íngreme. Stuart precisou acelerar para mantê-lo no lugar.

Finais de Semana: $26.50.

Inacreditável.

O sol da manhã de sábado refletia no Market 1919, um prédio todo reto, com trinta e sete andares. Não era o que se podia chamar de arranha-céu, ainda mais se comparado com as torres Liberty One e Two, apenas a duas quadras do final da rua. O edifício Market 1919 era onde Stuart trabalhava de segunda a sexta. Não tinha como saber quanto o estacionamento cobrava, pois quase nunca ia de carro. Pagava uma merreca para que o transporte férreo regional o transportasse de sua casa alugada, em Bala Cynwyd, até a Estação Suburban, sem problema. Mas era sábado. Os trens ficavam muito mais lentos. E com pouco trânsito no centro, era mais rápido ir de carro. Pelo visto, mais caro também.

Quem ia imaginar que um trabalhinho mole para o governo não oferecesse estacionamento grátis?

Mas também, quem ia imaginar que um trabalhinho mole para o governo fosse obrigar alguém a dar as caras em um sábado?

OK.

Mas, no duro, ele nem desconfiava do que o trazia à empresa em uma manhã de sábado. Seu trabalho – apagar contas bancárias, deixar os pretensos guerrilheiros muçulmanos com um cartão de saque inútil em uma das mãos e o pau na outra – podia ser feito em qualquer lugar. Até na porcaria de uma Starbucks. Não havia nada mais simples e, apesar disso, mais prazeroso. Talvez alguns caras curtissem a ideia de atirar em gente de turbante com um rifle de precisão. Stuart curtia muito, apertando o ENTER.

Logo ele descobriria qual seria a pauta daquela reunião.

Stuart engatou a ré do Focus e levantou cuidadosamente o pé do freio. O carro foi descendo a rampa. Outro veículo dobrou a esquina abruptamente, pronto para subir a rampa na toda, e, a julgar pela velocidade, passar *sobre* o Focus se necessário fosse.

Os freios chiaram. O Focus deu uma parada súbita, jogando Stuart para a posição correta no banco.

– Caramba! – exclamou ele.

Estapeou o volante e olhou pelo retrovisor.

Era um Subaru Tribeca, dirigido por uma mulher.

Stuart encolheu-se no banco, checou novamente o retrovisor. Apertou os olhos para enxergar melhor.

Oh.

Molly Lewis.

Stuart continuou a descida. O Tribeca entendeu o sinal e deu ré, afastando-se da rampa, saindo para a rua Vinte. Stuart manobrou o Focus até que ambos ficassem paralelos. O trânsito estava tranquilo. Eram apenas 8:45. Stuart abriu a janela. O Tribeca também, só que do lado do passageiro.

– Mudou de ideia? Não vai mais trabalhar?

– Oi, Molly. Poxa, quem dera. É que eu me recuso a pagar $26.50.

– Só que aí você vai ter de gastar no parquímetro.

– Que seja. Eu é que não vou pagar $26.50.

– David me disse que ficaremos aqui até pelo menos 14 horas.

– Oi? Pensei que fosse só até meio-dia.

– Ele me passou um e-mail hoje cedo.

– Que droga! Afinal, qual é a pauta? Estou com o laptop em casa. Posso fazer o que ele quiser lá da minha sala.

– Não brigue comigo! Não tenho nada a ver com isso.

Stuart deu uma olhada no Tribeca – rodas bem caras para uma assistente, pensou – e o viu subir a rampa disparado. Continuou na rua Vinte, dobrou à esquerda na Arch e, em seguida, entrou na rua Vinte e Um; pegou a Market em direção à 19. Passou pelo sinal aberto em frente à Chestnut e então virou à direita na Sansom. Não tinha vaga no quarteirão 1900 tampouco no seguinte. Não parecia também assim tão longe.

Abriu o cinzeiro. Uma moeda de 25 centavos, algumas de cinco, várias de um.

– Que droga!

Mas aí, algo se moveu. As luzes vermelhas traseiras de um Lexus. Dando ré. McCrane freou e parou. Esperou o Lexus sair da vaga.

Melhor ainda: era uma vaga semanal. Nos finais de semana, ocupava quem chegasse primeiro.

– *Show de bola!* – exclamou Stuart.

Seu nome era Molly Lewis...

... e ela parou o Tribeca numa vaga em um andar livre no estacionamento do edifício Market 1919. O carro mais próximo estava a pelo menos dez espaços adiante. Desligou o motor, abriu a maleta no banco ao lado. Lá dentro, sobre um bloco de notas amarelo, estava o pacote de David.

Seu celular tocou – o som da chamada era o *riff* de guitarra de "Boys Don't Cry". Ela pôs o fone de ouvido e atendeu. Do outro lado, uma voz perguntou algo.

Ela respondeu:

– Não, eu não me esqueci.

Alguns segundos depois:

– Eu sei. Segui os protocolos.

Os pacotes chegaram na noite anterior. Paul perguntara, sorrindo, o que ela havia encomendado *dessa vez*. Molly não mentiu: eram para

David. Ela os levara para a área externa envidraçada e sentara-se em uma cadeira de jardim branca de metal. Então, cuidadosamente, retirou a fita adesiva com uma tesoura de cabo azul e abriu as abas da primeira caixa.

Transferira o conteúdo – a entrega de David – para sua maleta, e logo depois entrara e ligara para o restaurante chinês, a algumas quadras dali, onde pedira o jantar. Paul detestava fazer as ligações para o restaurante e ficava reclamando até Molly tomar a iniciativa.

Então ela retornou à área externa e abriu a segunda caixa. Ficou olhando atentamente o conteúdo:

Uma Beretta calibre 22 Neo.

Munição – uma caixa com 50 balas de treino, 1,8g.

– Sim – disse ela. – Até mais.

Molly abriu uma caixa de papelão branca e jogou grande parte das rosquinhas e cannoli no chão de concreto do estacionamento. Ia ser um banquete para os pombos. Rapidamente montou e carregou a pistola, e depois a acomodou entre as duas rosquinhas restantes. De geleia.

Era o sabor que Paul adorava.

Seu nome era Roxanne Kurtwood...

... e elas dirigiam rumo ao centro da Filadélfia.

– Olha, pra mim vamos fechar – disse Roxanne.

Passara a manhã inteira esperando o momento de dizer isso.

– Acho que não tem nada a ver com fechamento da empresa – comentou Nichole. – Nosso tipo de negócio não fecha. Não neste mercado.

– Então, por que num sábado de manhã?

– Sei lá. Mas não vamos fechar, *com certeza*.

A amizade entre Nichole e Roxanne floresceu rapidamente três meses antes, desde que Roxanne fora promovida, deixando de ser estagiária. Antes, Nichole só lhe dirigia a palavra para repreendê-la por esquecer-se de devolver a chave do banheiro feminino. Entretanto, no dia em que circulou o memorando sobre a promoção, Nichole foi à baia de Roxanne e a convidou para almoçar no Marathon. Desde então, passaram a almoçar juntas todos os dias.

Para Roxanne, a amizade era bacana, mas também frustrante. Nichole era bem típica da Filadélfia: fria e reservada até certo ponto.

Mesmo após a amizade das duas ter surgido de forma repentina e miraculosa, as coisas da empresa continuaram *muito* sigilosas. Diversas vezes Roxanne entrou na sala de Nichole, que rapidamente teclava uma combinação qualquer, tornando a tela branca e fazendo surgir uma planilha falsa. Será que ela achava que Roxanne não percebia?

– Não tem nada a ver com fechamento – repetiu Nichole –, mas eu vi os relatórios.

– E? – perguntou Rox.

– A receita da linha top está um horror. Ainda que a gente tenha orçado *por baixo*. A coisa está feia.

– *Muito* feia?

– Feia.

– Tipo o quê?

– Rox, você sabe que não posso falar.

– Informações confidenciais.

Essa era a desculpa de Nichole para tudo. Assinei um termo de confidencialidade. Desculpa, Rox, nada contra você, mas é confidencial. Posso te contar com quem fui pra casa ontem à noite depois da Khyber, mas você entende... *confidencial*. E não era só Nichole, mas toda a empresa. A cidade toda, no caso.

Roxanne manteve-se de olho na estrada. Tentava manter as rodas esquerdas exatamente na mesma direção do canteiro central. Tentava não perder a compostura.

– Mas posso te contar – disse Nichole – sem me aprofundar nos números.

– E?

– Há uma discrepância de 850 mil abaixo das projeções.

O carro de Roxanne, um Chevy HHR, cruzava a via expressa Schuylkill sem problema, algo impossível em qualquer outro dia, exceto domingo. Olhou para as colinas de Manayunk e teve a impressão de que o bairro torrava vivo em seu próprio vapor quente de verão.

Frustrada como estava, Roxanne sentia-se aliviada por estar em um local refrigerado a caminho de outro. Seu apartamento em Bryn Mawr não tinha ar-condicionado. Após uma noite bebendo com Amy, Nichole e Ethan, Roxanne confortavelmente cobrou de Nichole o convite para dormir em seu sofá. Tomou banho e se arrumou no apartamento de Nichole e deu graças a Deus pelo ar-condicionado. Roxanne crescera em Vermont, onde a umidade raramente fazia muita diferença.

Como o pessoal da Filadélfia conseguia viver assim todo o verão? Talvez fosse esse o problema do povo local.

Seu nome era Nichole Wise...

... e ela detestava mentir para Roxanne, jogando aquele papo furado de "receita da linha top". Se Roxanne tivesse prestado mais atenção ao que rolava na empresa, já poderia ter sacado.

Mas Nichole não podia se deixar abater por isso. Se as coisas saíssem como imaginava naquela manhã, sua promoção era quase garantida.

A coisa estava preta.

David Murphy não convocaria todos para uma reunião em um sábado de manhã à toa.

Ela estava louca para saber se teria chance de abrir a boca, dar o golpe final e deliciar-se ao ver a cara que o escroto ia fazer.

Você?, perguntaria ele, chocado.

Isso mesmo, diria ela. *Eu.*

Talvez – apenas talvez – o pesadelo que era a sua incumbência estivesse no fim.

E se isso acontecesse, Nichole levaria Roxanne de volta consigo.

Os Estados Unidos precisavam de jovens mulheres inteligentes como Roxanne Kurtwood.

Seu nome era Amy Felton...

... e ela queria muito não precisar tanto daquele trabalho.

Mas precisava e continuaria assim, sobretudo se não parasse de fazer tanta burrada como a da noite anterior – pagando toda a conta no Continental, dizendo que podiam deixar com ela, na boa. Parabéns, Felton. Mais $119 desnecessariamente debitados no AmEx. Ela nem bebeu tanto. Dois Cosmos em quatro horas.

Mas Nichole, Roxanne e Ethan... misericórdia! Ethan, então, bebeu o suficiente para murchar um fígado.

Que droga! Por que Amy pagou a conta? Que vontade era *essa* de agradar a quem não lhe agradava tanto assim?

Com exceção de Ethan.

Amy sabia que estava ferrada, pois aquilo fazia parte de seu trabalho.

David uma vez lhe dissera: "Quero que você seja minha face pública. Não cai bem um chefe sair por aí com os empregados. Mas *você* pode. É a confidente da diretoria. Quem tem acesso a mim e ainda assim mantém a amizade com eles. Então, mantenha-os felizes. Leve-os para beber.

Claro, leve-os para beber. Aproveite e pague a conta.

A pergunta que ela queria fazer: Por que *o governo* não paga a conta de vez em quando?

E essa história de que Amy era a "confidente da diretoria" não passava de uma desculpa esfarrapada. David não gostava de muito contato com gente de baixo escalão. Nem mesmo Amy, sua representante direta, tinha *tanto* contato assim com ele. Pior: o cara tinha sumido por dezesseis dias e não lhe disse para onde foi. Sigilos federais. *Blá-blá-blá*. O que David não percebia era que suas férias de última hora tinham desmotivado seriamente o pessoal. Retornara naquela semana, mas as piadinhas e comentários venenosos continuaram a circular. Ninguém gosta quando o chefe se afasta assim por tanto tempo.

Ainda mais em uma empresa como essa. Considerando-se a atividade que realizavam.

E agora essa tal reunião matutina. O pessoal ia pirar. Sobretudo quem não fora convocado.

David não quis sequer informá-la da pauta; disse apenas tratar-se de uma "nova operação".

Gente, já não bastava o que faziam todos os dias?

Leva na boa, Felton.

Nos fins de semana – pelo visto, os mais quentes – o Market-Frankford El só passava de 15 em 15 minutos. Quando chegou à plataforma, Amy deu de cara com o trem climatizado das 8:21 partindo. O sol parecia uma luz de flash programada para "atordoar" qualquer infeliz. Nem uma brisa para refrescá-la. Nem mesmo ali. A Filadélfia enfrentava mais uma entre várias ondas de calor – sete dias consecutivos fazendo mais de quarenta graus. Tais picos de temperatura não eram comuns no Meio-Atlântico, mas tornaram-se corriqueiros nos últimos quatro anos.

Pelo menos ela não estava com ressaca, o que, nesse calor desgraçado, seria insuportável.

Ela não tinha coragem de exagerar na bebida.

Onerava muito a conta.

Seu nome era Ethan Goins...

... e sua ressaca era mais que um quadro clínico; era uma criatura viva, aninhada nas entranhas de seu cérebro, roendo os miolos cinza, saboreando-os e, como um coquetel, absorvendo toda a umidade do resto de seu corpo. Tamanho era o ressecamento em suas mãos que, caso alguém o arremessasse contra um muro de concreto, Ethan se chocaria espalmado e lá ficaria grudado. Precisava arrancar os globos oculares e mergulhá-los em uma jarra de vidro com água gelada. Ia doer um pouco, mas o *tsssssiiii* do quente contra o frio o agradaria muito.

Oh, Ethan era cobra criada. Sabia que teria de comparecer à Grande Reunião Podre de Gerentes naquela manhã de sábado, convocada por David Murphy.

Por isso ficara acordado até tarde na sexta, enchendo a cara de Martini de laranja com Amy.

Ethan Goins, o rebelde.

Resistindo à opressão do todo-poderoso, tomando um Martini francês de cada vez.

O drinque tinha gosto de Tang. Era esse o problema. Doce como suquinho matinal infantil. Agora, enquanto Ethan enfiava o corpo latejante, ressecado, ardido e dolorido dentro de um caixão de alumínio fabricado pela Honda, sabia que tinha apenas uma solução.

O *drive thru* do McDonald's.

Uma Coca-Cola grande, muito gelo, um canudo de listras vermelhas e amarelas mergulhado no copo.

McMuffin Egg. Com uma fatia de bacon canadense entalada no meio de um *muffin* inglês – com aquela lâmina marmórea de ovo, salpicada de farinha – levemente aquecido.

Bolinhos crocantes de batata.

Três deles. Nos saquinhos engordurados de papel. Espalhados no banco do passageiro.

Onde Amy Felton sentava-se sempre que eles se encontravam para conversar, relaxar, trocar olhares sem graça... até ele lhe dar uma carona para casa. O que era igual a levar uma freira para o convento.

O perrengue pelo qual ele passava essa manhã fora arquitetado pela irmã Amy e seu papinho "Ah, vamos sair pra beber depois do expediente". Ethan nunca ouvira sequer falar em Martini francês até Amy apontá-lo no cardápio.

Quer saber? Ela que ficasse com o rabo engordurado da próxima vez que pegasse carona.

Pensando bem, talvez fosse melhor ele comprar quatro bolinhos de batata. Guardaria um por via das dúvidas. Provavelmente seria uma manhã de quatro bolinhos de batata, no total.

Só mesmo com a combinação de carne e cafeína mais carboidratos e proteína para sobreviver àquela manhã.

Ele só pedia a Deus para que a reunião fosse rápida – uma nova tarefa, um novo treinamento. Qualquer coisa. Seu papel na empresa pouca importância tinha na missão. Era apenas o protetor. O cara com quem o povo contava para torcer o pescoço de quem tentasse atacar os CDFs dos números. Depois os caras podiam tagarelar sobre o que bem quisessem, nessa manhã.

Contanto que ele conseguisse voltar logo para casa, ligar o ar-condicionado central, baixar as persianas, enfiar-se no cobertor e sofrer em paz até a morte.

Ethan pagou o café da manhã com o cartão de débito; agarrou o saco, pôs a Coca-Cola no porta-copo, tirou, todo desajeitado, o invólucro de papel do canudo e se foi. No sinal vermelho seguinte, o McMuffin Egg já estava aberto a caminho da boca.

O terceiro bolinho de batata já tinha rodado antes mesmo de ele chegar à estrada de acesso à via expressa Schuylkill.

Quando chegou à saída, dando para a rua Vine, Ethan sentiu a barriga roncar.

Quando chegou à rua Market, estava com algo a mais do que um ronco. Um plano de escape encontrava-se em andamento.

Na rua Vinte, uma revolta já tinha se instalado.

Ethan, é claro, já deveria saber: a cura que o café da manhã do McDonald's proporcionava à ressaca era passageira. Um calmante para o cérebro e para o estômago apenas por algum tempo. Um remédio que cobra juros e correção. O rebu que ele toca no trato intestinal é praticamente tão doloroso quanto a própria ressaca. É como pisar nas areias das praias celestiais imediatamente antes de pegar a lotação para o inferno.

Ethan precisava de um banheiro. *Imediatamente*.

A empresa. Era sua única saída.

Seu nome era David Murphy...

... e ele era o chefe.

David estava no escritório desde a noite anterior. Chegou de carro, aproveitando a escuridão, estacionou em um andar diferente. Não que alguém fosse notar. David alugara um carro diferente alguns dias antes; mudou a placa duas vezes.

Passe informações truncadas, iluda e engane.

Como sempre, baseava-se diretamente nas Regras de Moscou. Exemplo:

Escolha a hora e o local para agir.

Sentiria saudades das Regras de Moscou. Onde alguns homens tinham uma bússola de moral. David seguia um conjunto aleatório de diretrizes desenvolvido pela CIA na estação de Moscou dentro da Embaixada dos Estados Unidos durante a Guerra Fria. Serviam muito bem para a espionagem. Serviam também para a vida em geral.

Jamais contrarie seus instintos.

Estabeleça um perfil e um padrão distintos e dinâmicos.

David gostaria de ter contratado uma última acompanhante antes de passar a noite na empresa. Um *boquete* seria muito bem-vindo. Seria um excelente calmante.

Mas sua tarefa final fazia-se urgente.

Ao dirigir-se para o elevador do estacionamento, David carregou duas sacolas plásticas, juntamente com sacos de papel marrons, e sua maleta. Era tudo de que precisava.

Também deveria ter parado em um *drive thru* qualquer. Estava *morrendo de fome* e a noite seria agitada.

Talvez conseguisse sair de fininho para comer algo depois.

Talvez até uma boquinha quente. Uma putinha gostosa de Fishtown.

Como diziam as Regras de Moscou:

Mantenha abertas suas opções.

Lá em cima, na sua sala, que não estava tão climatizada quanto ele gostaria – o prédio desligava a central à noite – David ajoelhou-se na frente do frigobar. Descarregou o conteúdo das bolsas: três caixas de 2 litros, tipo longa vida, de suco de laranja Tropicana Pure Premium Homestyle, quatro garrafas de Veuve Clicquot. Champanhe é sempre mais requisitado, pois afinal, ao fazer um drinque mimosa ninguém capricha no suco de laranja.

Os biscoitinhos já estavam lá. Ele os comprara em uma das lojas da rede CVS no dia anterior. Sentiu muita vontade de abrir um pacote e comer alguns, mas resistiu. Precisava deles para o sábado.

A maleta extragrande, reforçada com fibra sintética de poliamida, continha os códigos do elevador e o diagrama esquemático do sistema telefônico.

Atendimento ao cliente da operadora Verizon.

Os dois pacotes idênticos, as peças, os gatilhos.

Tudo pronto.

Espere.

Ainda faltava uma coisa: tinha de destruir o fax.

Não precisava mesmo dele; sabia muito bem quem estava na lista. Não se esqueceria nem por um decreto. Tampouco deixaria qualquer nome de fora.

Aqueles nomes ficariam gravados a ferro em sua mente para sempre. Independente do tempo que o "para sempre" fosse durar.

Não duraria muito.

– Nada muito complexo; simplesmente mate-os.

Essas foram as últimas instruções recebidas e acatadas.

David deu mais uma checada na lista:

Jamie DeBroux

Amy Felton

Ethan Goins

Roxanne Kurtwood

Molly Lewis

Stuart McCrane

Nichole Wise

Ele tinha de matar todos eles.

A REUNIÃO

Para se ter sucesso no mundo atual é preciso vontade e determinação para completar-se o trabalho.

– Chin-Ning Chu

A mesa da sala de reunião estava repleta de biscoitos. Pepperidge Farm de todos os sabores e formatos imagináveis: Milano, Chessmen, Bordeaux, Geneva e Verona. David encorajara o pessoal a abrir os pacotes e se servir. Na mesa havia ainda duas pilhas de copos plásticos limpos, três caixas de Tropicana e quatro garrafas de champanhe.

Jamie não entendeu o que diziam os rótulos nas garrafas, mas pelo jeito era champanhe francês – coisa cara. Duas das garrafas já tinham sido abertas, mas ninguém ainda havia se servido. Ninguém tocou nos biscoitos.

Isto é, até David pegar um Milano; depois disso, todos concluíram ser uma boa ideia comer um biscoitinho.

Jamie ficou de olho nos Chessmen, mas se conteve. Não estava a fim de brigar com o círculo VIP por causa de biscoito. Ele os deixaria pegar os pacotes. Chessmen era o menos popular. Daria para ele comer alguns assim que acabasse a farra.

– Acho que estão todos aqui... – disse David, olhando para as faces presentes e, em seguida, franzindo o cenho. – Menos Ethan. Alguém o viu?

– Vi a bolsa dele na mesa e o computador está ligado – respondeu Molly, que ocupara a posição de sempre: à direita do demônio.

– Ele chegou em casa ontem à noite?

– Chegou sim – respondeu Amy Felton que, logo em seguida, contorceu-se, como se arrependida por ter aberto a boca.

– Quer que eu vá procurá-lo? – ofereceu-se Molly.

David fez que não, com as sobrancelhas salpicadas de suor.

– Não, não. Podemos começar sem ele.

– Você...

– Sim.

Jamie concluiu que estava rolando ali um drama entre chefe e assistente.

Ele detestava o modo com que David tratava Molly.

Ela só estava na empresa havia seis meses e o trabalho direto com David já a desmoralizara por completo. Para Jamie, tal fato se dava porque Molly era um ser humano de verdade – não participava da panelinha.

De todos os colegas, era apenas com Molly que Jamie interagia por um tempo considerável. Um dia ele leu uma história em uma revista sobre "cônjuges colegas" – parceiros substitutos com quem a pessoa compartilhava a vida. Não se tratava de infidelidade. Jamie leu a matéria e concluiu que a colega que mais se aproximava de tal conceito era Molly. O que facilitava era que Molly, assim como Jamie, era casada. E ambos compartilhavam a opinião de que David Murphy era um escroto.

– Escroto? – Molly perguntara, tentando disfarçar o sorriso que ameaçava estampar.

– Isso, um escroto. Nunca ouviu essa expressão?

Ela soltou um risinho.

– Lá em Illinois não.

– Pode deixar que eu vou te ensinar tudo sobre a cidade grande e má, mocinha do interior.

Pensando bem, foi Molly quem organizou o chá de bebê para Jamie. Ela era a única que não o via apenas como o cara de relacionamento com a mídia.

O pessoal parou de avançar nos biscoitos. Jamie aproveitou e, rapidamente, garantiu três Chessmen. Empilhou-os em um guardanapo branco de papel. O biscoito do topo tinha forma de peão.

– Primeiramente – disse David –, quero agradecer a todos por virem aqui em uma manhã de sábado. Uma manhã *quente* de sábado no meio de agosto. Um período do ano em que ninguém em sã consciência fica na Filadélfia.

Stuart deu um risinho. Ninguém o acompanhou. Stuart era um babaca puxa-saco.

Mas David tinha razão. Lá fora, o vapor do mormaço que envolvia o centro da Filadélfia era tão forte que não dava para se enxergar quaisquer detalhes além do raio de dois quarteirões.

David fez uma pausa para rachar um Milano ao meio com os dentes. Mastigou vagarosamente. Espanou os farelos que caíram na mesa. Duas coisas que o cara adorava com a mesma intensidade: fazer tudo sem pressa e saborear os biscoitos da Pepperidge Farm.

– Sei que este tipo de reunião contraria o protocolo. Mas surgiu um novo desafio e por isso eu os chamei aqui esta manhã.

Lá vinha David com seu jeito obscuro de sempre. Protocolo? Desafio? Quem falava desse jeito? Será que alguém entendia metade das coisas que o maluco dizia?

Jamie olhou para o suco de laranja. Estava com sede. Os biscoitos não ajudariam muito e, provavelmente, a ingestão de carboidratos o deixaria cansado e lento à tarde. Prometera a Andrea que voltaria para casa o mais cedo possível e que cuidaria de Chase.

– A partir deste exato momento, encontramo-nos oficialmente em estado de confinamento.

– O quê?

– Ah, que droga.

– Foi pra isso que eu vim aqui?

– O que está acontecendo, David?

– Que porcaria.

Jamie correu os olhos pela sala. Confinamento? Que diabo era isso?

– Além disso – continuou David –, tomei algumas medidas adicionais. Os elevadores receberam um código de circuito secundário e não vão parar neste andar nas próximas oito horas. Sem exceção. Nem vai adiantar ligar para a portaria.

Jamie nem ouviu a parte da portaria; fixou a atenção na questão das "próximas oito horas". Oito horas? Preso aqui com a panelinha? Achava que fosse dar o fora ao meio-dia. Andrea ia matá-lo.

– Os telefones foram desconectados – continuou David. – E não apenas na sala de computadores. Não é possível reconectar nada. As linhas deste andar foram desligadas lá no subsolo exatamente no roteador da Verizon. E não dá pra chegar lá, por causa dos elevadores.

Stuart riu.

– Era uma vez um intervalo para fumar.

– Não me leve a mal, David – disse Nichole –, mas se eu quiser fumar, vou descer 36 lances de escadas de incêndio, com ou sem confinamento.

– Não vai, não.

Nichole ergueu uma sobrancelha.

– Você vai se meter entre uma mulher e seu Marlboro?

David pôs os dedos sob o queixo ossudo, sorrindo.

– As saídas de emergência não lhe servirão de nada.

– Por quê? – Jamie se pegou indagando. Não que ele fumasse.

– Porque plantei bombas de gás Sarin nas portas.

No trigésimo sétimo andar, Ethan finalmente saiu do banheiro, após gastar uma tonelada de papel higiênico, lavar vigorosamente as mãos e prometer nunca *mais* olhar para um Martini francês – ou um McMuffin Egg. Dirigiu-se para as escadas de emergência no lado norte.

Checou o relógio esportivo de plástico e metal da Nike. Estava atrasado. Não podia ser diferente, certo?

Melhor atrasar-se do que ficar se contorcendo desconfortavelmente na sala de reunião e ter de sair às pressas no meio de um *brainstorm* de David Murphy.™

Desculpe, chefe. Preciso soltar um barro. Felton pode lhe dar maiores detalhes. Ela vai lhe contar os efeitos que o Martini francês tem sobre o trato intestinal.

Em nenhuma das vezes que se utilizou do banheiro no trigésimo sétimo andar, Ethan parou para imaginar as empresas ali presentes.

Havia mais de uma, com certeza – havia uma placa no final do corredor com uma lista de firmas.

Dessa vez, ele também não parou para imaginar.

O ar na saída de emergência estava misericordiosamente morno. Ethan sentiu-se tentado a se sentar no concreto frio e deliciar-se com a variação de temperatura. Inspiraria o ar quente e transpiraria o Martini francês. Enquanto isso, deixaria o frio calmante passar do degrau para seus glúteos e subir pelo corpo, curando o estrago em seu olho cego ali no trigésimo sétimo andar.

Só que quanto mais tarde aparecesse no trigésimo sexto, pior para ele.

Vamos, levante-se Ethan!

Vamos, Ethan, ande!

Isso, desça um andar. Agarre a maçaneta. Acabe logo com isso.

O papelão que ele tinha usado para segurar a porta ainda estava no lugar.

A princípio rolaram sorrisos, logo seguidos de expressões confusas. Aquilo era uma introdução descontraída para a reunião propriamente dita? Jamie se perguntou. Ou seria a forma estranha encontrada por David para dizer que haveria uma simulação de incêndio numa manhã de sábado?

– Para, David – protestou Amy. – Não tem graça.

– *Sarin*, David? – indagou Nichole. – Não é um pouco demais?

Stuart tentou ir na onda.

– Sério, não dava pra você se virar com um estalinho de Anthrax ou coisa assim? Como se mostrasse ao invasor que você não está de brincadeira, mas o deixasse viver para contar?

– Agentes biológicos como Anthrax dão muito trabalho e requerem tempo – explicou David. – E depois, para se produzir uma arma com esses troços não é tão fácil assim como você pensa.

– Certo – disse Stuart. – Eu sempre me dou mal com essas coisas.

– Além do mais, mesmo que o troço explodisse com toda força na cara da pessoa, ela ainda acharia estar bem e acabaria conseguindo descer toda a escada até a rua Market. Concluí que o impacto imediato da bomba de Sarin, incluindo ardência nos olhos, náusea, dificuldade de respirar, fraqueza nos músculos e tudo mais, seria a única coisa que manteria vocês aqui neste andar. Não exagerei na quantidade, mas usei o suficiente para impedi-los de chegar ao térreo. A garganta de qualquer um se fecharia antes de descer três ou quatro lances de escadas.

Amy enrugou o nariz e exclamou:

– David!

– Estou ofendendo alguém?

– *Ambiente de trabalho hostil* – declarou Stuart em tom jocosamente estridente.

– Tá bem, já entendemos: estamos em confinamento e não vamos a lugar algum, rá, rá, rá – caçoou Amy. – Mas e aí? Qual o plano operacional?

– Opa, vamos com calma! – exclamou Nichole. – Antes de começarmos a falar de planos... David, você está por dentro de quem está aqui, né? – ela fez um gesto na direção de Jamie.

Eu? Pensou Jamie. Só amando muito o círculo VIP. Deus me livre de participar de uma reunião com uma pauta de verdade. Dá até medo.

David tocou a ponta do nariz com o indicador. Levantou as sobrancelhas e abriu a boca...

Foi quando ouviu-se um grito.

Não de David. Veio de outro canto. Fora da sala de reunião. Em algum outro lugar naquele andar.

Molly disse:

– Meu Deus, é o Ethan...

Ethan tinha olhado para o troço esquisito acima da porta, instantes antes do ocorrido. A coisa era branca, acolchoada, do tamanho de uma pochete; tinha um teclado e um visor digital bem verde com a palavra PRONTO. Ele se virou para olhar na direção da parede atrás – haveria mais algum daquele? A mão ainda estava na maçaneta. Quando ele se virou, a porta abriu mais um centímetro.

Ouviu um estalo. Uma rajada de pó atingiu-lhe a face em cheio. Ethan sentiu logo os olhos queimarem. Apavorou-se.

Nem quis saber de nada e soltou um berro.

Gritou muito.

David e Molly se entreolharam. David disse:

– Vamos ver o que é isso.

– Espere – interrompeu Amy. – Foi o *Ethan*?

Jamie se levantou. Olhou para fora, tentando, em meio àquele vapor quente da manhã, identificar se vinha algum avião. Já era sua reação natural. No dia dos atentados de 11 de setembro, ele trabalhava em um prédio de Manhattan entre a Broadway e a Bleecker. A janela de sua sala dava para as Torres Gêmeas; estava mijando quando o primeiro avião se chocou. Jamie voltou para a sala e viu, assustado, que os andares superiores da Torre Norte estavam pegando fogo. Alguém gritou.

O grito, o fogo: ambos ficaram gravados em sua mente para sempre.

Tentara ligar para Andrea, que trabalhava ao norte da cidade. Não conseguiu. Os circuitos estavam emperrados. Jamie ligou para um antigo colega da faculdade na Virgínia, que conseguiu contatar Andrea. Enquanto ele aguardava o retorno, o segundo avião se chocou. Deu para ouvir o estrondo mesmo a quarteirões de distância.

O grito trouxe-lhe de volta a lembrança daquela manhã.

– Sente-se, Jamie – ordenou David.

– Acho que não estamos seguros aqui em cima – disse Jamie.

Só mais tarde, ao lembrar-se dos eventos da manhã, ele entenderia que tivera um momentâneo dom da premonição. Uma pequena parte de seu cérebro sabia o que as outras partes viriam, lentamente, a viver: *Não estamos seguros aqui em cima*.

– Sente-se *agora* – David exasperou-se.

Incrivelmente, Jamie sentou-se. Afinal, o que ele tinha em mente? Verificar, pela janela, se havia algum arranha-céu pegando fogo?

David pigarreou, olhando fixamente para um pacote de biscoitinhos Geneva que estava mais próximo.

– Eu queria ter mais tempo para explicar e acalmar um pouco o espírito de todos aqui, mas acho que não vai dar.

Ele passou a mão no cabelo. Jamie podia jurar ter visto as mãos do chefe tremendo.

– A verdade é que falhei com vocês.

Ninguém disse nada.

Ninguém sequer tentou pegar um biscoitinho.

Ih, ferrou, pensou Jamie. Foi logo tentando se lembrar se a versão mais atualizada de seu currículo estava na máquina do escritório ou de casa. Só esperava que houvesse um pacote rescisório de benefícios que segurasse a onda de todos no período em que estivessem à caça de trabalho.

– Grande parte aqui tem consciência dos fatos de nossa empresa – disse David –, mas para os dois que estão por fora, peço desculpas pelo choque que estão prestes a receber.

Alguém ofegou. Jamie não viu quem foi.

– Somos uma empresa fachada para a CI-6, parte da inteligência secreta federal – explicou David. – Estão encerrando nossas atividades.

Jamie e Stuart se entreolharam. Somos *o quê*?

Stuart não pareceu nem um pouco surpreso.

– Vocês deveriam fazer comigo o que estou prestes a fazer com vocês – continuou David.

– Essa não – manifestou-se Roxanne. – Você vai nos demitir.

David sorriu para ela, com os lábios cerrados e, em seguida, fez que não com a cabeça.

– Não, Roxanne, não vou demiti-los. Vou *matá-los*. Vou matar você e todos aqui presentes. Depois vou me matar.

– *David* – reclamou Amy.

– Molly? A caixa, por favor.

A caixa estava ali, na frente de Molly – como se tivesse aparecido do nada. Jamie não a tinha notado. Estava de olho nos biscoitos. Como, aliás, todos ali.

Molly abriu a caixa simples de papelão, dessas utilizadas para enviar algo pelo correio. Abriu um invólucro de plástico bolha e ergueu uma arma. Com algo volumoso ao redor do cano.

David esticou o braço.

Molly tremia. Hesitou antes de passar a arma para o chefe.

Mas assim o fez, como boa funcionária. Então abaixou levemente a cabeça.

David apontou a arma na direção de todos os funcionários. Com apenas um pequeno movimento no punho, o cano podia ser apontado diretamente para qualquer um deles. Jamie sentiu o suor escorrer pela testa. Mal acreditava estar vendo aquilo tudo, mas, obviamente, estava, pois era real.

Tudo ali, diante de seus olhos.

– O que desejo fazer – continuou David – é misturar um pouco de champanhe com suco de laranja. Cada um contém um agente químico que, quando em contato um com o outro, torna-se um poderoso veneno. Além disso, é totalmente indolor. Vocês perderão a consciência em questão de segundos; e pronto, fim de papo.

– David, para com isso – pediu Amy. – Não tem a menor graça.

– Eu mesmo experimentei algumas noites atrás. Uma dose *pequeníssima*. É muito relaxante. Nunca dormi tão bem em toda a vida.

Stuart ainda tentava bancar o bom soldado.

– Você quer que a gente tome um drinquezinho com você, chefe? Tudo bem.

David o ignorou.

– Caso optem por não beber, terei de dar um tiro na cabeça de cada um. Não posso garantir que o segundo método seja indolor. Pode ser necessário disparar mais de uma vez. Será pior ainda se todos resolverem fazer alguma besteira, como partir pra cima de mim. Não se enganem: se fizerem isso, vão levar bala. Minha pontaria é excelente. Quem está por dentro de minha experiência operacional sabe que é verdade.

Um lado de Jamie queria acreditar que aquilo era uma charada, ou um filme, ou um pesadelo, mas todos os seus sentidos apontavam para a verdade: *Aquilo era real*. Ele desconfiava ser o único ali a levar David a sério. Todos os demais à mesa pareciam estar ainda esperando o fim da piada, a moral da história. Mas Jamie se deu conta: o chefe não estava contando uma piada, tampouco uma parábola. Estava oferecendo-lhes uma opção.

Bebam champanhe envenenado e morram.

Ou levem um tiro na cabeça.

Para Jamie, isso era tão real quanto o fato de estar sentado ali naquela cadeira da sala de reunião. Tão real quanto o ar úmido do mormaço matinal que cozinhava a cidade da Filadélfia lá fora.

– Você pirou – disse Jamie.

David o olhou com pena.

– Eu não queria convocá-lo, Jamie. Juro por Deus. Você é o nosso representante junto à imprensa. Cheguei inclusive a mencionar isso para os chefões: Por que o cara da imprensa? Você é muito bom no que faz. Muito dedicado e zeloso. Mas, infelizmente, acabou vendo algumas coisas que não deveria.

– Como assim? Que coisas?

– Sua esposa e seu filho recém-nascido acreditarão que você morreu num incêndio no escritório. Os caras cuidarão bem dos dois.

– David, *por favor* – suplicou Amy. – O que está fazendo? Alguém mais sabe que está fazendo isso?

– Pois é, não tem graça.

– Vou procurar o Ethan.

Cadeiras se arrastaram.

Um nervoso exalar de ar.

– Vou com você.

– SENTEM-SE.

David ordenou.

Deu certo.

Todos congelaram.

– Ofereci a todos uma saída digna. Sugiro que a aceitem.

Ninguém disse nada até que Stuart, olhando para todos com um sorriso bobo, levantou-se.

– Você venceu, chefe.

* * *

Stuart sabia do que se tratava; anos antes de ser contratado, trabalhou para uma empresa cujo departamento de RH achou por bem enviar um pessoal de vendas a um treinamento de sobrevivência na selva com a Outward Bound. Três dias no mato, aprendendo a dar nó e a confiar um no outro.

A penúltima atividade: cair de costas. Vamos lá, relaxe o corpo e vá. Livre-se da dúvida e da preocupação. Seus colegas o agarrarão.

Stuart se jogou, mas enquanto caía, só conseguia pensar na época da Applebee's, quando tentava participar das conversas, mas o pessoal o olhava como se sua cabeça tivesse uma ferida esguichando e ninguém quisesse sujar o terno de sangue. Mesmo assim, ele se permitiu cair de costas; permitiu-se confiar.

Conforme a promessa do líder da Outward Bound – um cara parecido com Oliver Stone –, os colegas de fato não o deixaram cair no chão. Quando olhou para cima, Stuart viu que ninguém olhava para o ser humano ali em seus braços. Mesmo assim, tudo bem; eles o salvaram da queda. Stuart recebeu um certificado e um broche; registrou o feito no currículo.

Então era isso. A versão bizarra de David para o jogo da confiança. A arma era um adereço – provavelmente um sinalizador. Talvez até mesmo um daqueles isqueiros vendidos na Spencer's. O papo dos elevadores e das janelas provavelmente era para simular algo... como por exemplo, um ambiente hostil, como o que encontrou na Outward Bound. Não tem saída. Só resta mesmo a confiança. Confiança nos colegas. E no chefe.

Aquela era uma empresa de fachada para o governo, mas ainda era uma empresa, e quanto mais pensava, mais Stuart se convencia de que aquilo era um teste de confiança. Para ver quem tinha real talento para a carreira executiva.

Stuart pegou a garrafa de champanhe e colocou três dedos em uma taça de plástico.

– Stu – disse Jamie. – Espere.

Stuart chacoalhou a mão como se espantasse uma mosca. Jamie só estava com inveja por não ter tomado a iniciativa.

– Muito sábio de sua parte, Stuart – disse David.

Stuart jogou um pouco de Tropicana e mal conseguia disfarçar. Estava radiante. Passando no teste de confiança. Não havia nada para misturar o champanhe com o suco de laranja – nem sabia ao certo se era preciso misturar Mimosa. Ah, que se dane. Não importava. Não para o propósito do teste de confiança.

– Saúde – brindou Stuart de brincadeira, erguendo a taça.

– Obrigado pelos seus serviços – agradeceu David, fazendo com que Stuart pausasse brevemente. Como assim?

Jamie se levantou.

– Stu, *não*! Não faça isso.

Engula essa, DeBroux.

Stuart bebeu o drinque Mimosa e então olhou para David.

Mas David não disse nada. Simplesmente olhou para ele, assim como os demais. Até mesmo Jamie, que se sentou novamente.

O mais estranho foi que Stuart se sentiu como se tendo um flashback da Outward Bound. Sentiu um forte desejo de cair para trás nas mãos dos colegas. Mas dessa vez, os colegas ficariam olhando para ele, admirados. Porque Stuart ganhara o Jogo da Confiança. Nenhum deles podia dizer isso, podia?

Stuart perdeu a noção das coisas: nem sabia mais se estava segurando a taça de plástico.

Não sentia os dedos.

Nem as pernas, que sucumbiam lá embaixo.

Jamie DeBroux

Amy Felton

Ethan Goins

Roxanne Kurtwood

Molly Lewis

~~Stuart McGrane~~

Nichole Wise

Todos assistiram à queda de Stuart. A mão que segurava a taça de Mimosa bateu-se contra a lateral da mesa. A bebida respingou em todos os cantos. Roxanne, sentada ao lado de Stuart, puxou a cadeira para o lado instintivamente.

– Meu Deus!

– *Stuart* – disse Amy. – Para com isso, Stuart! Não tem graça alguma

– Uma recomendação – anunciou David, erguendo um dedo ossudo. – Tentem permanecer sentados quando beberem essa coisa. É melhor inclusive que se posicionem no chão, encostados na parede, para que adormeçam sem se machucar.

– Stuart?

– Não que eu ache que Stuart tenha sentido algo. A primeira coisa que o veneno apaga é o cérebro.

Amy deu a volta na mesa e se ajoelhou perto de Stuart, cujos olhos ainda estavam abertos. Checou a artéria carótida com o dedo. Olhou para Roxanne.

– Agora checa você. Sinta o pescoço dele.

– Eu, hein! De jeito algum!

E continuou a busca frenética, ao redor do pescoço de Stuart, por algo que se parecesse com uma pulsação. Não dá para fingir uma coisa dessas. Ninguém para o coração assim, voluntariamente.

– *Stuart!*

David fez que não com a cabeça.

– Ele já era, Amy.

Amy ergueu a cabeça sobre a mesa e olhou o chefe.

– Stuart fez a escolha inteligente. Espero que os demais façam o mesmo. Se quiserem, podemos beber juntos.

Jamie retrucou:

– Oh, você vai se matar também?

– Vou, Jamie. Eles querem todos nós mortos – David se virou para a assistente. – Molly, pode fazer as honras?

Molly, que tinha ficado calada durante toda a reunião – inclusive durante o brinde suicida de Stuart – levantou a cabeça.

Não sentia os dedos. Nem as pernas, que sucumbiam lá embaixo.

Então ela enfiou a mão em uma caixa branca de papelão e tirou outra arma. Parecia menor.

– Hei! – disse David –, eu me referi às bebidas, como combinamos, lembra?

Ela apontou para David.

Ele apertou os olhos.

– É uma Neo? – indagou ele.

Molly gritou – disparou um uivo de ódio que parecia ter se acumulado sob uma montanha de compostura.

– Ei, espere um segundo, *Molly!*

Então apertou o gatilho.

PÁ!

Parte do couro cabeludo de David pulou da cabeça, feito uma peruca levada pelo vento.

David viu uma explosão bem diante dos olhos, seguida de uma sensação fria, *bem fria*, do lado direito da cabeça.

À medida que ele foi caindo de costas, alguém apertou o PAUSE.

Viu as faces de seus funcionários, todas congeladas em detalhes perfeitos. Muitos estavam atônitos, surpresos. Outros não conseguiam ainda processar aquilo.

Nem ele.

Molly.

Eles tinham planejado tudo. Falaram várias vezes sobre o plano. Ofereceriam os drinques. A saída fácil. Não que ele acreditasse que muitos concordariam, mas nunca se sabe, não é? Então, se a coisa ficasse preta, David se encarregaria de atirar. Mandaria o pessoal abaixar a cabeça e pedir as bênçãos de Deus. Molly era religiosa. Escrevia em todos os e-mails "Deus o abençoe", ou "Que seja a vontade de Deus", ou ainda "Fé em Jesus" antes de assinar. Cordialidade do Centro-Oeste – o que a tornava perfeita para esse tipo de trabalho. Perfeita para seguir instruções.

Exceto dessa vez.

Meu Deus.

Molly acabara de atirar na cabeça dele.

Molly!

David sabia que ela não poderia sobreviver. *Ela* não sabia disso. Ele havia lhe prometido uma saída. Nova identidade. Vida nova. Como descobrira a verdade?

No fundo, ele não tinha lá os melhores planos para ela. Primeiro, um tiro na perna que a derrubaria no chão. Em seguida, o cano contra a cabeça; mandaria que tirasse a blusa e o sutiã, se quisesse viver. Daria uma checada nos peitinhos e mandaria bala assim mesmo.

De que maneira ela descobrira a verdade?

O corpo de David chocou-se contra o chão da sala de reunião.

DEPOIS DA REUNIÃO

A melhor forma de se começar algo é parar de falar e começar a fazer.

– Walt Disney

Todos se levantaram.

– E-E-Ele ia matar todos nós – disse Molly, com a voz trêmula.

A mão, com o peso da arma, caiu sobre a mesa, fazendo um baque bem alto. O cano, ainda fumegante, apontava na direção de onde David se sentara. Ela então continuou, baixando o tom:

– Ele ia matar todos nós.

– Eu sei, Molly. Agora me dê essa arma, querida.

Essa foi Amy Felton, com uma expressão de compaixão, porém firme.

No comando.

– A arma, Molly.

Molly fez que sim, mas não se mexeu.

– Não tive escolha. Ele me disse que ia matar Paul se eu não fizesse o que ele queria.

Paul Lewis. O marido.

– Querida – insistiu Amy, mais delicadamente. – Entendo bem. Vou pegar a arma, certo?

Amy conseguiu retirar a arma. Molly dobrou os braços sobre a mesa, onde repousou a cabeça virada para baixo.

– Alguém checou o David? Ele está morto?

– Oh, Molly, o que você fez?

– Cala essa boca. Aqui, pegue.

Jamie olhou para baixo. Amy tentava lhe passar a arma do crime.

– Ih, sai pra lá com esse troço.

– Preciso checar o David. Segura aí.

Parecia 11 de setembro novamente. O choque. Molly atirou em David. Amy tentava passar para ele a arma utilizada. David, no chão, sangrando por um buraco na cabeça.

A sensação de que nada voltaria a ser como antes. Ele não teria trabalho na segunda. Nenhum deles. Logo de imediato, pensou em Chase.

– *Jamie!*

Jamie pegou a arma – ainda quente – e observou Amy se dirigir a David. A cabeça caída no carpete azul acinzentado estava sobre uma poça de sangue, formando uma mancha bem roxa. Os lábios de David tremiam.

– Acho que ainda está vivo – arriscou Amy. – Ai, meu Deus, já não sei mais de nada.

– Gente, alguém por favor ligue para o 911.

Nichole foi direto até o telefone da sala de reunião. Levantou o fone. Levou-o até o ouvido. Estampou uma expressão confusa. Com o dedo indicador, bateu no gancho.

– Está mudo.

– Ele não estava brincando quando falou de confinamento, né?

– O quê?

– Meu celular está na bolsa – lembrou-se Nichole.

Roxanne disse, já digitando um número:

– O meu está aqui. Gente, *peraí...* – olhou cuidadosamente para o visor. – Sem serviço?

– David bloqueou as linhas hoje às 8:30 – explicou Molly, ainda com a cara enfiada entre os braços cruzados sobre a mesa.

– Brincadeira, só pode ser!

– É confinamento, lembra?

Por isso meu celular não pegou, mais cedo, pensou Jamie.

Todos os funcionários de David Murphy recebiam um celular da empresa, totalmente de graça, para usar como bem quisessem. David só exigia uma coisa: que mantivessem o aparelho ligado das 7 da manhã à meia-noite, caso ele precisasse falar com alguém. Quem concordasse desfrutava de ligações ilimitadas, longa distância e assim por diante. Jamie, Amy, Ethan, Roxanne, Stuart, Molly e Nichole, que se reportavam diretamente a David, cancelaram, logo de cara, suas linhas particulares para usar exclusivamente o celular da empresa. David chegou até a bancar aparelhos mais sofisticados com câmera digital e tudo mais.

Com o serviço cancelado, entretanto, nada disso importava.

– Por que ele bloqueou?

– Eu deveria desconfiar – disse Molly, quase pesarosa. – Percebi os sinais...

– Que sinais?

Amy, ali no chão com David, disse:

– Deixa pra lá. O coração está batendo ainda, mas vai precisar de uma ambulância *agora*.

– Ele estava brincando quando falou dos elevadores?

Molly respondeu, revirando os olhos, enfadada:

– *Não*.

– Mesmo assim vou dar uma checada.

– Vamos verificar as salas. Não é possível que todos os telefones estejam desligados.

– As escadas.

– David disse que as escadas estavam com...

– Com quê? Bomba de Sarin? – perguntou Nichole. – Você caiu mesmo nessa?

– Não era brincadeira. Ele me mostrou o pacote. Explicou o que era exatamente. Acho que estava se exibindo.

– Ele te mostrou? – perguntou Nichole. – Quando? Há quanto tempo você está sabendo disso?

Amy interrompeu:

– Precisamos achar o Ethan.

* * *

Ethan estava passando mal.

Ok, tudo bem, talvez ele tivesse de fato gritado prematuramente. Mas aquela borrifada, sabe-se lá de que natureza, o pegara de jeito... convenhamos, qualquer um se assustaria. Ele imaginou que fosse uma rajada de vapor fervente de um cano perfurado. O tipo de vapor tão mortalmente quente que queimou-lhe a pele do rosto antes mesmo dos neurônios retransmitirem a dor. A partir daquele dia, ele se esconderia atrás de máscaras, ou, na melhor das hipóteses, viveria com o rosto cheio de maquiagem teatral.

Tudo isso passou por sua cabeça em mais ou menos dois segundos. Explorou o rosto com os dedos.

A carne ainda estava no lugar. Os olhos também.

Os olhos ardiam loucamente.

Não tão loucamente, porém, a ponto de saltarem das órbitas.

Mesmo assim, ardiam. Mais e mais a cada segundo.

Ele precisava de água.

Provavelmente fora atingido pelo ar úmido que circulava em todo aquele prédio número 1919 da rua Market desde sua construção – mais ou menos na época em que o grupo musical KC and the Sunshine Band faziam o maior sucesso. Aquele ar carregava todos os germes e vírus que atormentavam os habitantes desde sempre. Ethan suspeitava que passaria o resto do verão doente.

Precisava ir ao banheiro. Lavar os olhos. O rosto. Os olhos em brasa. Recompor-se o suficiente de forma que, quando entrasse na sala de David, conseguisse dizer, de maneira convincente: *Que grito? Ué, não ouvi grito algum.*

Tentou virar a maçaneta. A porta não quis abrir. Tentou novamente. Nada. Trancada.

Espere.

Droga!

Apesar da visão turva e distorcida, ele viu.

O papelão tinha saído do lugar.

Ethan deu um puxão, xingou, então chutou a porta. Começou a sentir a pele ao redor dos olhos pinicar bem forte.

– Olá!

Chutou de novo.

– Olá! Alguém aí, por favor!

Estava prestes a chutar mais uma vez – na verdade o pé já estava na posição de ataque, pronto para desferir o golpe, quando veio um som.

POU!

O cano de descarga de um carro.

Ué, aqui? No trigésimo sexto andar?

– *Olá!*

Que coisa ridícula. O pessoal todo já devia estar reunido na sala de reunião. Vai ver tinham fechado a porta também, para o anúncio do grande segredo operacional. E ele ali, perdendo tudo. Preso do outro lado dessa porta. Os olhos em brasa, uma coceira desgraçada na cara. Muito mais intensa agora. A garganta, de uma hora para a outra, áspera.

Ninguém escutaria seus gritos.

Ainda mais com a garganta se fechando assim de repente.

Jamie balbuciou algo do tipo "já volto" e foi até sua sala.

Roxanne ficou boquiaberta, acompanhando seus passos para fora, como se pensasse: Está saindo agora?

Com o chefe baleado na cabeça, estirado no chão?

Jamie tentava pensar alguns passos adiante. Talvez o afastamento com a licença-paternidade tenha lhe possibilitado ver as coisas sob outro ângulo, mas, nesse exato momento, sua preocupação não era David Murphy. O que *o* preocupava eram as palavras proferidas por David. Elevadores bloqueados, linhas telefônicas cortadas. A questão dos celulares, caso pudessem acreditar em Molly, já era por si só algo perturbador.

A sala de Jamie era a que ficava mais distante da sala de David, só que mais próxima à sala de reunião. Geralmente esse fato o incomodava. Menos hoje. Ele precisava chegar à sua sala bem depressa.

Precisava de alguns segundos para pensar.

Jamie nunca foi fã de decisões em grupo. Não importava o que estava acontecendo na sala de reunião, o certo era que ele não cumpria nenhum papel importante ali. Não passava de um contato com a imprensa – o cara que escrevia os *press releases* quando se contratava alguém ou se lançava um novo produto financeiro. Não era ele quem realizava as contratações e não tinha nada a ver com os produtos. Não fazia parte do círculo VIP. Ouvia tudo o que os gerentes diziam e traduzia de forma que a imprensa interessada compreendesse. Havia pouquíssimas publicações que cobriam sua indústria especificamente; Jamie ficara chocado, um ano antes, ao ser admitido, quando viu que a lista era curtíssima.

Mas, o que David dizia instantes antes de Molly baleá-lo na cabeça?

Empresa de fachada?

Agência de Inteligência?

Tipo assim... *o quê*?

Jamie sentou-se à sua mesa e viu o cartão de felicitações preso no quadro de cortiça. Quase havia se esquecido daquilo.

Recebera de Andrea no dia em que Chase nasceu, um mês antes. Era um cartão do pequeno Chase para seu novo papai. Na capa, o desenho de um patinho de calças. Ao fundo, fogos de artifício estourando. FELIZ DIA DA INDEPENDÊNCIA, PAPAI, dizia o cartão. "Ainda bem que ele não nasceu no Dia da Árvore", brincara Andrea. Mas Jamie adorava o cartão. Era o patinho, vestindo calças de menininho. *Seu* menininho. Pela primeira vez, tudo fez sentido. Ele o trouxera para o escritório alguns dias após empacotar as coisas – seu porta-cartão giratório e anotações para a licença-paternidade. Não remunerada, mas tudo bem. Não é todo dia que o cara tem o primeiro filho, certo?

O cartão era para ficar ali, afixado temporariamente, alegrando Jamie enquanto ele enfrentava a tão maçante atividade de responder aos últimos e-mails, gravar a mensagem de voz avisando sobre sua ausência, recolher envelopes pardos cheios de tralha que ele sabia que permaneceriam intocáveis por pelo menos um mês. Mas, na pressa de dar o fora, o cartão ficou para trás. Jamie ficou pau da vida, mas não valia a pena aparecer na empresa só para resgatar o cartão. Acabariam pegando o infeliz para trabalhar – mais um *press release*, vai, amigão! Só mais unzinho...

Jamie passou os dedos no cartão. Acariciou as penas imaginárias na cabeça do patinho-garoto. Então, enfiou-o no bolso traseiro.

Estava louco para ligar para Andrea, contar-lhe o que estava rolando e, de alguma forma, convencê-la de que não precisava se preocupar.

Mas o telefone de sua sala, como o da sala de reunião, estava mudo. Jamie olhou para fora pela janela de sua sala, que dava para o leste. Se esticasse o pescoço, quase conseguiria ver a esquina de seu quarteirão, ao longe, depois da rua Spring Garden. Andrea e seu bebezinho estavam apenas a duas casas da esquina.

Fosse lá o que tivesse ocorrido naquela manhã, Jamie sabia que ainda levariam muitas horas até poder rever a esposa e o filho. Só o interrogatório policial já o manteria ali, muito provavelmente – ou na delegacia – até altas horas da noite.

Queria apenas poder telefonar para que os policiais chegassem e acabassem logo com aquilo.

Agora veja minha situação, pensou. Pai do primeiro filho. Afastou-se por menos de uma hora e já está uma pilha de nervos.

Papai nervoso.

Espere aí.

Jamie viu a pasta de couro macio na mesa. Será que ainda estava ali?

Faria muita diferença.

Cada um dos funcionários que restaram foi para um canto. Se pudessem chamar uma ambulância – para Stuart ou David ou os dois, embora Stuart não tivesse muita chance de sobreviver sem nenhum dano cerebral – teriam de descobrir como chegar ao outro andar. Isso estava bem claro.

Nichole anunciou que iriam dar uma checada nos elevadores, e levou um segundo para que Roxanne se tocasse de que *ela* também estava incluída na tarefa. Jamie já tinha se retirado da sala de reunião à caça de um telefone ou, talvez, para se sentar à sua mesa e chorar, ou algo do gênero. Ethan permanecia ausente SEM PERMISSÃO. Molly saiu um segundo depois, muito provavelmente em direção ao banheiro para vomitar. Amy a compreendia. Ela simplesmente *presenciara* o chefe levando uma bala na cabeça, e estava passando mal.

Obviamente, sobrou para Amy trancar as portas da sala de reunião, deixando as armas onde estavam. A polícia que averiguasse os fatos.

Para ela, sobrou ainda a incumbência de checar as saídas de emergência. As tais portas em que David supostamente plantara uma bomba química com uma neurotoxina.

Às vezes Amy tinha a impressão de ser o único adulto naquela empresa.

Havia apenas duas saídas de emergência no prédio; o acesso a ambas ficava fora do escritório. O trigésimo sexto andar era um quadrado dividido entre duas empresas; a deles ocupava o maior espaço, em forma de U. O restante era usado por uma revista local chamada *Philadelphia Living* – compras, restaurantes, festas e todas as coisas boas. Amy era assinante, embora não conhecesse ninguém que tivesse condições de fazer as viagens tampouco comprar as roupas e joias sugeridas mensalmente pela publicação. Era pornografia de estilo de vida: Você jamais terá algo tão bom assim. Caso lhe sirva de consolo, masturbe-se enquanto folheia a revista.

Ela foi até a metade do corredor que ligava a sala de David com a sala de reunião e dobrou à esquerda. Uma porta de segurança se abria diretamente para um pequeno hall. Ao dobrar-se novamente à esquerda, dava-se de cara com a porta da saída de emergência norte.

E foi isso que aconteceu.

Amy deu de cara com a porta.

Deveria arriscar?

David lhes contara umas coisas muito sinistras. Nesse exato momento ela só podia provar uma coisa: o suco de laranja e o champanhe estavam envenenados, pois Stuart tinha batido as botas, coitado. Por que David mentiria sobre algo como plantar bombas de Sarin nas saídas de emergência?

Porque era besteira, por isso. Veneno é uma coisa; plantar bombas químicas em portas é outra história. Aquele prédio era seguro até a ponta do rodapé. Era improvável que alguém não tivesse detectado uma bomba em uma porta de escape! Se algum maluco deixasse um saco de papel com um lanchinho em um degrau na saída de emergência, em menos de vinte minutos apareceriam uns seguranças federais protegidos dos pés à cabeça com roupas especiais contra materiais perigosos.

Assim, se a ideia era ridícula, por que estava com medo de abrir a porta?

Vá em frente, Amy.

Mete bronca.

Pôs então a mão no aço gelado, como se pudesse usar o tato para identificar alguma coisa. *Ah, pois é. Está claro que há uma bomba de Sarin atrás desta porta.*

O problema era que Ethan constatou a sensação.

Sua garganta já havia se fechado, do outro lado do planeta.

Antes de ser contratado por David, ele tinha sido militar. Trabalhara nas Forças Especiais. Estivera no Afeganistão, mais recentemente, em novembro de 2001, participando da Operação "Achamos que Bin Laden Está Aqui, Então Vamos Mandar Bomba Até Não Sobrar Mais Nada". Juntamente com sua equipe, Ethan vinha batendo de frente e desobedecendo as ordens de um obscuro líder militar afegão, no deserto sul de Kandahar. O tal líder espalhara pelo terreno algumas caixas de metralha cheias de rícino. Um combate deu errado e, de uma hora para outra, Ethan e seus homens foram parar no fundo de um areeiro medieval. O líder – um imbecil chamado

Muhammad Gur – dançou na beira do areeiro, jogando suas preciosas latinhas de rícino, às gargalhadas.

Mais tarde, Ethan leu que rícino era produzido a partir das sementes de mamona. Em forma de vapor, o rícino obriga o corpo a interromper a produção de certas proteínas importantes.

E obriga *mesmo*. Por conseguinte, as células morrem. Se não socorrida, a vítima morre em seguida.

Ethan sabia apenas que sua garganta estava se fechando.

De todos, ali no buraco, ele foi quem recebeu a maior parcela do veneno. Podia jurar que o cretino do Muhammad Gur tinha mirado exatamente nele. Por sorte, os colegas de Ethan conseguiram escapar do buraco e arrastaram-no pelo deserto, em busca de socorro. Mas quando alguém olhava para baixo e via Ethan apontar desesperadamente para a garganta, já sabia que as chances de ele conseguir chegar a uma tenda médica eram mínimas.

Uma traqueotomia é um procedimento rápido, mas complexo. Em uma emergência, localiza-se o pomo de adão e vai descendo um pouco até sentir-se o outro caroço – a cricoide – e, em seguida, tenta-se encontrar o pequeno vale entre os dois. Parabéns, você localizou a membrana cricotiroide. É aí que se deve cortar: meio centímetro na horizontal, meio centímetro de profundidade. Aperte as laterais para que a incisão se abra feito uma boca de peixe. Então insira o tubo. Não tem um tubo? Use um canudo. Ou uma caneta esferográfica (depois de remover a carga, é claro).

No deserto sul de Kandahar, o salvador de Ethan tinha um canivete suíço e um canudo. Salvou-lhe a vida.

Mas ali, nas escadas de emergência do edifício Market 1919...

Ethan estava ferrado.

Perturbado com as lembranças tão vivas de Muhammad Gur, Ethan cambaleou para trás e imaginou, por alguns segundos, estar tentando se segurar na lateral daquele areeiro medieval. Naquele momento, entretanto, ele estava mesmo em um dos dois lances de escadas de concreto que davam para o trigésimo quinto andar.

Ethan caiu de costas.

Sentiu dor em cada degrau.

Mas a dor nem se comparava à agonia na garganta.

Aquilo estava pior que rícino.

Mamona uma ova.

Aquilo era outra coisa.

Amy se afastou da porta. Pensou ter ouvido algo do outro lado. Teriam sido passos fortes? Pessoas? Talvez os seguranças? Policiais? Investigadores federais? Alguém enviado para recolher os supostos cadáveres?

Melhor não pensar nessas coisas. Podia ser algum tipo de ajuda.

– Olá?

Ela se segurou antes de bater na porta. Existia a *remotíssima* chance de haver mesmo a tal arapuca na porta; não queria disparar nenhum tipo de bomba acidentalmente.

– Olá! Alguém aí está me ouvindo?!

Ethan imediatamente reconheceu a voz de Amy. Aquela voz doce. Lamentou não poder responder.

Mesmo assim, sentiu-se estranhamente feliz por ela ter vindo procurá-lo. Tão feliz que estava disposto a perdoá-la pelas doses de Martini francês.

Oi! Alguém aí está me ouvindo?!

Sim, minha querida, estou.

Pena que não posso mandar você entrar. Um, porque minha garganta está bloqueada e dois, acho que se você passar por esta porta, vai levar uma bordoada bem no meio da cara, com a mesma toxina que me atingiu.

Ethan então enfiou a mão na bolsa e começou a procurar uma caneta.

* * *

Amy quis abrir a porta, mas o medo segurou-lhe a mão. Ainda que *remotíssima*, a chance existia. Não queria perder a vida por ter ignorado um aviso. O aviso de um homem que – até alguns minutos antes – ela considerava o sujeito mais inteligente com quem trabalhara.

Mas e se a ajuda estivesse do outro lado?

A ajuda teria respondido. Não teria?

A porta interna do escritório atrás de Amy se abriu.

Era Molly, vertendo lágrimas. Pelo visto, ela não fora ao banheiro coisa alguma, Amy pensou. Provavelmente ficou vagando pelo escritório em choque. Era compreensível. Afinal, não era todo dia que se atirava na cabeça do chefe, certo?

Amy sentiu pena de Molly, apesar de sua participação no plano de David desde o começo. Ela mesma dissera: Sabia que as linhas telefônicas tinham sido cortadas. Os celulares bloqueados. Chegou inclusive a afirmar ter visto os pacotes de Sarin.

Mas quem sabia o que David fizera com ela? A pobre mulher podia ter ficado tão aterrorizada que não lhe sobrara alternativa além de obedecer.

Com certeza parecia aterrorizada naquele momento.

– Você está bem? – Amy perguntou, mas só por perguntar mesmo.

Molly fez que não. *Não. Não. Não estou bem*.

– Vem cá, querida – Molly abriu os braços.

O que quer que estivesse atrás da porta da saída de emergência no lado norte do prédio ia ter de esperar.

David Murphy já tinha sido baleado outras vezes. Na Alemanha Ocidental. No Sudão. Só que nunca na cabeça. E dessa vez a coisa foi muito séria. Só o efeito ricochete por si – a colisão da bala contra o crânio, causando tremores secundários no resto da estrutura esquelética – era o bastante para fazê-lo querer se virar e dormir. Qualquer coisa que parasse a dor. Ele se sentia... *estranho*.

Que exímia pontaria, a de Molly.

Quem diria?

Quando os chefes de David a enviaram, seis meses antes, ele concluiu estar sendo repreendido. David adorava salsa e wasabi; aquela mulher era iogurte de baunilha. Um corte de cabelo medíocre, um jeitão introvertido, corpo franzino. Os seios, quase inexistentes, conferiam-lhe a aparência de uma tábua de passar roupa. David tinha dado em cima das outras assistentes diretas, o que acabara atrapalhando o trabalho – na opinião de seus superiores. Não que David tivesse se esquecido da rede de câmeras ocultas espalhadas pelo escritório; simplesmente achou que os superiores não fossem se importar.

Enganou-se. Os caras o presentearam com fotos desfocadas, em preto e branco, tiradas de um encontro para lá de apimentado em uma tarde ociosa de terça-feira. As fotos mostravam calças arriadas até os tornozelos, saia puxada para cima, batom borrado, cabelos desgrenhados. Seu superior lhe disse que tal comportamento não cabia a uma pessoa de seu status e que o objeto de sua afeição estava sendo transferido para uma estação em Dubai. No dia seguinte, chegou Molly.

Às vezes, David pensava em sua assistente anterior. Pensava em Dubai. Os caras tinham construído uma estância artificial de esqui bem no meio do deserto. Ele ficava imaginando se ela alguma vez tinha um tempinho para aproveitar o local. Ele lhe prometera uma viagem para esquiarem juntos.

Molly, porém, não parecia ser do tipo que curtia esquiar.

Parecia não curtir quase nada.

O método de contratação de pessoal usado pelos superiores era muito esquisito.

David foi contratado logo no início, ainda na fase experimental; sua combinação especial de charme e crueldade lhe garantiu uma posição no alto escalão da pretensiosa organização de inteligência, mas não lhe concedeu o privilégio de assumir nenhum comando sobre as contratações. Essa operação sempre foi incumbência de outros. Outros que David nunca conheceu.

Ele tinha a esperança de conhecê-los um dia, só para poder esbofeteá-los sem parar.

Veja o caso de Molly. Não vamos nem considerar aqui o ato de total insubordinação em que ela atirou na cabeça do próprio chefe. A sonsa não era flor que se cheirasse. O charme de David não colou ali. Ela não tinha senso de humor. Era difícil saber se o marido – um bobalhão barrigudo chamado Paul – era mesmo alguém que ela amava ou se era só fachada para Molly disfarçar suas incursões pelos arvoredos da ilha de Lesbos. David definitivamente não conseguia controlá-la.

Ah, ela escutava com atenção, sim. Seguia à risca o manual do bom assistente.

Mas ele não conseguia tapeá-la, o que o incomodava um pouco.

E veja só no que deu.

David olhava fixamente para o teto e se perguntava até quando ficaria consciente. Talvez fosse apenas sua imaginação, mas ele podia jurar estar sentindo o sangue jorrar do pequeno furo na cabeça.

Entretanto, apesar da paralisia que lhe tomara o corpo, ele se sentia estranhamente normal. Como se pudesse simplesmente se levantar e pronto. O que, *com certeza*, não aconteceria.

David não tinha pirado a esse ponto.

Amy conduziu Molly – que tremia feito vara verde – até sua sala e fechou a porta. Ela precisava acalmar a criatura *naquele* momento, nem que fosse preciso chamar os chefes de David e levá-la para prestar depoimento. O trabalho com operações secretas era uma coisa; aquilo ali era um ser humano arrasado. Amy sabia apenas o seguinte: sem quê nem por quê, o chefe – para quem ela trabalhara nos últimos cinco anos – ameaçou matar todos na sala e, de uma hora para a outra, Stuart caiu no chão e, de repente, a secretária de David – contratada seis meses antes – atirou na cabeça dele. Era demais.

Ela também precisava ser acalmada; queria muito que alguém *o* fizesse.

Seja a adulta. Seja a adulta.

– Você está bem? – perguntou Amy. – Senta. Vou pegar uma água.

– Estou bem – disse Molly, que continuou de pé, toda tensa, vasculhando a sala de Amy com os olhos, como se estivesse se preparando para o ataque de um animal selvagem vindo de trás da mesa.

– Senta, Molly. Aqui não tem nada que possa te ferir.

– Eu sei, eu sei. Estou bem, juro.

Amy queria muito que Molly se sentasse e tomasse logo um pouco de água. Sua sala estava quente. Como sempre. As janelas davam para o norte, e o sol da manhã sempre ganhava do ar fresco lançado pelos dutos do prédio. Ao ir buscar um copo de isopor para Molly, Amy conseguiria desfrutar do ar refrigerado da cozinha; conseguiria passar um papel toalha na testa e no pescoço e, o mais importante, teria um tempinho para pensar. Com a ausência de David – nossa, como era estranho esse eufemismo, considerando-se que o homem estava estirado no chão da sala de reunião com um tiro na cabeça – Amy estava tecnicamente no comando. E não tinha a menor ideia do que fazer.

O manual de conduta do departamento não era assim tão abrangente.

Ela também estava louca para encontrar Ethan. Embora agisse feito um pirralho de vez em quando, ele sabia lidar muito bem com momentos de crise. Sempre que Amy se aborrecia com alguma coisa no trabalho, ia à sala de Ethan, fechava a porta e afundava no pufe azul, um saco estofado com bolinhas de isopor – uma coisa ridícula que o cara tinha desde os tempos da faculdade. Ethan perguntava o que havia de errado com ela e, independente da resposta, anunciava que era hora de "guloseimas cremosas". Tem cara que guarda uma garrafa de bebida na última gaveta à direita; Ethan guardava cupcakes. Ele oferecia as duas coisas necessárias para acalmá-la: um ouvido paciente e uma dose de açúcar, farinha de trigo enriquecida e óleo vegetal parcialmente hidrogenado.

Mas naquele momento não havia tempo para encontrar Ethan, pois Molly não queria saber de tomar água alguma, tampouco de se sentar.

– Precisamos descobrir um jeito de conseguir ajuda – disse Amy.

Ajuda: eufemismo que significava "os chefes de David". Como eventual substituta, Amy recebera o número de telefone e a senha para usar em caso de emergência, tal como a morte intempestiva de David. O auxílio chegaria à rua Market número 1919. Discos rígidos seriam apreendidos. A ordem seria restaurada. Amy só precisava encontrar um telefone que funcionasse.

Molly, porém, não estava prestando atenção. Baixou a cabeça e escondeu o rosto nas mãos espalmadas.

Deus, como aquilo devia estar sendo difícil para ela! Molly não era funcionária de alto escalão. Sabia o que todos faziam, até certo ponto. Mas não tinha noção do perigo envolvido naquele jogo.

Amy tocou-lhe o ombro:

– Você vai ficar bem – disse, ainda que fosse uma mentira escandalosa. A mulher tinha puxado uma arma de uma caixa branca – mesmo que fosse uma caixa de cannoli do Reading Terminal Market – e atirado na cabeça do chefe. Definitivamente, aquilo *não era nada bom*.

Molly ergueu a cabeça.

– Amy?

– Diga, querida.

– Vou ter muito mais prazer com você.

Amy viu quando Molly fechou uma das mãos delicadas, cerrando o minúsculo punho. Então o golpe acertou-lhe o olho.

Ela cambaleou para trás. A confusão se instalou antes mesmo da dor. *Espere. O que foi isso, gente?*

Será mesmo que Molly Lewis acabou de dar um murro no...?

Novamente.

E mais uma vez.

Um golpe de esquerda, um soco de direita. Uma clássica combinação de boxe.

Amy sentia a cabeça explodir de dor, finalmente irradiando das profundezas da sua pele para dentro do crânio. As nádegas chocaram-se contra a frente de sua própria mesa. Precisava manter-se de pé. Precisava começar a se defender. Isso era claro. Mas o que estava havendo ali? Amy levantou a mão, mas Molly a empurrou para o lado e socou-lhe a garganta.

Amy começou a engasgar.

Deslizou para o lado e levou as mãos à garganta, como se pudesse desfazer o estrago manualmente. Molly, porém, fizera algo. Algo muito ruim. Amy não conseguia gritar.

Dois minutos antes, Molly estivera sozinha na sala de David. Todos tinham se espalhado pelo resto da empresa, para ver se o papo louco do chefe procedia. Ver se os elevadores chegavam. Se os telefones estavam com sinal. Se os celulares funcionavam.

Obviamente, não.

Molly ajudara David a desativá-los todos.

David, uma semana antes, prometeu:

– Se você me ajudar, sairá dessa comigo; viva! Vamos encontrar novas identidades nos aguardando lá fora.

Mais tarde, Molly encontrara o memorando. A lista negra enviada pelo fax.

Com seu nome.

Mentiroso.

Decidiu então fazer as coisas de seu jeito.

Molly cruzou o corredor e entrou na sala de David. No canto, onde a janela que dava para o sul encontrava-se com uma velha estante em carvalho maciço, havia uma câmera de segurança disfarçada pela madeira e pelo rebaixamento do teto. Fora posicionada de forma a vasculhar não apenas toda a sala, mas a tela do computador de David. Ele sabia disso. Era norma da empresa.

Molly olhou para a câmera e deu um sorriso com os lábios cerrados. Ergueu a mão esquerda, espalmada.

E levantou os dedos indicador e médio.

Não era um sinal de paz.

Era um anúncio.

MANHÃ DE TRABALHO

Gerir é tão somente motivar pessoas.

– Lee Iacocca

A mais de cinco mil quilômetros dali...

... na Escócia, perto do mar, em uma área tranquila de Edimburgo chamada Portobello, um ruivo de camiseta preta e calça cáqui muito bem passada atravessou a rua. Levava um saco de farmácia cheio de lenços de papel e Night Nurse, um remédio para gripe. Passara mal a manhã inteira. Talvez uma boa dose de antigripal desse um jeito. Gripes de verão eram as piores.

Aquele verão também era o pior. Estranhamente quente para Edimburgo. Além disso, pairava no ar uma camada de vapor quente e úmido que só piorava a situação. Ele calculou que quando retornasse ao apartamento, precisaria trocar a camiseta ensopada de maresia e suor. Tinha levado apenas uma pequena valise com o essencial; não andava com pilhas de camisetas como McCoy, seu parceiro de investigação. O cara colocava tanta coisa nas malas que parecia até que o mundo estava prestes a acabar.

O ruivo, que se chamava Keene, estava quase no final da estrada quando esbarrou em um sujeito que levava o cão para passear. Coisinha minúscula, o cão. Tinha apenas três pernas. O dono, duas, mas estava por demais abatido; nem parecia ter músculos.

– Desculpe, parceiro – disse Keene.

O sujeito apenas sorriu. E não foi um sorriso lá muito amigável.

Keene saiu do caminho e então observou o cãozinho perneta latir e pular atrás do dono. Não era nada fácil subir a ladeira naquela garoa, com apenas três pernas.

Lá em cima, no apartamento, Keene abraçou o companheiro. Os lábios rasparam-lhe nos pelos grossos e curtíssimos do rosto; sentiu o cheiro inebriante da loção pós-barba. Então contou-lhe sobre o cão.

– Já vi esse cachorro – afirmou McCoy, que era norte-americano. Mal olhou para Keene. Estava concentrado em um conjunto de telas de computador: um desktop e três laptops. – O troço me causa arrepios.

– Vou fazer um chá – anunciou Keene. – Quer uma xícara?

Um pouco de chá e um Night Nurse talvez o ajudassem a encarar a tarde. Keene planejava pedir a McCoy para assumir nas próximas horas. Tinha passado a manhã praticamente inteira monitorando. Parecia até que tinha areia nos olhos.

– Não, mas você podia me trazer uma lata de Caley.

– É pra já.

McCoy era chegado a uma birita.

– Perdi alguma coisa? – indagou Keene.

– Perdeu *tudo*.

– Como assim? O planejado é dar início à operação em Dubai só daqui a seis horas, pelo menos.

– Não estou falando de Dubai, mas dos Estados Unidos, cara. Tá lembrado? A parada da Filadélfia?

– Namoradinha.

– Isso.

– Que horas são lá agora?

– Nove e meia. Até agora, nossa garota está fazendo exatamente o que disse. Você perdeu a cara que o Murphy fez. Depois eu passo pra você.

– Beleza – respondeu Keene. *Não, muito obrigado*.

Namoradinha, que até meia hora antes não passava de uma funcionária de baixo escalão, contatara McCoy havia alguns dias fazendo uma proposta intrigante: "Se me der uma chance, eu te mostro o que sou capaz de fazer." McCoy se impressionara com o simples fato de ela ter conseguido achá-lo. Foi o bastante para que ele passasse a proposta para os superiores e recebesse o aval para prosseguir.

Namoradinha queria uma promoção. E estava a fim de demonstrar o quanto a merecia.

Os funcionários do escritório já estavam marcados para morrer mesmo, ela argumentara.

Por que não deixá-la tentar?

McCoy disse à Namoradinha:

– Se você nos impressionar, vai sair viva e com um novo trabalho. Caso contrário... bem, foi um prazer entrevistá-la.

Namoradinha aceitou.

McCoy, entretanto, estava mais preocupado com Dubai e com a gripe de verão que parecia se instalar. Era sempre uma grande furada se concentrar em mais de uma operação ao mesmo tempo. Tal malabarismo invariavelmente acabava dando merda.

Mas nada segurava McCoy, que se encantou com a operação da Filadélfia. Assim, para não dificultar as coisas, Keene teve de fingir estar encantado também.

Keene ligou a chaleira e abaixou-se para pegar uma caneca verde de cerâmica no armário. Espere. A cerveja de McCoy. Abriu a geladeira e pegou uma lata na prateleira de baixo. Era o máximo da contribuição semanal de McCoy para a despensa. Tudo o mais que ele consumia era comida para viagem. Geralmente tailandesa ou indiana.

Keene entregou a lata de Caley 80 ao companheiro, que olhava, ligadíssimo, para um dos monitores.

– Dá só uma olhada – disse McCoy.

Na tela, Namoradinha – que, para Keene, parecia uma ratinha – fazia um sinal de paz para a câmera.

– Sujeito número dois prestes a ser executado – McCoy abriu a cerveja e começou a bater com o polegar sobre uma pilha de documentos na mesa. – Cara, a mulher tem um estilo irado.

– Hummm – respondeu Keen. – Tipo, Murphy foi o sujeito número um?

– Foi.

– Cara, refresca minha memória: O que o escritório da Filadélfia faz mesmo, hein?

– Bloqueia todas as finanças de grupos terroristas. Ou algo assim. É um bando de nerds usando computadores para apagar as contas bancárias de células terroristas conhecidas. Não estou muito por dentro da parada. Sou um cara de recursos humanos.

– Ah, é isso que você faz?

– Psst! Ela está em ação.

Observaram Namoradinha dirigir-se para a outra sala. McCoy se inclinou para a frente e digitou alguma coisa. Outra câmera a captou e enviou, por meio de fibra ótica, a imagem para a segunda tela. Viram então outra mulher, uma norte-americana bem espertinha, de olhos brilhantes e cabelo na altura dos ombros, tentando confortar Namoradinha.

Em seguida, Namoradinha partiu para cima da criatura e baixou o sarrafo com uma violência animalesca.

– Cacete! – exclamou Keene.

– Que é isso! A mulher é *boa* mesmo!

A incapacidade de Amy em gritar não significava que ela ia desistir. Fingiu desmaiar, jogando-se para trás, rodopiando de forma a parar de frente para a sua própria mesa, do outro lado. Lá estava. Uma caneca preta e laranja do *Philadelphia City Press* cheia de canetas de ponta porosa, esferográficas e uma tesoura italiana de aço e cabo preto.

Atrás dela, Molly fechava a porta. Provavelmente queria ter mais privacidade.

Para poder matar Amy calma e tranquilamente.

Amy agarrou no aço frio e deu uma estocada para trás. Molly recuou; o aço raspou sua blusa, rasgando-a levemente. Molly estampou um sorriso de deboche. Amy rosnou – era tudo que conseguia fazer – e investiu contra ela novamente, mas Molly desviou-se para o lado oposto ao previsto por Amy. Tarde demais para mandar outra estocada. Molly mandou um chute no peito, fazendo Amy rolar para trás sobre a mesa. A queda foi temporariamente interrompida pela cadeira de rodinhas que deslizou, abrindo um espaço para que Amy se esborrachasse no chão.

Corra, pensou Amy. Corra!

Junte-se aos outros.

Levantou-se com muita dificuldade e segurou-se na janela para se apoiar.

A vidraça inteira se soltou da moldura.

Amy ofegou quando o vidro fugiu de suas palmas.

Despencou.

Despencou.

Despencou.

O vidro caiu trinta e seis andares, girando, chocando-se contra a lateral do prédio e girando novamente até se espatifar na ruela atrás do edifício da Market 1919.

McCoy sorriu.

– Ah, não a vi fazendo isso. Quando terá sido?

Keene franziu o cenho.

– Isso aí não é trapaça?

– Não, não. Ela nos disse que faria algumas horas de preparação e aquecimento, como em um trabalho normal. Nada fora do comum.

– Pra mim, isso aí é trapaça.

Keene tomou um gole do chá. Aliviou um pouco a garganta, e o calor – um calor bem-vindo – subiu por suas cavidades nasais. Só não adiantou de nada para a insuportável dor de cabeça.

– Não, *ela* é boa. O alvo está completamente desnorteado. E essa janela se soltando, cara! Por essa ela não esperava.

Ficaram de olho no monitor. Keene tomou mais um pouco de seu Earl Grey.

– Opa, *peraí*!

– O que foi?

– Agora entendi por que ela me mandou aqueles formulários de desempenho.

Keene tomou mais um gole do chá. Não estava a fim de passar a tarde toda sentado ali perguntando "Como assim?".

Aí estava uma das coisas mais irritantes em McCoy. Ele adorava prolongar as coisas. Em vez de contar logo tudo, o cara ia passando as informações em frases enigmáticas, elaboradas de maneira a forçar o interlocutor a perguntar "O quê?", "Conta aí!" ou "É mesmo?". Bem, se quisesse, ele que fosse fazer outro de bobo. Com Keene, o buraco era mais embaixo. Se não contasse logo, não ia contar nada.

Dessa vez, não foi preciso tanto tempo em silêncio para fazer McCoy continuar.

– Há poucos dias, ela me mandou uma porrada de papéis. Os currículos das pessoas indicadas como seus alvos, acompanhados das avaliações de desempenho de cada uma. Sabe aquela parada que os chefes usam pra dizer se o empregado está trabalhando bem ou não, e depois justificar por que deu ou não deu aumento? Pois é.

Keene não disse nada. Mas lá no fundo, pensou: *Continue, continue, agora!*

– Eu não estava conseguindo entender por que ela me enviou os papéis. É que a gente já tem arquivadas todas as informações de cada um deles. Os papéis que chegaram não serviam pra nada.

Tá, tá, sei. Hummm, o chá estava uma delícia.

McCoy se virou.

– *Tá* prestando atenção, cara?

– Claro, meu amor.

– Como eu ia dizendo, só agora, quando a vidraça veio abaixo, que a ficha caiu.

– O que foi?

Keene praguejou baixinho.

– Ela está usando os pontos fracos de cada um – disse McCoy. – David Murphy manipulava disfarçadamente o pessoal, durante as avaliações, fazendo, por exemplo, joguinho psicológico. Namoradinha se valeu disso. Está se exibindo.

Keene tomou um gole de chá.

– Tem gente que faz qualquer coisa por um trabalho.

Amy estava paralisada; era informação demais para a sua compreensão. A vidraça foi para o inferno. A vidraça que a protegia das estações temperamentais da Filadélfia – com direito a neve, umidade, chuva e rajadas fortes de vento – e também de seus impulsos mais sombrios.

Anos atrás, ao ser indagada por David sobre qual o seu maior medo, Amy respondera com toda a honestidade: perder a cabeça por três segundos.

David juntou as mãos como se agarrasse uma bola, bateu os dedos e levantou as sobrancelhas.

– Pode explicar?

Amy respondeu especificamente:

– Tenho medo de perder a cabeça por três segundos, enquanto estiver perto de uma janela. É que um lado meu pode achar uma boa ideia pular, só pra ver no que vai dar.

Caso isso realmente acontecesse, Amy sabia que recobraria a sanidade quase imediatamente. Tarde demais para impedir o salto, mas não tão tarde para que ela se desse conta do erro enquanto mergulhava a 9.8 metros por segundo – tempo suficiente para gritar de terror antes de se espatifar na calçada de concreto.

– Interessante – comentou David.

E agora, era o que ela via. Uma janela aberta a trinta e seis andares do chão.

Amy perderia a cabeça?

E seria por três segundos ou mais tempo?

Então, no momento da verdade, no momento em que ela pensou ser realmente capaz...

Dedos.

Agarrando-a pelas costas da blusa, afastando-a da janela. Graças a Deus. Alguém estendeu a mão e a enfiou por dentro do cós da calça, segurando firme e puxando-a para trás. Para dentro de sua sala, onde era seguro. Longe da janela.

– Oh, Deus – ela sussurrou, embora sua voz mal fosse um murmúrio e a salvadora, a mesma pessoa que a agredira tão brutalmente. *Obrigada*.

– De nada – respondeu Molly.

Amy sentiu algo repuxar na cintura. O cinto de couro.

Saindo dos passadores.

Então sentiu algo envolver-lhe o tornozelo.

Molly foi trazendo Amy para trás ao mesmo tempo em que firmava a pegada e ganhava mais espaço. Então chegou a hora.

Levantou a cabeça na direção da câmera, fixada no canto da sala de Amy.

Piscou um olho.

Então atirou Amy pela janela aberta.

A trinta e seis andares da calçada.

No último segundo... e oh!, como ela queria que a câmera de fibra ótica conseguisse capturar isso, seu tempo impecável, seus reflexos e força...

No último segundo possível, ela agarrou a ponta do cinto de couro. Segurou firme, então jogou o corpo para trás, encolhendo-se feito uma bola contra o aquecedor de metal que ocupava a parte inferior da parede. Estaria tudo perdido se o peso de Amy a puxasse para fora.

Mas não a puxou. Molly segurou firme no couro.

McCoy, com os olhos grudados à tela do laptop, exclamou:

– Caramba!

Naquele momento, Amy sabia que perdera a cabeça a ponto de imaginar que alguém de fato a jogaria de uma janela a trinta e seis andares da rua. Quem faria uma coisa dessas? De fato, ela perdera a cabeça.

Para sempre.

E não era nada como ela imaginara.

Em seus sonhos, uma queda de algum lugar tão alto assim era um pesadelo, mas que durava somente alguns segundos. O ar batendo, o confuso movimento... era tudo tão pavoroso que não havia palavras para descrever. Mas era finito. E quando se espatifava no chão, ela acordava.

Não dessa vez. Na vida real, a queda em direção à morte parecia durar uma eternidade.

Ela teve a sensação
de que
permaneceria caindo
para sempre.

Molly não olhou, embora não lhe faltasse vontade. Usou a tesoura para segurar o cinto na grade metálica do aquecedor; aquilo manteria Amy presa no lugar por um tempo, a menos que ela desse algum solavanco.

Dar uma espiada por sobre o parapeito não seria profissional. Melhor bancar a indiferente, tipo: *Não preciso ver*. No momento em que Amy Felton desapareceu da janela e ficou suspensa – congelada – paralisada – no ar, chegou a hora de passar para a próxima tarefa. Afinal, ela estava sendo observada.

Molly estava curiosa, com certeza. Tentou imaginar a expressão no rosto de Amy. Imaginou se calculara tudo corretamente. Mas sua maior preocupação era com a opinião de quem lhe assistia.

Mais tarde teria muito tempo para ver tudo.

Nas gravações.

Jamie DeBroux

~~Amy Fulton~~

Ethan Goins

Roxanne Kurtwood

Molly Lewis

~~Stuart McGrane~~

Nichole Wise

No final do corredor, Jamie olhava fixamente para seu pager Motorola (o modelo que permitia receber e enviar mensagens de texto), que passara mais de um mês sem uso, enfiado no bolso externo da pasta de couro. Pelo que ele sabia, jamais o desligara.

No dia anterior ao feriado de 4 de Julho, ele tinha recebido uma última mensagem de Andrea:

VENHA PRA CASA AGORA, PAPAI :)

A bolsa d'água de Andrea acabara de estourar. Ela estava retirando bifes do congelador, na esperança de descongelá-los a tempo de fazer um churrasquinho para comemorar o Dia da Independência. Durante toda a gravidez, sentiu desejo de comer carne – bifes de T-bone bem grandes e suculentos, mais especificamente – e foi o que comeu até o momento em que o bebê nasceu.

Jamie correu para casa, pegou Andrea e a sacola de bebê que ela organizara uma semana antes, e enfiou o pé no acelerador – com cautela – até o Hospital Pensilvânia. Os bifes acabaram passando um dia e meio no balcão da cozinha. Ao voltar para casa, delirando de alegria e cansaço, Jamie foi recebido com uma chicotada nas narinas: o odor fétido de carne bovina apodrecida. Bem-vindo, papai!

Os pagers foram ideia de Andrea. Chateada por não conseguir se comunicar com o marido quando bem quisesse – quando Jamie enfiava o celular na bolsa, era difícil escutá-lo tocar – ela enfiou-lhe um Motorola goela abaixo. Achou um par de Talkabout T900 numa promoção. Menos de cem dólares pelos dois. Os aparelhos funcionavam com pilha pequena, AA. Durante seu último mês de gestação, Andrea *sugeriu* que o marido carregasse com ele o T900 o tempo todo. Sugeriu com a mesma sutileza utilizada por um árbitro de beisebol ao sugerir a um batedor que ele *está fora*.

O T900 de Jamie era azul-royal e o dela, rosa. Nada a ver com Andrea, mas a gravidez fizera coisas estranhas com a mulher.

Nesse momento, Jamie olhava fixamente para seu T900, curioso para saber se a bateria tinha acabado. Apertou o botão de ligar, mas não teve sorte. O troço perdera o último volt provavelmente na mesma época em que os bifes atingiram total estado de putrefação.

Mas, tudo bem. Ele agora só precisava de uma pilha pequena. E então poderia mandar uma mensagem de texto para a polícia, ou uma ambulância, ou alguém. SEU GUARDA, MEU CHEFE ACABA DE LEVAR UM TIRO NA CABEÇA. PODERIA MANDAR ALGUÉM AQUI EM CIMA? E então conseguiria dar o fora daquele andar.

Onde o pessoal guardava as pilhas?

Amy Felton. Ela era boa nessas coisas.

Molly estava prestes a abrir a porta quando alguém bateu duas vezes, bem depressa. Ela parou e então pôs a mão na robusta maçaneta prateada. Abriu uma fresta e apertou o botão de tranca. Terminou de abrir e, rapidamente, enfiou-se no espaço entre a porta e o batente. Quem quer que estivesse batendo daria falta da vidraça e veria o cinto de couro preso ao aquecedor, passando pelo peitoril. O ar abafado de agosto já tinha invadido a sala de Amy.

Molly deu de cara com Jamie, que, nervoso, recuou. Parecia atordoado.

– Jamie.

– Nossa, você está bem? Amy está aí?

– Não. Ela me pediu para trancar a sala enquanto busca ajuda.

– Ah, ela foi buscar ajuda? Onde?

– Venha comigo.

Molly apressou-se pelo corredor, sem dar a Jamie a menor chance de recusar. Ele a acompanhou, como ela previa. O cara tinha a maior atração por aquela mulher.

Ela se lembrou de uma noite meses antes, quando o pessoal do escritório saiu para beber. Jamie também foi, o que não costumava fazer. Eles conversaram; flertaram. Ele se ofereceu a acompanhá-la até o carro. Queria se despedir. Ela recuara de leve, o que só serviu para fazê-lo se aproximar ainda mais. Ele estava com bafo de cerveja e a camisa fedia feito um cinzeiro. Foi difícil para ela afastar-se, mas conseguiu. Não era o momento certo.

Agora, porém...

Ao passar por uma das câmeras no corredor, Molly ergueu as mãos até o peito. Com uma delas, sinalizou cinco e, com a outra, dois.

– Olha pra isso – disse McCoy, sentado em frente a uma tela de um laptop, a mais de cinco mil quilômetros dali. – Número sete. Ela está saindo da ordem. Por que será?

– Ah, não sei. Vai ver o cara bateu à porta logo depois que Namoradinha pendurou a colega na janela.

– É, eu sei. Mas alguém como Namoradinha teria conseguido driblar esse cara mole, mole. Olha só pra ele. Um merdinha. Estou com a ficha dele por aqui, em algum canto. Ela o estava deixando pro fim. Como sobremesa.

– Por quê?

– A gente sempre acaba primeiro com os alvos mais difíceis. Namoradinha identificou a primeira mulher, a tal de Felton, como o osso mais duro de roer. Apesar do medo de altura.

Keene tomou um gole do chá. Logo, logo teria que se levantar para pegar mais um pouco.

– Estive pensando nisso. Achei essa manobra muito tosca. Cara, a vidraça se espatifou lá na rua. Vai saber onde o troço bateu. Vai que tenha pegado em seis criancinhas e que agora estejam lá se esvaindo em sangue?

– Improvável. Aquelas janelas dão para o norte, e lá embaixo só tem uma ruela onde praticamente só para caminhão de entrega. Namoradinha pensa em tudo.

– Beleza, vou esquecer a vidraça. Mas e o alvo? Por menor que seja a rua, alguém vai perceber uma mulher pendurada numa janela.

McCoy sorriu.

– Mais uma vez, improvável. É Filadélfia. Já esteve lá? Eu já, e a taxa de homicídios é incontrolável. E mais, está fazendo um sol danado hoje. É muita luz.

– Tá, agora fala sério.

– Na boa? Acho que Namoradinha está se exibindo. Foi uma manobra tremendamente audaciosa. Você tem razão: não dá pra manter esse tipo de coisa na surdina por muito tempo. Alguém vai acabar olhando pra cima e vendo a mulher. Pode levar um minuto, ou uma hora. Mas pode apostar como alguém vai avistá-la, vai dar o maior chilique e pá! Aí é que o relógio começa a correr de verdade.

Seu nome era Vincent Marella...

... e ele estava lendo um livro de suspense que encontrara no vestiário. Alguém o deixara na mesa junto a outros livros; a ideia era de motivar os funcionários do edifício Market 1919 a levar seus livros velhos e começar uma troca. Obviamente, isso nunca aconteceu. Só o primeiro cara mesmo foi quem levou. E ponto final. Vincent concluiu não haver muita gente chegada à leitura na equipe de segurança.

O livro, na verdade, até que não era ruim. O título era *Center Strike*, e contava a história de uma gangue de ladrões de classe alta, mas durões, tentando saquear o ouro guardado em cofres sob os escombros do World Trade Center quarenta e oito horas após o colapso. Simplesmente ridículo, sabia Vincent. Um balão vermelho explodido na capa prometia que o livro era BASEADO EM FATOS. Valeu. Conta outra!

Se por um lado esse tipo de leitura empolgava, por outro, irritava qualquer um. Empolgava porque um dos heróis da história era... advinha só? Um guarda de segurança no World Trade Center que também, por acaso, durante a Guerra do Golfo, salvou – sozinho – seu pelotão inteiro de um general iraquiano ensandecido que os manteve em cativeiro no deserto.

Irritava porque... bem, Vincent era guarda de segurança em um arranha-céu de trinta e sete andares em uma cidade importante nos Estados Unidos.

Ele não era veterano do Golfo – crescera entre guerras. Jovem demais para o Vietnã, velho demais para o Golfo. E nunca fora mantido em cativeiro.

Mesmo assim, tinha passado por um certo perrengue. Na verdade, fazia pouco tempo.

Vincent estava lendo a parte em flashback sobre a cruel tortura do herói no campo do Iraque quando um sujeito todo desarrumado, de camiseta imunda, passou pela porta giratória. Era um cara branco, mas a estampa da camiseta preta parodiava uma caixa de cereais com o nome truncado: CHEERI-HO'S, e a peituda na caixa – com lábios, quadris e busto enormes – não era exatamente uma mascote da General Mills.

Vincent suspirou.

Era Terrill Joe, o drogado simpático da área.

Interessante era que naquele bairro – se é que se pode chamar esse desfiladeiro corporativo de torres de "bairro" – não havia drogados. A prefeitura garantia ao coração empresarial de Center City West um forte policiamento e manutenção impecável da limpeza urbana. Era diametralmente oposto ao que ali se encontrava quarenta anos antes, quando havia milhares de estabelecimentos com fachadas caindo aos pedaços, cinemas pornôs de um lado e, do outro, uma monstruosidade chamada Muralha da China. O pai do ator Kevin Bacon era, na época, o urbanista; ele decidiu eliminar a Muralha da China – linhas férreas que davam para fora da cidade – e substituí-la por um playground empresarial. Na década de 1980, o sonho de Bacon tinha se realizado por completo. Concreto, vidro, aço e alturas vertiginosas eram a ordem do dia. Quem quisesse ver como a rua West Market era nos anos de 1960, tinha de se aventurar a passar pela rua Vinte e Dois. Mas precisava se apressar, pois já estavam construindo por lá vários condomínios, embora ninguém os comprasse.

Viciados como Terrill Joe teriam adorado o local na década de 1960, caso houvesse crack para comprar. É claro que, na época, seriam apenas hippies.

Vincent não fazia a menor ideia de onde Terrill Joe se abrigava à noite. Não podia ser ali perto na Rittenhouse Square, pois era muito chique, embora Terrill Joe fosse suficientemente branco. Provavelmente em alguma esquina de Spring Garden, mais ao norte.

Chegou a pensar em perguntar a Terrill Joe onde ele se enfiava, mas concluiu que não valia a pena. Já bastava ter que expulsá-lo do prédio.

– Seu Marella, o senhor está com um grande problema.

– Todo santo dia – Vincent murmurou.

– Oi?

– O que posso fazer por você, Terrill Joe?

– O senhor precisa dar uma olhada lá nos fundos.

– É mesmo?

– Acho bom. Até mesmo porque é seu trabalho.

A pele de Terrill Joe era uma rede de veias partidas. Os dentes pareciam lápides em um cemitério bombardeado por mísseis atirados de uma distância curtíssima. E exalava um fedor tal qual o de um tsunami, engolfando as narinas de inúmeros inocentes. Em suma, Terrill Joe era o caos ambulante.

Geralmente, Vincent agia de forma a retirar Terrill Joe do prédio o mais depressa humanamente possível, temendo que ele incomodasse os condôminos. Não via por que precisaria mudar seu *modus operandi* naquele momento, apesar do horroroso bafo quente e úmido que pairava no ar lá fora.

– *Me* mostra – pediu.

O edifício Market 1919 contava com duas entradas. A principal dava para a rua Market, do lado oposto ao símbolo da força financeira da Filadélfia: a bolsa de valores. O lugar era tão pretensioso que estava lambendo os lábios depois do 11 de Setembro, achando que Wall Street migraria uns cento e sessenta quilômetros para o sudeste. Tudo bem. Até parece que aconteceu isso mesmo.

A outra entrada dava na rua Vinte, onde ficava outra torre empresarial. Foi para lá que Terrill Joe o levou.

– O que tá pegando?

– O senhor vai ver. O senhor vai ver.

Tudo bem, vou ver, vou ver.

O drogado deu a volta no edifício e levou o guarda até a ruela entre a torre empresarial e o prédio residencial ao fundo. A ruela era tão pequena que nem tinha nome – tinha apenas três metros de largura. Talvez uma rua de verdade tivesse passado por esse local em algum ponto. Certamente, não fora 40 anos atrás. Na época, a Muralha da China dominava. Qualquer que tivesse sido a rua ali existente antes, fora completamente apagada do mapa após anos e anos de pavimentação, repavimentação, demolição e construção. Moral da história: se bobear, os caras tiram seu nome.

– Ó lá, cara!

Vincent avistou o que preocupava o drogado. Vidro estraçalhado no asfalto negro da ruela sem nome.

De onde teria vindo?

Vincent olhou para cima, mesmo sabendo que era bobagem. Até parece que ele ia conseguir enxergar uma única vidraça faltando em um dos trinta e sete andares.

– Você viu a hora que aconteceu isso?

– Se eu vi? Pô, o troço quase decepou minha cabeça na *queda*, homem de Deus.

– Mais ou menos de que andar caiu? – Vincent apertou os olhos. O sol estava de rachar naquela manhã.

– De um andar *bem alto*.

– Foi?

– Foi.

Ele apertou os olhos por mais um tempinho – o sol estava forte, brilhando no topo do prédio branco – então virou-se para olhar o prédio residencial do outro lado. Muito provavelmente a vidraça caíra daquele lado.

Mesmo assim, era preciso checar.

O que significava uma ronda dolorosa em cada um dos andares daquele lado do prédio.

Muito obrigado, Terrill Joe.

– Quer um cigarro? – ofereceu o viciado.

– Você vai morrer disso, maluco.

– E quem disse que eu quero viver pra sempre?

Lá se foi um sábado, arruinado pelo viciado. Típico. Mas o que realmente irritava Vincent era que levaria mais ou menos uma hora até que ele conseguisse voltar para o *Central Strike*, e estava louco para saber como terminaria a parte da tortura.

Trinta e seis andares acima, Ethan Goins estava esparramado sobre um concreto desconfortável com uma caneta enfiada na garganta.

Respirava por esse tubo. E estava grato pelo mesmo. Por favor, não o levem a mal.

Canetas eram maravilhosas.

Ele *adorava* canetas.

Mas, ainda assim: *ele respirava pelo tubo plástico de uma caneta esferográfica*. Até mesmo um otimista inveterado tinha que admitir que a vida para Ethan Goins havia tomado um rumo para lá de negro nos últimos quinze minutos.

Depois que Ethan ouvira a voz de Amy e confirmara que havia de fato uma esperança de ser resgatado daquela escadaria, a decisão fora clara. Precisava abrir a garganta.

Para isso ele conhecia apenas um método.

Tudo bem que havia a possibilidade de sua criatividade ter sido limitada pelo tempo em que esteve no Iraque. Talvez a experiência tivesse impedido que outras ideias surgissem. Talvez existisse outro método fácil e rápido de abrir a garganta de forma a permitir a oxigenação dos pulmões, da corrente sanguínea, dos músculos e do cérebro.

Se havia um jeito mais fácil, não lhe ocorria. Culpa do cérebro carente de oxigênio.

O jeito foi mesmo enfiar a caneta.

Ethan fez a coisa bem depressa para que não tivesse tempo de pensar muito. Pegou a caneta na bolsa, tirou o bocal e a carga, puxou a gola da camiseta preta para não atrapalhar e passou a mão, buscando o pomo de adão, em seguida a cartilagem cricoide e finalmente a membrana cricotiroide. No alvo.

Manda ver, Goins. Anda logo!

Ele queria muito dispor de uma lâmina para fazer uma incisão. Mas sabia muito bem o que havia em sua bolsa, e nenhum dos itens sequer se aproximava de algo assim. Talvez as chaves do carro, mas demoraria tanto para conseguir cortar que poderia ser tarde demais.

Ethan já estava vendo manchas diante dos olhos, de forma que não lhe restava muito tempo. Conhecia o alvo: o vale de carne no pescoço.

Sabia que depois da coisa feita, não haveria uma segunda chance.

O golpe teria de ser forte e preciso.

Mas primeiro ele tinha de quebrar a ponta da caneta no chão de concreto. Um tubo liso não adiantaria de nada... só doeria.

Ethan a socou contra o chão. O plástico rachou como esperado.

Isso.

Pontudo do jeito que ele queria.

Pronto para usar.

Ele imaginou o ar que respiraria através da caneta. Doce, refrescante, nutritivo, à sua disposição; bastava um pequeno golpe...

Agora!

Isso tinha sido quinze minutos antes.

Ethan ainda estava vivo e respirando ar doce e nutritivo pela caneta no pescoço.

A princípio, a dor foi dilacerante. Talvez sua incapacidade de gritar tenha sido algo bom. Mas o choque sobre o sistema nervoso foi muito pior. Logo de imediato entrou em estado catatônico, muito provavelmente como um sistema de defesa do próprio corpo. Não era todo dia que o braço direito resolvia fazer algo tão estúpido como pegar uma caneta esferográfica, retirar a carga e enfiar o tubo na região da garganta. Se o corpo de Ethan fosse a ONU, então o braço direito se tornara um estado terrorista instável que tinha atacado – sem aviso-prévio – um país vizinho. O braço direito podia dizer o que quisesse sobre o golpe, afirmando ter sido de interesse da garganta: "A coisa estava emperrada, primeiro-ministro; tive que destruir a garganta para salvá-la." Mas para o restante do corpo, aquele foi um ato de agressão incompreensível. O corpo impunha sanções. O corpo condenava tal violência. O corpo decidiu ausentar-se.

Por um tempo.

Agora Ethan se encontrava no chão de concreto entre dois lances de escadas, recobrando os sentidos, pensando no que faria em seguida.

Chamar ajuda: fora de cogitação.

Subir de volta as escadas e abrir a porta do trigésimo sexto andar: Nem pensar! Ele já tinha comido bastante toxina no café da manhã, obrigado. Azarado como era, Ethan acharia ter descoberto como desarmar a coisa e, de uma hora para a outra, perceberia estar errado; acabaria tendo de encontrar uma colher de plástico para retirar os olhos e impedir que o veneno chegasse ao cérebro. Não, muito obrigado.

Ele nem sabia muito bem de que agente químico se tratava. Não tinha sabor de rícino.

O jeito então era descer. Descer trinta e seis andares.

E aí? Vai encarar a descida?

Ethan decidiu que sim.

Rumo ao saguão, direto a um guarda de segurança, onde ele teria de botar tudo no papel. A menos que uma charadinha fosse mais rápida. Só não seria fácil expressar os eventos dos últimos trinta minutos com apenas alguns gestos de mão.

Como se diz "neurotoxina" em linguagem de sinais?

Melhor se preocupar com a comunicação mais tarde, Ethan pensou. Concentre-se em chegar ao térreo por essas escadas de emergência. Meio lance de concreto de cada vez. Com um tubo de uma caneta balançando para cima e para baixo enfiado na garganta, feito um paciente com câncer de garganta regendo uma orquestra.

Descendo, descendo, descendo.

Era por isso, entre outros motivos, que Ethan odiava trabalhar aos sábados.

Molly conduziu Jamie pelo corredor, passando pela sala de reunião, pegando outro corredor menor, até o saguão principal.

Um balcão de puro carvalho roubava a cena no local, junto com o logotipo em bronze da Murphy, Knox & Associates preso à parede. Jamie nunca passava pelo saguão. Nunca precisou, na verdade. As entradas laterais o levavam diretamente ao corredor mais próximo à sua sala.

– Você disse que Amy está aqui?

Molly não respondeu. Continuou caminhando.

Isso não surpreendeu Jamie. Molly sempre fora esquisita mesmo. Seu jeito antissocial, na verdade, o deixava à vontade. Sempre que estavam em uma reunião, Jamie contava com Molly para cometer alguma gafe estranha de nervoso, ou recusar-se a estabelecer contato visual com qualquer outro funcionário, exceto David. Muito bom, pois frente a isso, Jamie não parecia tão nerd assim. Talvez fosse este o motivo pelo qual os dois se davam tão bem. Dois companheiros presos na ilha corporativa de brinquedos desajustados.

– Olha só, Molly, só precisamos de uma pilha pequena para nos salvar dessa. Independente do que Amy esteja planejando.

Jamie não tinha a menor ideia do que Amy estaria fazendo daquele lado do corredor. Não fazia sentido. Aquela parte do andar era repleta de salas e baias vazias, resquícios da época em que a Murphy, Knox & Associates trabalhava com investimentos populares. Ou pelo menos essa fora a explicação dada por David. A empresa bombou durante a explosão do mercado "ponto com" e acabou sucumbindo aos cortes pós-milênio. Agora, os únicos que usavam aquele lado da empresa eram os ocasionais auditores que por lá passavam de vez em quando e inspetores do prédio, que insistiam em atualizá-los nas normas da CIPA, embora ninguém lhes obedecesse.

De repente, Molly parou. Virou-se para a esquerda. Abriu a porta. Conduziu Jamie para dentro. Fechou a porta.

Então, fez uma coisa muito estranha.

Olhou bem nos olhos de Jamie, com uma expressão terna, quase apaixonada. Não havia nada sensual na expressão – nada do tipo, *Vem cá, tesão, que eu vou te enlouquecer*. Era mais do tipo *Venha cá, meu amigo querido, deixe-me abraçá-lo*.

Ele então se lembrou de uma noite, alguns meses antes. O final de uma longa noitada de bebedeira...

– Molly? Por que estamos aqui?

Molly não respondeu. Ofereceu-lhe a mão. Era pequena, pálida, com dedos finos e elegantes. A mulher tinha um hálito gostoso. De menta.

Sem pensar, Jamie reagiu ao gesto dando a mão para Molly, como se fosse cumprimentá-la.

Sentiu os dedos de Molly deslizar contra sua pele. Os dedos de Molly dançaram por sobre os seus, buscando. Então, ela fechou a mão com força, e...

Jamie caiu de joelhos, gritando de dor.

Sentiu o polegar e o dedo médio *em brasas*.

O que ela estava fazendo?

MEU DEUS.

A pressão aumentou, junto com a agonia; não havia onde se esconder.

POR DEUS, PARE COM ISSO.

Jamie muito provavelmente achou ter dito isso em voz alta.

Keene fez mais uma xícara de chá.

Ouviu McCoy na outra sala:

– Cara, você tá perdendo!

McCoy, novamente com o pessoal da Filadélfia.

Deveriam estar se concentrando em Dubai.

Keene e McCoy compartilhavam o espaço operacional e, com muita frequência, as próprias operações em si. Mas aquela coisa da Filadélfia era toda de McCoy. Como um "cara de recursos humanos" – palavras dele, não de Keene – McCoy gostava de se divertir com novos talentos, estabelecer sua pequena rede dentro das redes maiores. Ter "seu" pessoal em vários locais espalhados pela organização aumentava exponencialmente o poder de McCoy.

Foi assim que Keene juntou-se a ele. Uma série de e-mails trocados entre San Diego e Edimburgo, uma dica aqui, outra ali. As pessoas nunca se retratam e dizem o que fazem. Elas se reconhecem.

Alguns meses depois, um encontro fortuito em Houston acabara sendo bom para ambos. Aventuras similares em Chicago e, depois, na cidade de Nova York, foram também um grande sucesso. Assim, quando chegou a hora de uma série de operações que demandavam uma atenção especial, foi McCoy quem recomendou Keene ao chefe e, daí, milhares de dólares em equipamentos foram enviados para um apartamento em Portobello.

A operação principal, como Keene compreendia, era a de Dubai. Encontrava-se ainda no início, mas demandava cuidados.

A operação da Filadélfia era um pouco mais que uma distração, só que McCoy estava completamente envolvido no caso.

– Vem cá dar uma olhada nisso. Saca só o que nossa garota está fazendo.

– Ok.

Se Keene não fosse, McCoy continuaria a encher o saco. Era capaz até de envolvê-lo.

Era melhor prestar atenção. Se McCoy estivesse certo, poderiam, no futuro próximo, trabalhar com Namoradinha.

A dor era tamanha que Jamie se desprendeu do que tinha à sua volta. Estava consciente de que Molly movia-se atrás dele, produzindo novas ondas de agonia no seu braço, enviadas pelos neurônios ao cérebro que as interpretava como dor. Jamie sentiu a mão como se fosse uma grande massa de borracha, viva em aflição, capaz de ser moldada como sua torturadora bem quisesse.

Sua torturadora – sua amiga Molly.

Sua "cônjuge colega".

De repente, ele foi erguido. Surpreendeu-se ao descobrir que as pernas conseguiam sustentar parte de seu peso.

Molly se posicionara atrás dele. Jamie sentiu o calor de seu corpo, os seios pressionados contra suas costas. As mangas compridas da blusa de Molly roçavam nos antebraços de Jamie. Nunca se tocaram antes, à exceção do ocasional aperto de mãos ou a batidinha no ombro. Se não estivesse em tamanha agonia, ele provavelmente ficaria excitado com o toque daquele corpo não familiar.

Ela era muito menor que Jamie, mas isso acabava sendo uma vantagem. Ela conseguia se enfiar atrás dele, fazer o que bem quisesse, e Jamie não tinha a menor chance de se virar e impedi-la.

Bom, pelo menos ele não sabia como fazê-lo.

Molly o empurrou para a esquerda, mais à esquerda, e mais um pouco à esquerda, direcionando-o para um canto da sala vazia.

– Isso mesmo, Jamie – sussurrou.

– Por que está fazendo *isso*? – indagou Jamie, a voz rouca. Ofegante. Desesperado. Ficou chocado ao ouvir.

– Psiu! A dor logo vai parar.

Keene perguntou:

– O que ela está fazendo?

– Prendendo o cara para que a gente veja.

– Feito uma empregada de um abatedouro mostrando o frango.

– Exato.

– Ela agora vai cortar a garganta dele e pendurá-lo pelos pés?

– Não duvido nada.

– Importa que eu seja vegetariano?

– Acho que ela não está preocupada com isso.

Molly empurrou Jamie para o chão.

Jamie se apoiou apenas em uma das mãos – a dormente, para seu azar. O braço estava fraco demais para sustentar o peso do corpo, de forma que ele bateu a cara no chão. Inspirou o ar e a poeira de um carpete industrial que não era aspirado havia pelo menos um mês.

Viu que Molly tirava os sapatos, delicadamente arrastando-os para um canto da sala, onde ficariam, presumidamente, fora do caminho. Mas, para quê?

O que estava fazendo?

Jamie levantou-se e ficou de joelhos; então ergueu a mão boa até a mesa. A ideia era firmar-se, escapar e deixar que os caras de jaleco branco com fivelas e tiras concluíssem o resto. Molly tinha pirado; isto estava muito claro. Agora a dúvida era se ela perdera o juízo depois de atirar na cabeça do chefe ou bem antes disso. Depois, também, que diferença fazia? Jamie precisava dar o fora daquela sala. Daquele andar.

Voltar para casa e rever a família.

Mas, quando esticou a mão, Molly a agarrou. Puxou-a alguns centímetros para cima, na direção do teto.

Então apertou dois dedos de Jamie para trás de forma a paralisá-lo por completo.

Fez isso com apenas uma das mãos.

– Ai – Jamie gemeu, mais de surpresa do que de dor.

Molly olhou para ele e deu um sorriso afetado. Balbuciou alguma coisa e aumentou a pressão.

Dessa vez doeu pra valer.

– Oh, Deus, por favor, solta. Não consigo me mexer.

Novamente, ela balbuciou algo.

Talvez Jamie estivesse pirando, pois ele podia jurar que ela balbuciara "*Segura firme e vê se não vai desmaiar*".

Mas, em voz alta, ela disse:

– Conte-me tudo que sabe sobre o Projeto Ômega.

– *O quê?!*

E nesse momento Molly apertou bastante os dedos de Jamie, que soltou um berro horripilante, tentando fazer três coisas ao mesmo tempo:

Respirar.

Expressar dor.

Implorar.

Foi a primeira vez que emitiu um som daquele; jamais lhe ocorreu que as cordas vocais fossem capazes de produzir um grito tão animalesco.

– Conte! – ordenou Molly em voz alta, como se anunciasse a todo o escritório. – Conte sobre o Projeto Ômega!

– Não sei... do que você... *está falando*.

Molly fez que não com a cabeça, em sinal de decepção.

Então, com a mão que estava livre – mais uma vez Jamie não acreditava que seu corpo inteiro estivesse incapacitado por aquela mão tão delgada, tão suave – ela desabotoou os punhos da blusa. Era a única do escritório, além de David, que vestia mangas compridas no verão úmido da Filadélfia. Quando Molly arregaçou as mangas, Jamie entendeu a razão.

Um grosso bracelete de prata envolvia-lhe o punho. Parecia uma série de dominós metálicos presos uns aos outros, lado a lado, envolvendo-lhe o delicado antebraço. Molly deu um toque em um dos dominós metálicos e então abriu um compartimento na base. Retirou alguma coisa.

Então mostrou para ele.

Uma lâmina de prata. Nada muito comprida. Era triangular, com uma ponta longa protegida por fita isolante.

Jamie reconheceu a lâmina. Era uma X-Acto. Material comum de escritório, sobretudo em editoras de jornais. Ele tinha feito muita colagem no jornal da faculdade por alguns anos. Cansou de cortar os dedos com uma lâmina X-Acto.

Então Molly apertou a ponta afiada contra o topo interno do polegar de Jamie, feito uma professora passando um giz em um quadro-negro.

– O Projeto Ômega – ela repetiu.

Keene perguntou:

– O Projeto Ômega?

– Não faço a menor ideia.

Keene virou um dos laptops, interrompeu a transmissão, abriu uma nova janela e começou a digitar. Uma janela abria outra em uma progressão furiosa, Keene digitando uma série de palavras-chave, senhas e termos de busca.

– Nada – murmurou.

– Que estranho. Nunca vi nada com um nome desses. É tão... anos setenta. Não daríamos um nome desses a uma operação.

– *Muito* estranho.

Então o rosto de McCoy se iluminou.

– Espere, espere. Dá uma pausa nessa pesquisa.

– Por quê?

– Acho que ela está confundindo o cara.

– E confundindo a gente também. Então não tem nenhum Projeto Ômega, é isso?

– Não se esqueça de uma coisa: ela está fazendo um teste. Vai ver só está exibindo as técnicas que domina para interrogar alguém.

– Mesmo que o sujeito não saiba de nada?

– Melhor ainda. Ela tem que ir até o fim.

– Essa mulher é pirada, cara – disse Keene.

– Ela é ótima. Pode passar aquele arquivo, por favor?

Jamie se contorceu, tentando se afastar, mas a cada movimento a agonia em seu braço aumentava.

– O que está fazendo? – perguntou. Sentia a ponta da lâmina no polegar. Talvez fosse sua imaginação, mas a lâmina parecia mergulhar em sua carne, em uma profundidade suficiente para raspar um osso. Deus. Ela estava mesmo fazendo aquilo?

– Conte tudo sobre o Projeto Ômega – insistiu Molly em voz alta.

Então Molly piscou e sussurrou:

– *Eu sei que você não sabe de nada, Jamie. Não desmaie.*

– Por que está me perguntando isso, porra?

– Resposta errada.

Ela então o cortou, arrastando a lâmina por todo o comprimento do polegar, atravessando o músculo grosso na base, e a retirou antes de atingir as veias vulneráveis do punho.

– Conte tudo sobre o Projeto Ômega.

Jamie uivou. Tentou mover-se, mas não conseguia. Não via o estrago no polegar, pois a palma de sua mão estava virada para Molly, que agora repousava a ponta ensanguentada da lâmina no dedo indicador de Jamie.

– Conte-me sobre o Ômega.

Então sussurrou:

– *Fique acordado*.

Ficar acordado? Jamie não conseguia ver o polegar, mas imaginou uma salsicha na grelha, com a pele cortada e aberta, expondo a carne no interior.

Deus, o que a fará parar com isso?

Jamie tentou se mexer. Jogar-se para a frente. Golpeá-la de forma que perdesse o equilíbrio. Qualquer coisa.

Mas o cara estava paralisado.

Ela pressionou a lâmina na ponta do dedo indicador de Jamie.

Só então ele se deu conta de que Molly segurava sua mão esquerda. Jamie era canhoto. Segurava a caneta com o polegar e o indicador. Prendia a fita adesiva na fralda de Chase segurando entre o indicador e o polegar. Percorria os seios de Andrea com as pontas dos dedos, sentindo sua pele macia e os contornos granulados ao redor do mamilo; era uma de suas sensações preferidas e agora a perdera para sempre, pois...

... pois Molly estava rasgando seu indicador de cima até a palma.

Ela fez mais perguntas. Talvez tenha sido a mesma pergunta. *O Projeto Ômega*. Pouco importava. O Alfa. O Ômega. O Homem Ômega. O Homem pré-histórico. O Homem Morto. Mas Jamie não conseguia ouvir, pois àquela altura já estava em choque – tonto e atordoado, procurando outras partes do corpo onde pudesse se esconder por um tempo. Longe da dor dos dedos, que pareciam salsichas em brasa, e do sangue quente – seu próprio sangue – correndo pelo antebraço, pingando do cotovelo.

Talvez ela estivesse agora no dedo médio. Foi o que ele achou. Parecia que ela havia parado na metade da descida. Um de seus próprios dedos – os dela – pressionavam na base desse dedo, o que parcialmente o havia paralisado. E talvez ela fosse acabar com a mão e fazer picadinho dos dedos, reservá-los em uma sacola plástica hermética Ziploc, para mais tarde, e perguntar mais uma vez sobre o Projeto Ômega, a caminho do Pronto-Socorro...

– Acho que você não sabe nada, mesmo – disse Molly, ou quem sabe Jamie tivesse imaginado isso.

Molly o deixou cair novamente no carpete.

Se ele quisesse, podia se mexer de novo.

Não quis.

– *Estou orgulhosa de você* – sussurrou. Ele viu aqueles pés protegidos por meias finas de náilon dando a volta pelo seu corpo, tentando não pisar no sangue.

Ele não queria mais ouvir sua voz.

– *Mas vamos fazer só mais um pouquinho* – ela continuou. – *Tente não desmaiar.*

Ele ouviu as palavras de Molly, só que evitou extrair qualquer significado delas. Mas era difícil. As palavras eram tudo para ele. Tinha sido escritor – continuava sendo, ainda que tivesse de ralar para elaborar aqueles comunicados sem sentido para a imprensa, a respeito de serviços financeiros que, para ele, não faziam o menor sentido.

Era impossível negar que as palavras de Molly tinham um significado.

Tente não desmaiar.

Era uma declaração incrivelmente assustadora, pois "Tente não desmaiar" significava que ainda vinha mais dor pela frente. Provavelmente muita dor. E isso era péssimo. Jamie concluiu que os caras haviam pesquisado profundamente sua tolerância à dor. Foram justamente um polegar, um indicador e metade de um médio.

Então, quando Molly o ergueu novamente, passou um braço musculoso em volta de seu torso e repousou o peso dele sobre o próprio corpo, Jamie pensou:

Lá vem mais dor.

E dessa vez estaremos mais juntinhos.

Mas então, ela estava com a lâmina na outra mão, e dessa vez segurava firmemente a parte envolta na fita com o punho cerrado, de forma que a lâmina apontava para baixo, feito um punhal. Ela afrouxou o braço e Jamie deslizou um pouco. Ela o segurou pela axila direita e estendeu o braço em volta do pescoço dele – com bastante força. Quase o sufocando.

A lâmina tocou no peito de Jamie, cortando a camisa. Perfurou a pele da mesma forma com que perfurou o polegar.

E então a lâmina desceu rasgando tudo.

Oh, Deus!

Dessa vez ela o mataria.

– Eca – disse Keene. – Não tô a fim de ver ninguém ser estripado. Tá quase na hora da janta.

– Psssst!

– O que ela está fazendo?

– Sei lá.

– Não está cortando o peito dele. Pelo menos, não que eu esteja vendo.

– Não está, não.

– O quê, ela está fingindo?

– Espera um pouco.

Sobre o colo de McCoy, a ficha de Namoradinha. Sinal de que ele estava completamente encantado e envolvido por essa operação. O comum era que ele enfiasse a lata de Caley entre as pernas. Deu uma folheada na ficha.

– Ela indicou o número sete pra mim, não foi?

– Acho que sim, cara. Se quiser, posso voltar a gravação.

– Não, não. Nós dois vimos. Sete é o cara. Jamie DeBroux. Diretor de relações com a mídia. Trabalhou anteriormente como jornalista. Recebeu a tarefa de menor risco.

– O que explica a parada dos dedos.

– É... ei, você tem razão. Não pensei nisso. Genial!

– Olha aquilo. Ela ainda está fazendo picadinho do cara.

– E nada de sangue ainda? – indagou McCoy, rolando a cadeira em direção ao laptop mais próximo, onde teclou uns números. A mesma cena apareceu no monitor.

– Ah, para! – exclamou Keene. – Cara, se ela não estiver de gozação com ele, vou te dizer o seguinte: a mulher tem a pior pontaria que já vi.

– Que diabos ela está...

Então McCoy sorriu. Parecia um garotinho que, em uma festa infantil, acabara de estourar o balão com um golpe, recebendo o maior banho de doces e brinquedos.

– *Adoro* essa garota! Ah, cara! Quero ser o paizinho dela!

Keene olhou para McCoy. Não iria voltar a perguntar "O quê?" nem a pau. Ele se recusava veemente.

– Quando a gente se encontrar, vou me ajoelhar aos seus pés ensanguentados e venerá-la. Meu irmão, tô apaixonado!

Keene não ia fazer isso. Não era digno.

Na tela, Namoradinha continuava a fingir golpear a presa. Só que agora, ela o colocara de joelhos e passava a lâmina pelo espaço bem em frente à garganta da vítima. Pelos olhos. Pelo abdômen. Pelos genitais. Pequenos movimentos vigorosos e cruéis, deixando pequena margem de erro. Se a presa soltasse um espirro, seria estripada na hora.

A presa, o tal DeBroux, tremia feito vara verde. Não dava para saber se era de medo ou espasmos de dor. A mão machucada, solta ao seu lado, pingava sangue das pontas dos dedos dilacerados, formando um padrão fractal ao estilo de Jackson Pollock.

McCoy deu uma tapa no braço de Keene.

– Sabe o que ela está fazendo?

Não, não sei, pensou Keene. Ele está esperando que eu diga. Está querendo que eu diga. Precisa que eu faça isso.

Ah, que criancice.

– O quê?

– Está demonstrando os dados presentes no currículo – respondeu McCoy.

* * *

Jamie encontrava-se em uma posição sinistra: à beira da morte, esperando-a, e lentamente aceitando-a, mas incapaz de morrer de fato.

Ao ver a lâmina novamente, teve a certeza de que iria lhe perfurar o peito. Uma bomba atômica de medo detonou em seu coração.

Pensou em Chase.

Em Chase e no desenho do patinho de calças.

Apesar de ter imaginado o fato, a lâmina não parecia estar cortando-lhe o peito. Raspou a superfície da camisa bem levemente, em seguida se afastou e mergulhou em direção a outro ponto do peito. Esse também não penetrou.

Seguiu-se então uma série de movimentos agitados, quase rápidos demais para Jamie compreender, mas a cada golpe, ele esperava ser o fatal, aquele em que a lâmina penetraria em sua carne e sua vida rapidamente chegaria ao fim.

Instantes depois, ele estava de joelhos, com a lâmina dançando em volta do pescoço e da face, bem depressa; sentia o vento causado pelos frenéticos movimentos de Molly.

Mas a lâmina jamais penetrou.

Aquilo ali, mais do que qualquer outra coisa que ocorrera naquela manhã – o tiro, os dedos rasgados – deixou Jamie um pouco aturdido.

McCoy foi destacando o que pôde. Keene ainda estava um pouco perplexo.

– Isso é puro *Solthurner Fechtbuch* – apontou McCoy. – Ai! E um pouco de *jung gum* também.

– Por que ela não mata logo o cara?

– Porque ele é o número sete. Ela não precisa.

– Então, por que está atacando o maluco desse jeito?

– Pra se exibir. Ela já perdeu um dos alvos: o número cinco; o tal McCrane. Sabe o do champanhe?

– Sei.

– Pois é. Daí ela precisa compensar de alguma forma. Prometeu fazer uma demonstração variada de suas técnicas. Jurou que seriam surpreendentes e ao mesmo tempo econômicas. Quer nos mostrar que consegue estripar qualquer um de infinitas formas, desde a indetectável até a mais extravagante e exibida. Começou por um interrogatório direto. Agora está se exibindo.

Continuaram um tempo observando os monitores.

– Não vão encontrar provas dessas... mutilações?

– Que nada. Os corpos eram mesmo pra ser queimados. Não importa.

Keene suspirou e então se afastou da tela.

– É! Ela está exagerando.

– Talvez. Mas eu gosto de vê-la em ação.

– Devia matar logo o cara.

Se dependesse de Jamie De Broux, ela o mataria logo.

E então algo engraçado ocorreu.

Ela parou.

Pela terceira vez naquela manhã, Jamie caiu sobre o carpete. Pelas pernas de Molly, viu que a porta da sala tinha se aberto.

E lá, parado, outro par de pernas. Pernas de fora. Sapatos pretos sem salto.

– Está ocupada, Molly? – perguntou a voz.

Ele tentou ver quem era, mas não deu.

A voz, no entanto, parecia familiar.

Lembrava a voz de...

– Nichole Wise, codinome Burro de Carga.

– Gozado – comentou Keene. – Não sabia que a gente tinha essa frescura de apelidos.

– Temos, sim.

– Eu só estava de gozação....

– E sabe quem mais tem essa frescura?

– Bem, a CIA.

– A própria fdp!

– Interessante. Eles a enviaram para monitorar a operação Filadélfia?

– Não. Eles têm uma queda pelo Murphy e ficaram com raivinha por ele tê-los abandonado. Na verdade, acho que nem desconfiam que a gente esteja por trás dessa operação. Talvez seja melhor assim.

– Namoradinha tá por dentro dessa história da Nichole?

– Ela não disse muito. Vai ser ainda mais impressionante se ela não tiver sacado nada.

– Esse escritório de Murphy é uma caixinha de surpresas, não é?

– É isso que torna essa área tão divertida de se trabalhar.

Keene entendia a razão pela qual McCoy se envolvia nesse tipo de coisa. A espionagem de gente. O troço era tão viciante quanto novela das oito. Não que ele assistisse. Quem trepava com quem. Quem estava mancomunado com quem. A pessoa podia trabalhar em uma companhia – ou para a CIA, como era o caso – durante anos, sem descobrir todos os babados.

– Acha que sua garota dá conta?

– Pelo jeito, ela dá conta de tudo.

– Topa fazer uma aposta?

– Peraí, peraí! Acho que Namoradinha está prestes a matar Burro de Carga, e não quero perder essa.

CARA A CARA

Se, ao contrário de você, seu concorrente não atacar o mercado por todos os lados e ângulos, a vantagem é sua.

– Jay Abraham

Nichole Wise, codinome Burro de Carga, vinha esperando por esse momento havia... *umm*, um pouco menos que seis meses. Cento e setenta e oito dias, mais precisamente. Desde que "Molly Lewis" começou a trabalhar como assistente de David. A puritanazinha desgraçada. Nichole sabia que ela não era civil, como todos afirmavam.

Aquela pequena demonstração na sala de reunião só veio a confirmar o que ela suspeitava havia meses.

Ela era um *deles*.

Por algum motivo, Murphy não contou isso aos *outros* membros.

Nichole fora recrutada um ano depois do 11 de Setembro. Tempos difíceis. *Vamos ferrar com o patrimônio que alguns terroristas acumularam*, dissera David. Naquele momento, Nichole bem que podia ter caído na besteira de acreditar que era tudo patriotismo da parte dele. Só que ela não era boba. Sabia que David Murphy estava maquinando algo e usava essa história de "ala ultrassecreta da comunidade de inteligência" como estratagema para ludibriar pessoas do bem, a favor de suas próprias conveniências.

Alguns agentes podem ter visto esse trabalho como o de uma babá, mas não Nichole. Ela estava de olho em um dos operadores mais notórios na história da Companhia. O que repentinamente se aposentara alguns meses depois do 11 de Setembro, e em seguida abrira uma empresa de "serviços financeiros".

Empresa de fachada, a gente saca de longe, foi o que Nichole ouvira de seu superior. *Queremos saber quem está por trás*.

Nichole concordara.

Queremos que você vá para lá e fique até descobrir.

Não importava o que ele estivesse *planejando* por fora – e os chefes de Nichole estavam certos de que David Murphy planejava algo por fora – ela estaria lá para avaliar e agir, caso necessário.

Assim, quando Murphy os convocou em uma manhã de sábado, ela *sabia* que algo importante ia acontecer. O que a incomodava profundamente era que ela nem desconfiava do que podia ser.

E isso era um fracasso.

O que quer que Murphy estivesse aprontando, ela deveria ter sacado desde o início. Por essa ela não esperava.

Alguns dias antes de começar a trabalhar na empresa, Nichole instalou um *spyware* indetectável na máquina de Murphy, para registrar tudo que era digitado; trocava o programa a cada mês. Ficava por dentro de todos os e-mails enviados e todas as páginas visitadas.

Gravou toda e qualquer conversa a portas fechadas que Murphy tinha.

Usou ar comprimido, uma câmera digital e muitas noites longas com o Photoshop para ler a correspondência secreta que chegava para ele.

Coletou todo saco contendo papéis picados e os reconstituiu em seu apartamento no subúrbio, um saco de cada vez, um longo final de semana de cada vez. Usou pequeníssimos pesos de papel para segurá-los no lugar e trabalhou em cima de cada um dos pedacinhos. Cansou de sonhar com tirinhas de papel.

Sem que ninguém soubesse, envolveu-se sexualmente com o rapaz que trazia a correspondência – e daí por diante, com todo e qualquer rapaz que trouxesse correspondência – embora muitos deles mal cuidassem da higiene pessoal.

Instalou incontáveis relógios baratos sob o estepe do carro de Murphy – mais clássico que *isso*, impossível! – para rastrear minuciosamente seus movimentos.

Depois de três anos de operações clandestinas, ganhou o apelido "Burro de Carga".

E nada.

– Continue de olho nele – ordenaram os chefes.

Ela obedeceu, parando apenas uma vez ou outra para conduzir outras operações. Era uma profissional valiosa demais para ser desperdiçada com David Murphy o tempo inteiro.

Foi quando a paranoia começou a tomar conta de Nichole. Talvez estivesse perdendo alguma coisa enquanto conduzia as outras operações.

Talvez Murphy soubesse a respeito dela, e conduzisse o outro negócio durante sua ausência. Só para passar por bom moço, enquanto conduzia um esquema privado de negócio.

Talvez ele estivesse dando a volta no tal *spyware*.

Talvez trocasse as fitas de vigilância.

Talvez comprasse sacos de papel picado de outra empresa e trocasse os seus por outros muito parecidos.

Talvez ele soubesse dos relógios. Raposa velha que era, provavelmente sabia mesmo.

Talvez ele estivesse apenas confundindo-a.

E se fosse isso mesmo, uma coisa era certa: Nos últimos seis meses Molly Lewis o vinha ajudando.

Nos últimos seis meses a investigação sobre David Murphy gerava cada vez menos dados, o que era frustrante para Nichole. Seis meses. David contratara Molly mais ou menos na mesma época. Não podia ser coincidência. Desde a hora em que foram apresentadas e Nichole apertou a mão de Molly, ela sentiu uma vibração negativa. Nichole tratou logo de sair à caça de provas, para saber se a empresa tinha levantado bem o histórico de Molly, mas não descobriu nada estranho. Natural de Champaign, Illinois, Molly era de uma conservadora família católica. Fez um ano de agronomia na universidade. Abandonou os estudos para se casar com um atuário chamado Paul.

Mas o único indício de atividade para a inteligência que Nichole conseguiu encontrar foi o leve sotaque russo.

Ainda que leve, um sotaque russo era muito estranho vindo de uma pessoa criada numa fazenda em Illinois, tendo como nome de solteira Molly Kaye Finnerty.

Mas Nichole jurava que percebia o sotaque.

Achava uma pena não poder confiar em ninguém para poder perguntar se não era apenas imaginação sua.

Outro indício: suas fitas de vigilância. Antes da chegada de Molly, as gravações secretas que Nichole fazia de David Murphy no escritório mostravam piadinhas e papo furado ao telefone. Mas depois que Molly começou a trabalhar na empresa, as fitas não mostraram mais nada. Apenas ruído. Era como se alguém tivesse passado uma fonte eletromagnética sobre as fitas. Nichole então começou a utilizar aparelhos digitais de gravação, mas o resultado continuou o mesmo. Ela, no entanto, tinha certeza de que Murphy não passava o dia inteiro calado na sala. O sujeito adorava falar ao telefone. Nichole passara horas e horas ouvindo as gravações de voz, utilizando seus fones ATH-M40fs Audio-Technica.

Então, por que só estática?

Nichole escutava as fitas em branco buscando alguma pista de áudio. Um estalo eletrônico que fosse. Algo que indicasse o equipamento que as tinha apagado.

E um dia ela ouviu: *Zdrastvuyte*.

Ou podia jurar ter ouvido.

Absurdamente baixo, quase imperceptível à audição humana.

Zdrastvuyte.

Palavra formal em russo que significa "Olá".

Quanto mais escutava, aumentando ao máximo o volume de seu equipamento, mais Nichole jurava ter ouvido outras duas sílabas após a saudação.

Ni-kol.

Zdrastvuyte, ni-kOl.

Nichole Wise já estava perdendo as estribeiras com aquilo tudo... até o dia em que David Murphy contratou outra civil: a estagiária Roxanne Kurtwood. Em Roxanne, Nichole viu um caminho direto à sanidade.

A empresa de Murphy era estranha, na medida em que misturava operadores com civis. Os operadores tocavam o bonde; os civis davam-lhes o suporte.

Roxanne merecia mais do que o status de "suporte". Era inteligente, versátil. Formada pela Ivy League. Família paquistanesa de médicos. Tinha um código moral flexível. Todas aquelas coisas boas que um bom operador precisa ter. E nenhum traço de sotaque russo.

Nichole decidiu: Roxanne seria *sua* aliada.

Nichole resolveu recrutá-la aos poucos, trazendo-a para o oceano bem devagar, um centímetro de água por vez. Não dera pista alguma a Roxanne, mas discretamente foi preparando o terreno. Ainda não havia proposto aquilo ao chefe na CIA, mas ela sabia que o pessoal estava sempre buscando novos talentos. E desconfiava que sua proposta seria aprovada. Assim, os caras teriam duas pessoas na cola de Murphy. Ficaria difícil para aquela cobra escapar de dois punhais tentando pegá-lo de jeito.

Roxanne: sua parceira em treinamento. Sua salvadora.

E algo ainda mais importante – algo que Nichole passara anos sem saber o que era.

Uma amiga.

É claro, não era à toa que ela estava morta.

Jamie DeBroux

~~Amy Fulton~~

Ethan Goins

~~Roxanne Kirkwood~~

Molly Lewis

~~Stuart McGrane~~

Nichole Wise

Depois que Murphy levou o tiro na cabeça e cada um resolveu ir para um canto, Nichole pegou Roxanne pelo punho:

– Por aqui.

– Mas...

– *Confie em mim.*

Nichole disse a Amy que ia verificar os elevadores, mas não foi para lá que ela levou Roxanne. Primeiro, dirigiram-se à sala de Murphy, pois qualquer que fosse a próxima bomba, certamente explodiria na sala dele. Era o protocolo de qualquer operação secreta. A traição de Molly apanhara Nichole de surpresa. Toda teoria que Nichole tinha a respeito da fazendeira de Illinois foi por água abaixo no momento em que ela deu uma de Lee Harvey para cima do chefe. Molly não fora contratada para atrapalhar e impedir Nichole. Conseguira penetrar na Murphy, Knox & Associates e já estava pondo em prática seu plano hostil e violento de assumir a empresa e todo o seu patrimônio.

Mas, *para quem* ela trabalhava?

Para o próprio chefe de David?

Para outra agência de inteligência?

Para outro país?

Nichole se mordia de raiva por não saber a resposta.

– Pra onde estamos indo? – Roxanne perguntou.

– Para os elevadores – respondeu Nichole.

Era certo que as duas se dirigiam para a ala dos levadores, mas apenas como atalho até a sala de Murphy. Era passar por uma saída e pegar outra entrada, virar à esquerda e pronto. Nichole trancaria a porta – não, espere.

Nos últimos cinco anos, Nichole mantinha uma pistola cujo esconderijo era trocado periodicamente. Antes de qualquer outra coisa, ela pegaria a pistola. Sua Heckler & Koch P7, 9mm. Não era a arma mais desejada do mundo em um incêndio, mas serviria muito bem, ali.

Porque Nichole daria a HK P7 para Roxanne e então se trancariam na sala de Murphy.

Nichole orientaria Roxanne a atirar em qualquer coisa que tentasse passar pela porta. A usar todos os oito tiros, se fosse preciso. Então

Nichole poria a sala abaixo, juntaria tudo de que precisava e tacaria fogo. Tiraria Roxanne de lá, chegaria à rua, solicitaria o resgate de pessoas da empresa. Rezaria para não ser despedida por perder algo tão catastrófico.

E se, após três anos de investigação, fosse descoberto que David Murphy trabalhava para terroristas estrangeiros?

– Nichole, os elevadores estão...

– Esquece, tive outra ideia. Tem alguma coisa...

Mas ao abrir a porta, ela viu o vulto de Molly Lewis disparando pelo corredor, indo em direção à sala de Murphy.

Fim de luto pelo chefe.

Ok, mudança de planos. Primeiro, bolar um plano de fuga. Depois, voltar e cuidar da fazendeira russa.

– Venha comigo, Rox.

– O quê? E agora, qual é?

Pobre Roxanne. Na noite anterior estivera tão solta e à vontade no Continental. Apesar de chateada por ter de ir ao trabalho na cidade quente, na madrugada de um sábado – para o pessoal de sua geração, nove horas era madrugada mesmo – Roxanne conseguiu separar as coisas; relaxou e se divertiu de qualquer jeito. Azaração. Piadas com o pessoal do escritório.

No dia seguinte, acordou, e o que a esperava? O chefe ameaçando matá-la, um colega morto e uma colega atirando na cabeça do chefe, ao estilo JFK.

E agora sua melhor amiga (era o que Nichole pensava, pelo menos) a levava à força pelo corredor.

Ela precisava que Rox se acalmasse.

– Precisa confiar em mim – disse Nichole. – Sei o que está acontecendo aqui e sei como vamos sair dessa.

Rox, que Deus a tenha, olhou-a bem nos olhos, feito uma bandeirante recitando um juramento, e disse:

– Confio em você.

– Vamos para o outro lado.

O lado da Murphy, Knox & Associates desativado desde 2003.

– Primeiro, a cozinha.

Nas últimas semanas, Nichole tinha escondido a HK P7 em um pirex branco, na cozinha do outro lado da empresa, onde havia uma geladeira que quase ninguém usava. Ainda que alguém a usasse, ninguém estava tão desesperado a ponto de abrir o pirex dos outros.

– Você não vai mesmo comer essa coisa, vai? – indagou Roxanne.

Nichole pegou o pirex, retirou a tampa plástica. Uma camada de ervilhas frias estava sobre um saco Ziploc à prova d'água. Com os dedos, ela achou a beirada do saco e as ervilhas frias espalharam-se sobre o balcão, enquanto Nichole desenterrava a HK P7.

– Meu Deus!

Nichole tirou a pistola do plástico, puxou o êmbolo, carregou com munição e a enfiou na cintura, na parte de trás. Usava a calça capri com uma pequena folga, para momentos como esse. Fazia muito tempo que ela não passava por uma situação dessas. Foi bom sentir a adrenalina disparando na corrente sanguínea.

– Oh, meu Deus, você vai me matar.

– Não, minha querida. Faço parte do grupo dos mocinhos, aqui. E vamos dar o fora desse lugar.

Murphy dissera ter programado os elevadores de forma a não pararem no andar, e plantado armadilhas com agentes químicos na saída de emergência. Seguramente, ele era capaz de fazer essas coisas. Mas, e quanto aos dutos de ar-condicionado?

Ah, sim, os dutos de ar-condicionado. Os favoritos dos filmes de ação em todos os lugares dos Estados Unidos. Quando a pessoa encontra-se presa em um recinto e precisa fugir correndo, simplesmente puxa o registro da saída do ar – que nunca oferece resistência – e se enfia lá em cima; só que os dutos de ar modernos são projetados para a passagem de ar e não de seres humanos adultos. Assim sendo, ainda que a pessoa conseguisse caber dentro de um duto, seria bem provável que caísse em algum ponto nada apropriado, aterrissando em uma baia e acabando empalada por um lápis nº 2. Mas é por isso que adoramos filmes de ação, certo?

Só que a vida não é um filme de ação.

E Nichole não quis usar os dutos de ar para escapar.

Queria usá-los para gritar por socorro.

Nichole foi cruzando o corredor até encontrar o que buscava. O respiradouro, que tinha praticamente o mesmo tamanho de um livro de capa dura virado de lado.

– Passa sua bolsa.

– Por quê?

– Rox, por favor.

– Tá, tá, tudo bem.

Roxanne nunca ia a lugar algum sem a bolsa – nem mesmo a reuniões às nove da manhã de um sábado. E sempre levava um frasco original do perfume que era sua marca pessoal: Euphoria for Women de Calvin Klein. Roxanne vinha tentando converter Nichole havia semanas, pedindo, toda hora, que cheirasse o punho, ao ponto de ser irritante. Nichole não era chegada a perfumes. Preferia o cheirinho de quem acaba de sair do banho. Se possível, Irish Spring. Aromas sofisticados deixam rastros e facilitam sua localização.

Mas agora, Nichole estava feliz por Roxanne trazer o perfume na bolsa.

Seu plano era borrifar uma quantidade imoral de Euphoria dentro do respiradouro.

Anos antes, Nichole lera sobre um processo: Em um escritório de advocacia, que ocupava nove andares, um sócio-júnior resolveu fazer uma pegadinha com um colega que fora pego indo a um bar de striptease. Comprou um frasco de perfume barato no camelô e borrifou tudo na sala do colega. Na cadeira. Na mesa. No carpete. No canto. O suficiente para deixar o local com cheiro de vagabunda de clube pornô por alguns dias. Então, a vítima fechou a porta.

O problema foi que o sistema de ar da empresa sugou o maldito perfume e o redistribuiu por todo o prédio. O ar-condicionado sozinho não deu conta de afastar o fedor, e não demorou muito para que o prédio sucumbisse à doce fragrância do *eau de stripper*.

Uma secretária, que era alérgica, acabou com a glote fechada a caminho do hospital.

A carreira do sócio-júnior chegou ao fim com dois processos: um civil e outro criminal.

Nichole não queria matar ninguém com Euphoria, mas se conseguisse chamar a atenção dos seguranças do prédio, aumentaria as chances de conseguirem sair com vida daquele andar.

Abriu o frasco e sentiu algo roçar-lhe as costas.

Sua HK P7.

Por Deus, Rox, não...

– Não se mexa – ordenou Roxanne, com as mãos trêmulas. Afastou-se de Nichole bem devagar. Apontava a pistola para a cabeça de Nichole.

– Não é nada do que você está pensando – explicou Nichole. – Sou da CIA. Escuta, Roxanne: *Sou da CIA*.

– David queria matar todos nós, e agora você quer envenenar todo mundo.

– Rox, você está redondamente enganada. Por favor, abaixe a arma.

– Não sou otária! Escutei muito bem quando ele falou das neurotoxinas!

Nichole mostrou o frasco do perfume para ela.

– Isso aqui é seu, Roxanne. É seu Euphoria.

– Dormi na sua casa ontem. Vai que você tenha trocado!

– Amiga, não dá pra colocar nenhum agente químico num frasco de perfume.

Bem, na verdade, dava sim. Mas Nichole precisava acalmar Roxanne. Dizer o que ela queria ouvir. Tomar sua pistola de volta.

– Então abaixe o perfume.

– É isso que vai nos tirar daqui.

– Pelo amor de Deus, Nichole, não me obrigue a fazer isso. *Por favor*, não me obrigue. Não vou deixar você matar todo mundo. Não mesmo! Não quero morrer aqui!

Todas as qualidades que Nichole vira em Roxanne – sua iniciativa, força de caráter – estavam agora distorcidas numa casa de espelhos em um parque. Como ela poderia ter pensado em recrutar alguém que perdia as estribeiras assim tão facilmente e que, em questão de minutos, perdia a total capacidade de raciocinar logicamente?

Roxanne ainda era sua amiga, mas não servia para esse trabalho.

Agora, Nichole precisava fazer algo de que ia se arrepender amargamente. Precisava incapacitar a melhor amiga. Ia doer e Nichole faria isso com o coração na mão, mas era preciso salvar Rox e impedi-la de atrapalhar, por enquanto. Daria para escondê-la em uma das salas vazias até que tudo terminasse. Talvez depois conseguisse dar um jeito nessa perda de confiança.

Assim, Nichole fingiu abaixar o frasco de perfume e recolocá-lo na bolsa, mas ergueu rapidamente o braço e deu uma bela borrifada nos olhos de Roxanne; em seguida recobrou a arma, segurando-a com firmeza e a afastou; largou o frasco e então desferiu um golpe que pegou bem na região entre o nariz e o lábio de Roxanne. O golpe – alucinantemente doloroso – faria com que Roxanne sucumbisse e acabasse de joelhos. Nichole aproveitaria para asfixiá-la e deixá-la inconsciente por pelo menos uma hora.

Mas Nichole não calculou bem a força do golpe.

E, acidentalmente, acabou enviando fragmentos ósseos para dentro do cérebro da melhor amiga.

Nichole ficou ali sentada por um tempo, encolhida, perto do cadáver da amiga, refletindo sobre o próximo passo.

Refletiu sobre como juntaria os cacos de sua carreira de agente secreta da inteligência federal que, nos últimos trinta minutos, se espatifara de forma monumental – e que dispunha de pouquíssimas possibilidades de se refazer.

Foi quando Nichole ouviu os passos do outro lado da porta.

Alguém caminhava pelo lado abandonado da Murphy, Knox & Associates.

E não era apenas uma pessoa.

Uma voz masculina disse:

– Olha só, Molly: só precisamos de uma pilha pequena para nos salvar dessa. Independente do que Amy esteja planejando.

– Está ocupada? – indagou Nichole.

Molly se virou. Estampava um sorrisinho sinistro. Abriu levemente a boca; o lábio superior carregava gotas de suor. Estava se divertindo ali dentro com o coitado do Jamie. Havia muito sangue no chão. Sabe Deus o tipo de tortura ao qual ela submetia o cara. Então Nichole viu a mão dele e conseguiu fazer uma ideia perfeita do que estava rolando ali.

Nichole deveria ter atacado antes. Teria sido a coisa certa a fazer. Mas aqueles minutos estressantes que ela passara, encolhida no chão próximo ao corpo de Roxanne, ouvindo Jamie gritar e suplicar – foram essenciais. Nichole Wise não era o tipo de pessoa que montava uma estratégia de uma hora para outra. Precisava de alguns minutos para bolar um plano.

E agora estava pronta para a fazendeira russa.

– *Zdrastvuyte* – saudou Molly.

Palavra formal em russo que significa "Olá".

Definitivamente *era* ela na fita.

Mas Nichole não se deixou abater e mandou:

– *Kak delah?*

Como vai?

– *Kowaies Kateer* – respondeu Molly.

Oh, agora estavam mandando um árabe. A fazendeirazinha russa era culta.

Nichole perguntou:

– *Min fain inta?*

Molly ignorou a pergunta e mandou outra de volta:

– *Sprechen Sie Deutsch?*

– *Natürlich. Mirabile dictu*, não concorda?

– *Quam profundus est imus Oceanus Indicus?*

– *La plume de ma tante.*

* * *

Jamie ficou boiando naquele papo; para ele era tudo grego. Mas sabia de uma coisa: Nichole não fazia ideia de onde estava se metendo.

– Nichole – ele ofegou – Corra!

Ele então começou a se arrastar para a frente, usando apenas a mão direita, o carpete queimando a pele, os olhos correndo toda aquela sala vazia à caça de qualquer coisa que remotamente se parecesse com uma arma...

Havia muitas formas de lidar com aquela situação, Nichole pensou enquanto tagarelavam em línguas diversas. Durante o tempo que passou encolhida próxima ao corpo de Roxanne, ela considerou dois cenários distintos.

Molly Lewis era franzina, baixa e magra feito uma ginasta russa. Provavelmente fora bem treinada para combates diretos, corpo a corpo. Naquele momento ali à porta, Nichole viu que Molly segurava uma pequena lâmina X-Acto com um cabo enrolado com fita. Devia usar aquela coisa com a destreza de uma cirurgiã. Não restava dúvida de que ela andara brincando pesado com a mão de Jamie DeBroux. A lâmina tinha que sair de cena.

Nichole, por sua vez, era robusta tal qual um jogador da WNBA, ou pelo menos uma defesa decente, em um time feminino universitário. Além disso, contava com sua HK P7 completamente carregada, enfiada no cós da calça capri.

Opção nº 1: Sacar a arma, estourar os miolos da fazendeira russa e sujar toda a parede lá atrás com sangue.

Só que perderia a chance de colher informações potencialmente importantes para sua carreira. Assim, uma execução imediata estava fora de cogitação. Obviamente daria para atirar na perna de Molly, mas a mulher podia entrar em choque muito facilmente. Não seria uma manobra de inteligência.

Opção nº 2: Nocauteá-la.

Esmurrar a fazendeira russa até que ela começasse a ver tudo escuro e sua coluna quase estalasse ao meio. Amassar as costelas com tanta força que cada respiração se tornasse uma sessão refinada de tortura. Aleijá-la, sem deixá-la sofrer qualquer ausência. Era preciso mantê-la consciente. Dócil. Só assim Nichole conseguiria manter o emprego, por menos improvável que isso parecesse naquele instante.

Nichole preferiu a opção nº 2, só que Molly deixou-a sem alternativas.

A mulher já partia para cima, com a lâmina.

Na tela, Namoradinha empurrou a lâmina para a frente.

McCoy sorriu.

– Olha só pra isso.

A oponente, uma loura alta de densa estrutura óssea, identificada nos documentos como Nichole Wise, usou a mão direita para afastar a lâmina para o lado e em seguida golpeou Namoradinha com a base da palma bem no meio do nariz. Namoradinha ficou visivelmente atordoada. Deixou a lâmina cair. Deu alguns passos para trás.

– Ah – disse Keene, tomando uma xícara de chá fresquinho. – Veja *isso*!

– Cala a boca! – disse McCoy.

Nichole não esperava que Molly fosse deixar a lâmina cair assim tão facilmente. Achou que fosse rolar uma briga, mas que se dane.

Com a mão esquerda, segurou a garganta de Molly e usou a direita para agarrar-lhe o pano da saia. Puxou com firmeza, fazendo a cabeça de Molly bater contra a armação da porta. Puxou a desgraçada de volta e então a socou novamente, dessa vez com mais força, direcionando mais acima, contra a parede. A cabeça de Molly ricocheteou da parede falsa. Então, Nichole a arremessou ao outro lado da sala, esmagando seu corpinho franzino contra a parede. Com o impacto, partes da parede se espatifaram. Da superfície, veio uma explosão de poeira. O chão chegou a estremecer.

No arremesso, Nichole enfiou Molly pela janela que dava para o escritório, espalhando vidro para todos os lados e envolvendo o corpo de Molly com as lâminas de alumínio da veneziana.

A fazendeira russa rolou três metros em meio a cacos de vidro e tiras de alumínio enroladas, até parar bruscamente.

Chupa, Molly Kaye Finnerty, pensou Nichole, cujos braços já estavam doloridos. Fazia um bom tempo que não ia à academia.

No chão, Molly não se mexia.

Essa não.

Não vai dizer que ela fez isso de novo! Matou outra pessoa sem querer?

Isso não seria nada bom.

Nichole pensou no primo Jason, quatro anos mais velho, que curtia submeter os primos mais novos a tudo quanto era forma de tortura no playground, durante os encontros de família. Isto é, até o dia em que Nichole, com oito anos de idade, agarrou o punho do moleque de doze, torceu-lhe o braço até as costas, prendeu o cotovelo e empurrou. O empurrão foi tão forte, mas tão forte, que deslocou o ombro de Jason.

O pai de Nichole disse:

– Minha querida, você precisa aprender a se controlar. Você é mais forte do que imagina.

Entendo, papai.

Só que não durou muito a preocupação em ter matado alguém ali. Assim que Nichole passou pela janela estraçalhada, pisando em vidros com as solas daqueles sapatos pretos sem salto, Molly recobrou os sentidos.

Em apenas um solavanco, ela se reergueu, como se em sua espinha houvesse implantada uma mola industrial inquebrável.

Ficou ereta, como se nada estivesse errado, apesar dos visíveis cortes pelos braços e na face, com estilhaços de vidro ainda presos à carne. No entanto, agia como se os estilhaços, pedaços de parede e tiras de alumínio da veneziana não existissem. Mãos ao lado do corpo. O cabelo ainda repartido certinho. Os lábios ainda rubros, úmidos e brilhantes.

Ela sorriu para Nichole. Ergueu as sobrancelhas, como se dissesse, *É só isso, grandona?*.

McCoy não se conteve e soltou um "*U-huuu!*".

Isso irritou Keene. Ele tinha visto e *odiado* aquele filme com Al Pacino.

– Grande coisa. Ela está se levantando.

– U-hu! Minha gatinha é que nem o Luke do *Rebeldia indomável*!

– Nem sei do que você está falando.

– Nem pode saber, mesmo.

Nichole concluiu imediatamente que o pai tinha exagerado naquele dia, e que o primo não passava de um bobalhão.

Achara ter dado uma bela coça na fazendeira russa, mas lá estava a criatura. De pé. Sorrindo. Zombando.

Mas aquilo não a impediu de partir para cima; agarrou Molly pela garganta e pelo meio das pernas e começou o castigo todo de novo.

O layout daquela parte desativada da Murphy, Knox & Associates era relativamente simples. Três lados de salas individuais, uma série de armários com materiais de escritório ocupando o quarto lado. No centro do andar havia baias delimitadas por divisórias em *drywall* e, mais para o centro, um espaço para duas fotocopiadoras e quatro impressoras. Todas ultrapassadas – cinco anos. Desligadas da tomada. Sem manutenção.

O que interessava a Nichole eram as salas. Cada uma com sua própria janela a sessenta centímetros do chão, indo até o teto. A privacidade garantida por venezianas de alumínio instaladas no interior.

Nichole usou a janela mais próxima e a atravessou com o corpo de Molly.

O choque foi sensacional; a força do arremesso foi tamanha que o corpo de Molly saiu levando estilhaços de vidro e veneziana de alumínio, ao rolar pelo carpete, até se chocar contra a parede do outro lado.

Nichole atravessou a janela quebrada.

– Como está se sentindo hoje, Molly? Tá tudo bem?

Nichole a ouviu cuspindo. A fazendeira russa finalmente sentia o drama. Bom. Nichole precisava de respostas e já estava cansada de arremessá-la por janelas de vidro.

– Relaxa aí. Vamos bater um papinho. Pode escolher a língua. Se quiser, pode ser até em farsi.

Molly apoiou as mãos no carpete, atirou-se para trás e levantou-se, assumindo uma postura perfeitamente ereta. Encarando Nichole.

Sorrindo.

Dessa vez, sem hesitação. Nichole agarrou-lhe o pescoço com as duas mãos e a açoitou contra a parede.

– Quer bater um papo, *piranha*? – indagou Molly, formando mais um sorriso odioso com os lábios.

Nichole admitiu. Perdeu a cabeça por um instante.

Gritou e atirou Molly pela janela novamente. Molly tropeçou na parte inferior da moldura e rolou pelo corredor, entrando em uma baia. Um segundo depois, lá estava ela, de pé novamente. Mas dessa vez Nichole estava preparada. Pulou a janela em estilhaços, plantou os pés, rodopiou e mandou, bem na cara, um *roundhouse kick* que, considerando-se o treino que recebera, era para fraturar o crânio de Molly com o impacto. Nichole estava cheia de papo furado. Queria agora *machucar* Molly de verdade.

Mas o pé de Nichole errou o alvo.

Molly atirou-se pelo ar, girando para trás, passando por cima da divisória, feito um golfinho em um parque aquático.

O pé de Nichole acertou a divisória de *drywall*.

* * *

McCoy quase teve um orgasmo.

– Caramba! Você viu isso? *Ahhhh!*

Foi duro para Keene disfarçar a surpresa. Aquilo foi uma manobra incrivelmente impressionante. E olhe que ele assistiu tudo por um monitor sem graça. Imagine como deve ter sido lá, ao vivo!

O áudio, entretanto, era claríssimo. Murphy equipara todo o escritório com microfones multidirecionais por todos os lados e cantos. O cara queria mesmo escutar até os operadores tentando abafar um peido. Assim, Keene ouviu o baque do chute contra a divisória, e pareceu uma bola de demolição caindo, acidentalmente, em uma calçada.

– Cara, estou muito apaixonado – declarou McCoy.

– Quer que eu abra seu zíper e o tire da calça pra você? Se quiser, eu faço um agrado.

– Pô, demorou! Faz um favorzinho aqui!

– Pervertido.

– Bicha velha. Opa, silêncio agora. Isso está ficando interessante.

McCoy clicou em algumas teclas. A imagem em dois dos monitores – o do laptop de McCoy e um monitor isolado de frente para Keene – mudou para outro ângulo. O interior de uma sala, dando para uma janela que tinha perdido as venezianas.

Namoradinha estava de costas para a câmera.

Nichole saltou sobre a divisória. Nada de saltos elaborados. Apenas jogou as pernas, mantendo os olhos para a frente o tempo todo. Molly a aguardava. Ainda sorrindo. Nichole não se lembrava de ter visto Molly Lewis dar um sorriso sequer nos seis meses em que essa última vinha trabalhando na Murphy, Knox & Associates. Entocada atrás de sua mesa de carvalho – bem grande e entulhada de coisas – ela parecia sempre sobrecarregada, nervosa, ou até mesmo com prisão de ventre.

Agora, um sorriso de Molly era perturbador. Mais ou menos como ver um paciente em coma contraindo os lábios em um êxtase imaginário.

– Vai me jogar por outra janela, *Ni-cole*?

Nichole respondeu atirando-a, com um chute, contra outra janela.

Às vezes, a melhor coisa em uma luta é resistir ao impulso de ser criativo.

Só que dessa vez, Molly se segurou antes de atravessar o vidro, que ficou todo rachado, prestes a se estraçalhar. Reequilibrou-se em um segundo, contraiu o punho direito e atacou Nichole, bem abaixo do seio esquerdo.

No momento em que recebeu o soco, Nichole percebeu que havia algo errado. Um único golpe não deveria doer tanto assim. Não deveria fazer o coração disparar. Foi o primeiro golpe que Molly desferiu, e Nichole já ameaçava cair de joelhos.

Espere. Uma pequena correção. Nichole *caiu* de joelhos. Por que a dificuldade de recobrar o fôlego? O que havia de errado com ela?

De repente, percebeu que Molly encostara a face na dela.

– Isso dói? – sussurrou com um sotaque russo carregado. Aquilo não ia terminar ali.

Não daquele jeito.

Pois Nichole ainda tinha uma HK P7 carregada na cintura da calça capri.

Levou a mão para trás e agarrou o cabo.

Molly adivinhou, ou já sabia o que estava por vir. Deu outro salto perfeito para trás – com as duas palmas para cima, plantando-se no carpete – e então enfiou os pés no vidro estalado, e o corpo seguiu atrás.

Nichole sacou a pistola e começou a disparar.

Pá!

Pá!

Pá!

O vidro se estraçalhou por completo.

No ar, pedaços de divisória voavam para os lados.

O coice da pistola fez Nichole recuar, abandonar a posição de joelhos e cair sentada, o que não a fez interromper os disparos.

– Vai me jogar por outra janela, Ni-cole?

Pá!

Pá!

Pá!

E fim de papo. Nichole sentiu um golpe de martelo no peito, e então parou de respirar.

Jamie deu um pulo ao ouvir os tiros. Três disparos, seguidos de mais três e, então, um suspiro sufocado, quase inaudível.

Esqueça o sangue. Esqueça os dedos em carne viva, feito salsichas. Vá lá! Pode ser Nichole, ferida. Ela salvou você. Você precisa retribuir o favor.

Não era lá a coisa mais digna do mundo, mas Jamie não tinha muita escolha. Rastejou para fora da sala vazia usando os cotovelos e os joelhos. Levantar-se ali só serviria para expor a cabeça, tornando-a alvo fácil sobre as baias. Ouvira disparos, mas não fazia a menor ideia de quem estava levando chumbo. Quem estava armada, na sala de reunião, era Molly, que acabou mandando bala no David. Seria ridículo que Jamie acabasse levando uma bala perdida no meio do crânio depois de ter sobrevivido à tortura daquela secretária psicopata que fez picadinho com seus dedos. Nada a ver!

Foi consolador perceber que não perdera o senso de humor.

Jamie engatinhou pela pequena extensão até a linha onde se iniciavam as baias. O plano era o seguinte: Parar ali, pôr a cabeça para fora, dar uma sacada no longo corredor.

Conseguira chegar ali, mantendo, ao máximo, a mão estropiada longe de seu campo de visão. Não conseguia olhar para o troço. Ainda.

Deu uma olhada para um canto.

Viu pernas.

Pernas de mulher sem meias; viu pés com sapatos pretos rasteiros. Um dos sapatos estava quase saindo, pendendo apenas pelos dedos.

Deus, era a Nichole. Estava de calça capri, sem meia-calça. A psicopata Molly era quem tinha se empetecado toda para comparecer à reunião em uma manhã quente de agosto. Blusa de manga comprida e tudo. Nichole não estava de meias.

Nichole tinha sido abatida.

Que droga.

Onde se enfiara Molly? Ainda estava armada?

Pense, Jamie, pense. Por maior que seja a dor na mão, isso será pinto comparado à culpa por deixar alguém morrer. Mesmo que se trate de Nichole Wise, que provavelmente olhou para você apenas uma vez durante um ano e imediatamente o taxou de Zé Ninguém. Nichole era inocente. E por mais fria que tenha sido, ela *de fato* distraiu Molly. Salvou sua pele.

E Molly, ainda estaria por ali? Esperando por ele com uma arma ou, quem sabe, com a tal lâmina?

Nichole mexeu o pé rapidamente, como em um espasmo. O sapato então acabou de sair. Rolou para um lado.

Ah, que se dane.

Jamie usou o cotovelo e os joelhos, agarrou-se ao chão e à beirada da divisória de uma baia para conseguir se levantar. Cruzou o corredor, mancando o mais depressa possível.

– Nichole – disse em um tom alto, imaginando que, caso Molly o aguardasse, talvez fosse atraída pelo som de sua voz. E ele teria uma pequena chance de se enfiar em uma sala aberta ou uma baia vazia. Embora não soubesse o que fazer depois. Pelo menos não contra alguém capaz de paralisá-lo com dois dedos. Ia, porém, pensar em alguma coisa durante o processo.

– Nichole – repetiu.

Jamie a alcançou e encostou-se em uma parte de divisória próxima à janela espatifada.

Não havia sinal de Molly.

Mas Nichole estava inconsciente.

Talvez até morta.

– Nichole!

Jamie se aproximou e ajoelhou-se; com a mão sã, checou-lhe a carótida. Nenhum batimento. Encostou o ouvido à sua boca. Nada.

Ele não sabia como fazer aquilo sem ter de enfrentar uma baita agonia, mas sabia o que devia ser feito. Ressuscitação Cardiopulmonar – RCP. Aprendera a técnica em um curso, um mês antes de Chase nascer. Tudo ideia de Andrea. Agora ele enfrentava a situação real.

Jamie abriu a blusa de Nichole com uma das mãos. Viu o sutiã branco de renda, bem decotado. Segurou-lhe o queixo e empurrou-lhe a cabeça para trás. Apertou o nariz. Pressionou os lábios contra os dela. Soprou em seus pulmões. Sentiu um gosto de nicotina. Apertou-lhe o tórax e o soltou, realizando uma massagem cardíaca – sim, com a mão mutilada, toda ensanguentada; deixando o sutiã instantaneamente vermelho. Soprou-lhe a boca. Apertou-lhe o tórax. Checou o pulso. Soprou novamente. A coisa era tão intensa e desesperadora que não havia a menor chance de qualquer sensualidade.

Na terceira tentativa, ele conseguiu ressuscitar Nichole.

Ela abriu os olhos aos poucos. Viu Jamie, mas teve dificuldade em identificá-lo.

Por um instante, Jamie podia jurar que Nichole estava prestes a bater nele.

– Você está bem?

Nichole respirava com dificuldade; o peito subia e descia intensamente.

– Estou.

Ela passou os dedos sobre o abdômen, procurando algo. As laterais da blusa. Ao encontrá-las, cobriu-se.

Jamie recostou-se novamente na parede da baia. Na boca, o gosto de nicotina.

A mais de cinco mil quilômetros dali, McCoy franziu o cenho.

Pressionou algumas teclas. A terceira tela começou a mostrar algo diferente. Então, o laptop.

Saiu checando todas as câmeras que conhecia, vasculhando todos os cantos daquela parte inutilizada do escritório.

– Onde ela se meteu?

INTERVALO
(COM COOKIES DA PEPPERIDGE FARM)

Seu melhor professor é o último erro que você cometeu.

– Ralph Nader

Vincent Marella passou de andar em andar, começando pelo vigésimo terceiro, concentrando-se na ala norte. Sabia que não daria o azar de encontrar um painel de vidro faltando no vigésimo terceiro andar. Ou no vigésimo quarto. Ou no vigésimo quinto. Vigésimo sexto, vigésimo sétimo ou vigésimo oitavo. Que nada! Ele teria sim, um fim de semana tranquilo, e Deus o livre e guarde de um troço daquele cair justamente durante seu plantão.

A equipe de apoio do edifício Market 1919 era reduzida ao mínimo nos finais de semana. Havia apenas quatro vigias – três de serviço o tempo todo enquanto revezavam-se os intervalos para almoço e descanso. Poucas eram as oportunidades de se dar uma paradinha. Tinha sempre alguém precisando de ajuda. Não havia muita diferença entre fazer a segurança de um prédio comercial e a de um hotel – o cara estava sempre sobrecarregado por falta de pessoal e ganhava uma miséria. Raramente, Vincent conseguia ler uma página inteira sem ser interrompido. Quase sempre lia durante os intervalos, os quais nunca duravam tempo suficiente. De quatro intervalos, Vincent passava três resolvendo algum pepino. Era assim o tempo todo.

Para averiguar o tal vidro quebrado, Vincent mandou Carter ficar na recepção e encarregou Rickards de checar do oitavo ao vigésimo segundo andar, de forma descendente. Os nove primeiros andares eram saguões e estacionamentos, ou seja, havia apenas vinte e oito andares a serem verificados. Um por um.

Quando chegou ao vigésimo nono, Vincent já tinha desenvolvido um método: Apertava o botão STOP no painel de controle dos elevadores. Rezava para que no andar houvesse apenas uma empresa. Se fosse o caso, enfiava a chave mestra nas portas de segurança duplas, atravessava o saguão e fazia uma varredura de todo o andar no sentido anti-horário, verificando todas as janelas ao norte.

Em um dos andares, foi fácil; não havia nenhuma sala isolada por paredes, apenas baias. Mas os outros andares usavam o espaço da janela principal para oferecer aos funcionários salas particulares. Algumas tinham janelões cobertos com persianas de alumínio. Pouquíssimas eram as pessoas que mantinham as persianas abertas – a maioria exigia privacidade no trabalho. Ou seja, Vincent precisou abrir cada sala. Às vezes a chave emperrava, o que o deixava furioso.

Ah, o trabalho nos finais de semana!

Ele sabia que não deveria reclamar. Tinha sorte de poder contar com esse bico, depois de ter passado uma crise no ano anterior. Na verdade, ficou desempregado de 31 de outubro – Dia das Bruxas – até a penúltima segunda-feira de fevereiro – Dia do Presidente. Durante esse tempo, tentou se recompor e reequilibrar. Um remedinho aqui, duas sessões – apenas parcialmente cobertas pelo plano de saúde – com um terapeuta ocupacional. Tudo em vão.

O filho adolescente, que Vincent só via nos finais de semana, deu-lhe o melhor conselho de todos:

– Relaxa, pai. Só isso. Relaxa.

Então ele fez de tudo para relaxar.

Após um bom tempo relaxando, Vincent observou algumas melhoras. O coração parou de disparar sem motivo. Parou de ouvir coisas. Os pesadelos já não eram horrendos como antes.

Um ano antes, ele trabalhava como segurança na equipe noturna do Sheraton, um hotel razoavelmente caro, localizado na Rittenhouse Square, ponto mais valorizado da Filadélfia. O Sheraton tinha fechado. Mas estava quase fazendo um ano em que, numa noite quente de agosto, Vincent foi chamado ao sétimo andar para averiguar uma suspeita de briga conjugal. Essas coisas acontecem até mesmo nos melhores hotéis. Antes de chegar à porta do quarto, entretanto, ele foi violentamente atacado por um troglodita de terno. Vincent contra-atacou com todas as forças – lutou de forma violenta e desengonçada, tática que lhe servira bem durante os anos em que trabalhara em bares. Mas o outro cara pouco se importou. De repente, o grandalhão lhe deu uma gravata, apagando-o ali, na hora, com o braço bem grosso.

Ao acordar, Vincent vivenciou uma experiência pra lá de bizarra. Seu filho lia mangá, esses quadrinhos japoneses que se folheiam de trás para a frente. Era assim mesmo que ele se sentia, depois de ser atacado. De trás para a frente, do avesso. Nada fazia muito sentido. Talvez fizesse para outros. Para quem sabia ler esse troço.

No fim, o cara que o atacou era suspeito de pertencer a um grupo terrorista. Sempre que contava essa história aos amigos – o que era raro – Vincent dizia:

– Mais esquisito impossível, *né* não?

O representante do Departamento de Segurança Nacional que apareceu por lá, um cara com um nome polonês, agradeceu-lhe pela bravura, deu-lhe um tapinha nas costas e desapareceu noite adentro. Vincent checou o *Inquirer* e o *Daily News*, mas nunca leu notícia alguma sobre o desdobramento do caso. O gerente do hotel lhe deu alguns dias de folga e o aconselhou a relaxar e "mandar aquela história para o espaço".

Acabou que *ele* foi mandado para o espaço, ao ser demitido pelo Sheraton.

Nesta vida, o cara acha que conhece o próprio lugar na hierarquia. Acha que sabe quem é bunda-mole e quem é mais durão que ele. É só manter a cabeça baixa, passar pelos dois sem criar confusão e tudo acaba bem.

O problema foi que, pela primeira vez, Vincent enfrentou um cara muito mais durão, que o quebrou feio.

Aliás, é melhor nem dizer que o cara era mais durão; aquela *coisa* que o atacou pertencia a uma espécie completamente diferente.

De uma hora para a outra, o universo ficou muito esquisito. As ameaças, grandes demais. As chances de se dar mal, enormes.

Até o Dia do Presidente, Vincent ainda não tinha tomado coragem de procurar outro emprego. Trabalhara como segurança por catorze anos e era a única coisa que sabia fazer. Não tinha a opção de, por exemplo, abrir uma floricultura em Manayunk. Um amigo o aconselhou a buscar alguma coisa no edifício Market 1919: um prédio estritamente comercial. Cheio de gente rabugenta e egocêntrica, mas nenhum doido desvairado, como os que aparecem em um hotel. Desses, nem mesmo um hotel chique como o Sheraton está imune.

Por volta da Páscoa, Vincent já estava trabalhando durante o dia, de segunda a sexta, e à noite, nos finais de semana.

Então, ali estava ele, em um dia horrivelmente quente, verificando as janelas da ala norte, uma por uma, tudo porque um drogado filho da mãe viu cacos de vidro na ruela atrás do prédio.

Ele agora estava no trigésimo andar.

Apertou o STOP. Nas portas duplas de segurança, enfiou a chave mes...

Espere.

O que era aquilo na porta? Parecia um pequeno amassado, bem perto da maçaneta. E uma marca preta de fricção. Vincent sentiu um frio na espinha. Pressentiu que encontraria uma janela quebrada naquele andar.

Não deu para evitar. Automaticamente, Vincent encostou o ouvido na porta de segurança antes de destrancá-la. Queria saber se ia dar de cara com outro troglodita.

David Murphy estava pensando em pipoca.

A empresa Murphy, Knox & Associates fazia aniversário em agosto e ele queria que todo o prédio soubesse disso. Para ser bem sincero, ele não estava nem aí para quem do prédio ia ficar sabendo. Mas era preciso enviar um presente de qualquer jeito. Depois que se aconselhou com os técnicos certos – uma equipe de CDFs de laboratório com quem trabalhara na Bósnia – ele decidiu qual seria o brinde perfeito. Uma lata de vinte e dois litros, dividida em três partes: uma com pipoca de sal e manteiga, outra com pipoca de queijo e outra com pipoca de caramelo. David agora olhava para uma fileira dessas latas. Tinha ainda mais outras em sua sala, e pelo menos uma dúzia delas empilhadas atrás da mesa de Molly.

Experimentara algumas pipocas. As de queijo eram exageradamente saturadas e laranja – isso sem contar com o leve sabor de chulé. As de caramelo grudavam nos dentes e, além disso, eram mais escuras e saturadas de calda do que doces propriamente ditas. Mas as amanteigadas... dessas sim, dava para ele se empanturrar.

Não que ele tivesse feito isso. Provou apenas algumas para se convencer de que tinham um sabor que agradaria aos condôminos, que por sua vez não jogariam as latas fora logo de imediato. Só que provavelmente não dariam muita atenção às de queijo e de caramelo. Mas o que dizia mesmo aquela música do Meat Loaf? Um em três não é nada mau? Algo assim.

David contratou uma empresa para inserir as pipocas e as divisórias triplas de papelão. Ele mesmo arranjou as latas.

O exterior da lata era envolvido por um rótulo onde se via o horizonte da Filadélfia, com um texto em verde e letras ovais nos dois lados:

A Murphy, Knox & Associates
Orgulha-se de estar sediada na cidade do amor fraterno...
... há 5 anos!

O texto era de Molly. A mulher era boa mesmo.

Até o momento em que mandou-lhe chumbo na cabeça.

No dia anterior, dezenas de latas de pipoca foram entregues em cada empresa que tinha escritório no edifício Market 1919, do trigésimo ao trigésimo sétimo andar. Entre elas, encontravam-se três escritórios de advocacia, um de contabilidade, o escritório de uma revista local dedicada às ultimas tendências, moda e estilo de vida, o escritório particular de um juiz federal, duas organizações filantrópicas e outras empresas de áreas variadas que não significavam muito para David.

Se alguma empresa localizada do vigésimo nono andar para baixo se sentisse preterida, David estava pronto para responder com toda simpatia: *Poxa, sabe o que acontece? O serviço de entrega não conseguiu dar conta de tantos andares em um só dia. O restante será distribuído na segunda-feira. Espero que vocês não se importem em aguardar mais um pouquinho!*

Só que não havia mais lata alguma de pipoca a ser entregue. Ele tinha encomendado apenas o suficiente para os oito últimos andares do prédio, com algumas sobras para clientes especiais.

Seria essa questão mais uma pequena pendência? Será que um pesquisador anônimo qualquer, a serviço de uma comissão investigativa do congresso, checaria o pedido mais tarde?

Como se isso realmente interessasse...

Embora David se encontrasse paralisado, jazendo sobre uma piscina com seu próprio sangue na sala de reunião, ele se imaginou sorrindo para a pilha de latas de pipoca na mesinha encostada à parede. Seis pequenas latas de pipoca. A única parte daquela manhã que não tinha ido completamente para o inferno.

Independente do que Molly tivesse planejado, David esperava que a criatura concluísse aquilo bem depressa, para o bem dela mesma.

Talvez ela voltasse e fizesse a coisa certa. Acabasse com ele.

O que seria perfeito.

Não havia troglodita algum no trigésimo andar.

Nenhum sinal de ogro primitivo. E, mais importante, nenhuma janela quebrada, tampouco um painel de vidro faltando. Vincent aproveitou alguns suspiros de alívio. O amassado na porta de segurança não tinha sido nada demais. Provavelmente algum entregador da FedEx, trabalhando à noite, batera o carrinho de aço ali.

Nada que fosse motivo de preocupação.

Ele tinha consciência da provável neura causada pelo incidente no Sheraton. A experiência de ser asfixiado até desmaiar podia fazer isso com um cara. Mas Vincent também sabia que, em parte, aquilo era o filho tocando um terror em sua cabeça. Seu garoto de quinze anos, verdadeiro teórico da conspiração.

Nas últimas semanas, o menino o convencera de que os ataques de 11 de Setembro ao World Trade Center foram, na verdade, armação do próprio governo norte-americano – uma armação sofisticada que custou milhares de vidas, mas que garantiu aos poderosos uma carta branca para proteger seus interesses comerciais em nome da "guerra contra o terrorismo". Ele mandara o garoto sumir de sua frente, mas o pequeno, como sempre, encontrava uma brecha para quebrar o coroa, mostrando-lhe uma prova de cada vez. Em casa, o moleque se sentava ao computador de Vincent e ficava completamente envolvido; obviamente, o pai tinha de checar, pois afinal, vai que o filho estivesse acessando algum site pornô! Era pura e simples obrigação paterna. Só que, ao se aproximar do monitor, Vincent se surpreendia com o garoto apontando para a tela, todo animado:

– Olha só isso, pai!

E, quando se dava conta, Vincent estava lá, assistindo a uma das torres gêmeas desabar. Não sabia qual das duas – a norte ou a sul.

O garoto apontava para a lateral do prédio desabando.

– Viu? Viu?

– Não... o que foi? Peraí. Pra que você tá vendo isso, menino?

– Presta atenção – o garoto retrocedia o vídeo e então clicava no pequeno triângulo. – Viu?

– Viu o quê?

– A fumaça saindo pelos lados enquanto o prédio desmorona.

– Acho que sim.

– Isso é sinal de demolição controlada, pai. O governo demoliu os prédios de propósito. Os caras sabiam que só o choque de um avião não ia dar conta. Daí, pra garantir o estrago, plantaram bombas lá dentro.

– Dá o fora daqui, moleque! Vaza!

Vincent ouviu a si mesmo e percebeu que aquelas palavras vinham de seu próprio pai. Só que ele nunca foi flagrado assistindo a um vídeo de conspiração na internet. O pai o pegava, isso sim, no barracão dos fundos com uma daquelas revistas de sacanagem, a *Swank*; o velho ferreiro enrolava a revista e descia a porrada, gritando:

– Dá o fora daqui, moleque! Vaza!

E então, confiscava a revista para uso pessoal.

Pena que os tempos mudaram e as coisas ficaram mais complicadas.

Vincent passava os finais de semana com o filho, de forma que vinha, nos últimos tempos, escutando muito dessas sandices. Conclusão: ele acabou se interessando pelo assunto. Deu uma olhada em alguns dos artigos que o garoto imprimira. Isso o motivou a pegar aquele exemplar do *Center Strike* que estava na pequena coleção de livros na sala dos seguranças.

Por causa disso, o prédio que Vincent era pago para proteger começou a tomar um enorme espaço em seu universo de preocupações.

Havia, com toda certeza, outros prédios, mais altos e mais importantes que o Market 1919, na cidade. Muito provavelmente, qualquer terrorista que planejasse atacar um edifício escolheria como alvos as torres do Liberty Center, que eram o equivalente azul cintilante das torres gêmeas na Filadélfia. Ou a prefeitura, que chegou a ser, um dia, o prédio mais alto dos Estados Unidos... durante mais ou menos dezessete minutos. Ou então os símbolos mais óbvios da liberdade norte-americana: o Independence Hall e, do outro lado da rua, em um pavilhão novo e resplandecente, o Sino da Liberdade.

Se fosse comparar, o Market 1919 não tinha nenhum significado histórico, tampouco arquitetônico. Não abrigava nenhum escritório do governo, a menos que se levasse em consideração aquela sala do juiz federal.

Então, por que ele tinha ficado tão assustado?

Vincent resolveu mandar o garoto dar um tempo àquela história de 11 de Setembro.

O que Vincent Marella não sabia é que *havia* dois dispositivos explosivos enfiados acima dos painéis acústicos no trigésimo andar. Um dos dispositivos da ala sul pendia a três metros de onde ele estava.

O amassado na porta de segurança, entretanto, *não* era resultado de um arrombamento mal planejado.

Aquilo era de fato obra de um funcionário da FedEx.

Na realidade, os explosivos tinham sido plantados cinco anos antes, assim que David Murphy assinou um contrato de dez anos para ocupar seu lado no trigésimo sexto andar. David mantinha o gatilho à mão, o tempo todo.

David gostava de estar preparado para toda e qualquer eventualidade.

Ainda que a empresa tivesse de ser investigada um dia por uma equipe bem-intencionada de policiais, os caras não encontrariam tais explosivos no trigésimo sexto andar. Tampouco no trigésimo sétimo ou no trigésimo quinto.

Ninguém pensaria em checar seis andares para baixo.

Não até que fosse tarde demais.

E quando chegasse a hora de cerrar as portas – como naquele sábado – bastava contar com o tipo adequado de catalisador de combustão. E espalhá-lo do trigésimo primeiro ao trigésimo sétimo andar.

O tipo de catalisador que pudesse ser embutido em latas de pipoca distribuídas pelas empresas naqueles andares.

Murphy, Knox & Associates

Orgulha-se de estar sediada na cidade do amor fraterno...

... há 5 anos!

O que David tinha em mente era algo semelhante ao ocorrido no edifício One Meridian Plaza, sobre o qual tinha lido antes de sediar sua empresa na Filadélfia. No dia 23 de fevereiro de 1991 houve um incêndio no vigésimo segundo andar que se alastrou e, por fim, tomou conta dos oito andares superiores. O prédio não caiu, mas seu esqueleto horroroso permaneceu de pé por mais de uma década até que a prefeitura, finalmente, autorizou sua demolição.

Um incêndio simples. Oito andares de destruição.

Com o tipo certo de catalisador, não era preciso mais nada para apagar por completo a existência da Murphy, Knox & Associates.

Só não seria possível apagá-la da memória das pessoas de bem que, por alguns anos, desfrutaram da pipoca distribuída como brinde.

Vincent Marella não tinha como saber dessa história toda. O que não o desqualificava como guarda de segurança. Na verdade, a única prova física que David deixara para trás, cinco anos antes, foi um pequeníssimo tubo preto de encapar fio, cortado enquanto ele instalava os dispositivos nos cabos de força do prédio. David não o percebera ao varrer rapidamente o tapete, na tentativa de apagar quaisquer rastros.

Dois dias depois, o tubo foi aspirado durante uma faxina.

O troço agora estava no fundo de um aterro sanitário em algum lugar na América do Sul.

Tente agora unir *essa* peça, se for capaz.

O radiocomunicador de Vincent bipou, despertando-o de seus devaneios. Se *houvesse* algum terrorista escondido ali em cima, o bipe o teria entregue completamente. E ele teria virado presunto.

– Na escuta.

– Melhor você dar uma passada aqui no décimo sexto andar, Vincent – sugeriu Rickards, que checava a metade inferior do prédio.

– O que foi?

– Tem um cara aqui; você precisa vê-lo.

– Já sei. Ele está com as mãos todas cortadas de empurrar uma janela.

– Não, cara. Ele tá apagado e com uma caneta enfiada na garganta.

Nichole não sabia o que era pior: o fato de ter sido derrubada por Molly com um soco ou ter sido ressuscitada por um *mala* como Jamie DeBroux.

As pessoas no mundo se dividiam em algumas categorias simples. A maioria era composta de *malas*, reclamando do dia a dia, completamente sem noção de como sua contribuição se encaixava na colmeia maior. Eram capazes de entrar em pânico coletivo muito facilmente

– uma ameaça terrorista ou desastre ambiental ou uma gripe epidêmica. Algumas dessas ameaças eram até reais. A maioria, contudo, era criada pelas abelhas-rainhas ou postas em prática pelas abelhas-operárias.

Nichole e Molly eram do grupo das operárias.

Pessoas como David Murphy eram as abelhas-rainhas.

Nichole gostava de acreditar que estava no mesmo campo que as outras operárias. Certamente havia operárias mais poderosas ou talentosas, de um jeito ou de outro, mas ainda assim eram apenas operárias.

Molly, no entanto, havia sido uma operária extraordinariamente durona.

Nichole espantou-se com sua habilidade em levar uma coça daquele nível e ainda assim manter-se de pé. Ela quase se sentiu mal por ter precisado trapacear no final. Mas foi a única opção aparentemente viável. Nichole sabia que estava fatalmente lesionada. E que alguém precisava deter Molly.

– Cadê a desgraçada? – Nichole perguntou. Ergueu-se, sentou-se e sentiu uma forte tonteira.

– Quem? Molly? Picou a mula.

– Oi?

Nichole tentou ficar de pé mais depressa do que deveria. Sentiu a cabeça girar. Mas precisava checar; ver com os próprios olhos.

A sala onde Molly caíra estava vazia. Por todo o chão, cacos de vidro espalhados misturavam-se a pedaços de divisórias e poeira. Nichole contou os furos de bala. Dois na janela. Um no aquecedor de metal. Outros dois na mesa. E um na parede à direita; um tiro fora do padrão (possivelmente o último disparado, pensou) que provavelmente passou de raspão pela cabeça de Molly. Seis disparos. Seis tiros contados.

Nenhum atingira a fazendeira russa.

Nichole xingou e socou a parede mais próxima. Que, por acaso, era a parede externa da sala vazia.

Nesse momento, um caco pontiagudo que pendia no topo da armação da janela caiu, espatifando-se ao aterrissar no peitoril e atingindo as pernas de Jamie.

– Opa! – exclamou ele.

Nichole olhou para baixo e viu que um dos pés estava sem o sapato. Cuidadosamente aproximou-se dele, sacudiu os cacos de vidro e o calçou. Em seguida pegou a HK P7 do chão e a recolocou nas costas, presa ao cós da calça.

– Venha – disse para Jamie.

– Aonde?

– Vamos sair deste andar.

Tudo mentira. Nichole precisava ir à sala de David e coletar toda e qualquer informação possível. Só depois disso conseguiria pensar em escapar. Se de fato surgisse a oportunidade para tal, ela abriria as portas do elevador com um pé de cabra e então sairiam deslizando pelo fosso. A menos que David tivesse plantado bomba lá também.

– Pode me ajudar?

Nichole suspirou. Ouviu um zumbido. Esticou o braço e então sentiu que a blusa estava toda arreganhada, dando a Jamie uma visão completa de seu sutiã. O sutiã ensanguentado. Àquela altura, Jamie já tinha esticado o braço para alcançá-la, mas Nichole mudou de ideia. Jamie ficou no vácuo. Acabou pendendo para trás e chocando-se contra a parede da baia.

– Ei! – reclamou.

Nichole não deu a mínima. Olhava agora para a blusa destruída.

– O que você fez?

– Precisei abrir a blusa de qualquer jeito para te ressuscitar.

– Não dava para fazer sobre a blusa? Qual é? Tava querendo tirar uma casquinha?

– Eu nem pensava nisso! Tentava salvar sua vida.

Nichole olhou para o corredor.

– Acho que devo me sentir grata por meu sutiã ainda estar no lugar.

– Ei, não foi nada disso!

– Sei. Lembro bem das aulas de primeiros socorros. Primeiro passo: se a vítima for do sexo feminino, rasgue a blusa.

Nichole procurou ver se ainda restava algum botão no lugar. Nada.

– Ah, vamos nessa – disse ela.

Jamie reergueu-se lentamente.

– Cadê o resto do pessoal? Acha que a Molly vai atrás deles também?

Nichole considerou cuidadosamente essa possibilidade. Até que ponto podia contar alguma coisa para ele? Afinal, o cadáver de Roxanne só estava a alguns metros dali, do outro lado das baias. Precisaria conduzi-lo até a sala de David pegando o caminho mais longo – e rezar para não esbarrar com Molly.

Pelo menos, ainda restavam duas balas na HK P7. Se tivesse outra chance, ela atiraria à queima-roupa.

Meteria o cano na testa de Molly e mandaria chumbo.

Nichole olhou para Jamie – todo desgrenhado, ensanguentado, ferrado, mas ainda um *mala*.

Silêncio, por enquanto, era a melhor política.

– Venha, siga-me – orientou.

Encontraram os três itens essenciais na sala de David: gaze, bebida alcoólica e uma pilha. Inclusive, era uma pilha pequena. Justamente da que o Talkabout T900 precisava.

Infelizmente, o T900 tinha sido esmagado.

Na volta, Jamie o recolhera do chão da sala onde Molly tentara fazer picadinho dele. A tela plástica estava toda ferrada. O aparelho não queria ligar, mesmo com a pilha nova, que Nichole encontrara em uma das gavetas da mesa de David.

– Deixa eu ver aqui – disse Nichole.

Jamie não questionou. Passou o aparelho para ela e se sentou no chão, com o kit de primeiros socorros que Nichole tinha achado na mesa de David. Por lei, toda empresa era obrigada a ter um kit desses; a Murphy, Knox & Associates comprara o dela em uma filial da papelaria OfficeMax. Seiscentos e dezesseis peças, com capacidade de atender até cem pessoas. Muito útil para manhãs como essa, quando o chefe e uma colega piram e saem tentando meter bala, fazer picadinho e envenenar os outros.

Enquanto isso, Nichole recolocava a tampinha do compartimento das pilhas no T900. Ela o abrira e recolocara as pilhas, só pra ver o que acontecia. Apertou uns botões. Nada.

– Esse troço já era – anunciou Nichole.

– Não disse?

– Você caiu em cima dele ou algo assim? *Que droga!*

Ok. Não dava mais para Jamie adiar. Tinha de fazer o possível e o impossível para deixar a mão com um curativo. Pelo menos algo que estancasse o sangue até que conseguissem sair daquele andar. Por ele, enrolaria os dedos numa gaze e cobriria o troço todo com uma luva de couro preta. Tipo Luke Skywalker em *O retorno de Jedi*. Melhor ainda: convenceria os rebeldes a substituir a mão por outra biônica, cibernética. Recomeçar.

Jamie olhou para os dedos.

Oh, Deus.

Não dava para olhar.

Não paravam de latejar, como se o lembrassem: *Estamos aqui. Ferrados. Estamos aqui. Feridos. Dê um jeito. Dê um jeito agora*.

Jamie puxou uma gaze do kit e tentou cobri-los, envolvendo-os, usando o máximo de esparadrapo possível. Se Andrea estivesse ali, gritaria com ele por não desinfetar a região. É claro que ele podia argumentar que não valia a pena se preocupar com uma infecção. Ao olhar para baixo, Jamie jurou ter visto osso.

– O que você está fazendo?

– Enrolando os dedos.

– Está fazendo tudo errado.

– Não tenho experiência nessa área.

– Me dê sua mão aqui. Não temos muito tempo.

Nichole olhou para os dedos estropiados de Jamie e exclamou:

– Ai, meu Deus!

– Pois é...

– Não vou conseguir dar ponto. Esse kit não tem fio de sutura.

– Tudo bem. Faça o que der.

– Vou enfaixá-los da melhor forma possível; vou tentar esterilizar tudo com esse uísque que achei na mesa do David. Depois você mostra isso para um médico, tá certo?

– Na boa, o que você conseguir fazer está de bom tamanho.

– Quer beber um pouco antes? É Johnnie Walker Black.

– Não, tô legal.

– Acho que você vai se arrepender dessa decisão dentro de uns dez segundos.

Nichole pôs a mão na massa. Jamie ficou olhando para as placas do teto e ouvindo o ruído de esparadrapo sendo puxado daqui e dali. Não queria nem saber dos detalhes. Era melhor fazer de conta que ela estava suturando, com toda a habilidade, os dedos, tão perfeitamente, na verdade, que alguns dias depois ele conseguiria dobrá-los e *toin! Toin! Toin! Toin! Toin!* – os pontos se soltariam sozinhos e ele estaria completamente curado. Mesmo sabendo que não havia fio de sutura.

– Lá vamos nós.

– Você ainda não começou?

– Prepare-se.

Jamie manteve os olhos fixados nas placas cor de gelo do teto, imaginando que os furinhos no material eram crateras grandes o bastante para servir de esconderijo. Ouviu o estalo oco, bem baixinho, de uma rolha saindo de uma garrafa.

– Saúde.

Nem por um decreto Jamie poderia ter se preparado para a agonia que sentiu quando o álcool escorreu pela mão ferrada. A antiga dor – a dor que causou as feridas profundas – era como a lembrança das praias do paraíso se comparada àquela NOVA DOR. Uma NOVA DOR da queimação ácida, da pele derretendo e do osso sendo perfurado.

– Psssiu!

Nichole segurou-lhe o punho com firmeza enquanto ele, violentamente, contorceu-se todo. Jamie se encolheu e foi até o teto, esconder-se em uma das crateras.

Alguns minutos mais tarde, abriu os olhos. A luz estava bem forte. Ele, deitado no chão, de barriga para cima.

Creeeque.

– Você desmaiou – explicou Nichole.

– *Urrrgghhhh* – Jamie gemeu.

– Não vomite. Já estou na metade do trabalho

O desmaio não apagou nenhuma lembrança. Não houve nenhum momento de extrema felicidade do tipo: Ei, onde estou? Por que essa mulher alta está mexendo na minha mão? Por que está só de sutiã? Jamie lembrava-se de tudo. Nada tinha mudado. Só que agora ele estava com vontade de vomitar.

– Nichole.

– Fala.

Creeeque.

– Você por acaso sabe por que David quis matar todo mundo hoje de manhã?

Ela não respondeu.

– Ele perdeu o juizo? – insistiu ele. – Acho que prefiro essa hipótese. O estresse do trabalho, ele *surtou*...

– Acredita nisso?

– Não.

– Nem eu.

Creeeque.

– Ah, é que você sabe o que está de fato rolando, não é? Que somos de fato uma corporação de inteligência secreta.

– Se você ainda não sabe, é porque não deve saber mesmo.

– Poxa, Nichole, sai dessa! – e então ele soltou um gemido.

Ela comprimira com muita firmeza. Talvez até de propósito. Ele continuou:

– Quase morri hoje de manhã. Eu e o resto do pessoal. Acho que mereço saber.

– Estou tentando me concentrar aqui.

– Pode pelo menos me dizer se a gente trabalha para os mocinhos?

Nichole o olhou com uma das sobrancelhas erguidas.

– Sabe, Nichole... o governo dos Estados Unidos?

Ela continuou a pôr esparadrapo.

– Poxa, tô perguntando porque – continuou Jamie – se formos os mocinhos, então, por que David Murphy recebeu ordens pra matar a gente? Isso não é coisa que mocinho faça, é? Ainda mais com gente como eu, que até mais ou menos uma hora atrás não fazia a menor ideia de que trabalhávamos para o governo.

– *Você* não trabalha para o governo.

Se Nichole não estivesse remendando-lhe a mão toda esfacelada, Jamie teria dado o fora daquela sala. Que sacanagem do inferno! Não era justo. O cara está no exército, recebe uma notificação avisando que sim, ele vai se divertir muito explodindo outro país, mas pode voltar dentro de uma caixa envolta numa bandeira. *É assim que a banda toca, recruta*. O cara recebe a insígnia da polícia e acontece a mesma coisa, só que ele corre os riscos no próprio território. A morte é improvável, mas certamente possível. Ninguém entra enganado.

Mas Jamie não era soldado, tampouco policial. Era um *relações-públicas* que acreditava trabalhar para uma empresa de serviços financeiros, e assim o fazia em função de um bom salário e do plano de saúde. Ele não topou entrar na empresa para mais nada, além disso.

Era muita sacanagem.

Não era justo.

Era injusto com sua esposa e seu bebê, que naquele exato momento não faziam a menor ideia do que estava acontecendo ali.

Aquilo ali era o mesmo que o terror do 11 de Setembro, ou pelo menos o horror que Jamie imaginava, sempre que pensava como tinha sido a tensão em um daqueles andares das torres em chama. O horror de seus últimos minutos nessa existência, do qual sua família jamais terá conhecimento. Como se já estivesse morto.

Sentiu estar sendo observado. Era Nichole, olhando-o fixamente.

– Tô aqui pensando no que te dizer, porque *realmente* quero que você sobreviva a isso. E quanto menos souber, melhor pra você. Vai por mim. Não posso falar pelo resto da empresa, mas estou do lado dos mocinhos. Talvez eu seja a única pessoa do bem aqui. Você provavelmente salvou minha vida, cara, então vou tentar salvar a sua. Combinado?

Jamie engoliu o excesso de saliva. Sentiu um gosto de morte na boca.

– Tá certo.

– David é do mal. Lacrou todo este andar e tentou nos matar. Molly o impediu, mas agora é *ela* quem está tentando acabar com a gente. O que a torna um dos bandidos. É tudo de que precisamos saber.

– Tudo bem.

– Nossa estratégia é simples. Fazemos de tudo para não esbarrar com a Molly e damos o fora deste andar com vida.

– Só espero que você saiba como fazer isso.

– Pois é. Vamos perguntar pro David.

Ela então mostrou uma seringa a Jamie.

– Isso aí não estava no kit de primeiros socorros, estava? – perguntou Jamie.

A mais de cinco mil quilômetros dali, Keene perguntou:

– Já achou sua Namoradinha?

McCoy soltou um grunhido e bebeu o resto da Caley. Voltou à pequena cozinha para pegar outra lata. Keene ia precisar pensar em preparar o jantar, logo, logo. Sempre que McCoy chegava à sexta latinha, ficava voraz. E quando estava com fome, então, ficava mais rabugento ainda.

Keene assumiu o controle, observando as câmeras do trigésimo sexto andar, passando menos de um segundo em cada sala. Na sala de reunião, o chefe ainda estava caído, com uma poça de sangue ao redor da cabeça, parecendo um travesseiro de formato estranho. O corpo do fiel empregado, McCrane, estava do outro lado da sala. O cadáver de Roxanne Kurtwood ainda jazia no corredor na parte abandonada da empresa. DeBroux e Wise, ainda vivos, estavam na sala do diretor. Mas nem sinal de Namoradinha.

Onde poderia estar?

Keene esperava que ela não tivesse morrido. McCoy ficaria insuportável durante várias semanas.

Namoradinha estava ajeitando o cabelo.

Não lhe restava alternativa. Não depois de se contorcer, rolar, rodopiar para se livrar de cada um dos seis tiros disparados... só não conseguiu se desviar de um. Um tiro de sorte, muito provavelmente disparado quando Nichole Wise realmente começou a se descontrolar e atirar às cegas. Não tinha como aquele tiro ter sido intencional. Aquele tipo de disparo era coisa de atiradores de elite, não de uma firma de leões de chácara comuns. Wise não tinha tal precisão.

A bala saiu cortando o ar, quebrou o vidro, cortou mais ar e então a bochecha de Molly.

Passou raspando, deixando uma trilha de sangue na extensão da maçã do rosto e, para doer mais ainda, a bala foi acompanhada por finos estilhaços de vidro.

Contudo, a dor não era nada. A aparência, sim, era o que importava.

Após limpar o rosto e a ferida, Molly levou as mãos à parte de trás da cabeça e tirou os grampos. Tinha o cabelo bem longo, do jeito que Paul gostava. Durante o dia, no escritório, ela o prendia. Em casa, só com Paul, andava pelada de um lado ao outro. Isso o deixava vulnerável, embora ele achasse estar no controle.

Soltou um pouco do cabelo, deixando uma mecha cair sobre o lado direito do rosto; prendeu o resto com os grampos pela parte de trás. Passou água quente para ajeitar o cabelo e livrá-lo da poeira de *drywall*, sangue e estilhaços de vidro. Depois de um minuto se ajeitando, ficou passável. Nunca tinha dado as caras com um visual daquele. Talvez fosse até bom.

No final, ela precisaria ficar apresentável.

Seria seu teste final.

O Namoradinho veria tudo.

E, se Deus quiser, o Namoradinho daria a promoção que Molly tão desesperadamente desejava. Quer dizer, a promoção de que tanto *precisava*.

Ainda bem que o Namoradinho não podia vê-la agora.

Era importante que ele tivesse visto a dor que ela suportou – aquilo fazia parte da entrevista. Mas não as consequências. Uma boa agente não deixava a peteca cair; conseguia se recuperar de qualquer espécie de punição. A maioria dos agentes norte-americanos não tinha muita tolerância à dor.

Isso a diferenciaria dos concorrentes.

No bracelete direito, ela guardava gaze e curativo líquido; no esquerdo, uma pinça e um kit de costura simples. Usava todos eles agora, de forma rápida e hábil. Corria contra o tempo. Já perdera um minuto, no rosto e com o cabelo.

Tudo bem com a saia preta – a cor disfarçava o sangue – só que a meia-calça estava destruída, rasgada em vários pontos; efeito dos estilhaços afiados. O item lhe servira bem. Não era uma peça comum; não era do tipo que se comprava em qualquer lojinha de esquina. Era especial, reforçada com aramida. As pernas estavam arranhadas, cheias de cortes, mas nada profundo.

A blusa era igualmente reforçada. O antebraço esquerdo sim; esse sofrera os piores danos. Ela arregaçara a manga para mexer no bracelete.

Talvez tivesse sido melhor puxar a manga para baixo.

Assim como a meia-calça, a blusa precisava ir para o lixo. Por cima do sutiã, vestia uma regata que não parecia estranha, se usada como blusa. Daria para o gasto até o fim da entrevista.

Estava sem meia-calça e sem sapatos. Esses últimos, porém, ela pegaria de volta antes de sair.

O cabelo agora cobria-lhe a face.

Operação completa: removera cacos de vidro cravados, suturara, colara ou unira a pele e limpara as roupas.

Namoradinha estava pronta para o restante das atividades matutinas.

Deu-se ao luxo de se olhar no espelho do banheiro por uns instantes. Encontrava-se nas profundezas do escritório da revista *Philadelphia Living*. Roubara a chave de um editor dois meses antes. Fora com ele a um bar chamado The Happy Rooster (O Galo Feliz) – nome muito apropriado, diga-se de passagem. Ele ficou bêbado e decidiu, cambaleando, ir para o palco cantar caraoquê. Ela enfiou a mão na bolsa, roubou a chave e sumiu pelas sombras antes do cara começar a cantar o segundo refrão de "Afternoon Delight". Nesse ínterim, ela guardara a chave no compartimento do bracelete direito. Ficou muito feliz por descobrir, finalmente, uma utilidade para a chave.

Agora olhava para si mesma e sentia-se atordoada pela passagem do tempo.

Dez anos atrás, o que Molly refletia no espelho era uma versão mais magricela e tímida de si.

Uma garotinha ansiosa para satisfazer e agradar.

Agora a história era outra.

Era uma jovem mulher, muito mais forte e audaciosa.

Mas, ainda, ansiosa para agradar.

Algumas coisas não podem ser extirpadas da alma.

Namoradinha falou sozinha em russo. Foi, na verdade, um balbucio. Rimas sem pé nem cabeça. Coisas que dizia a si mesma quando pequena.

E parou por aí. Sem mais indulgências.

Faltava ainda número três. Ele não deu as caras na reunião, mas havia evidências de sua chegada ao prédio.

Número três devia estar se escondendo no andar.

Ou então, Ethan fora esperto o bastante para se livrar das arapucas de David.

DE VOLTA AO TRABALHO

> **Se quiser mesmo ter sucesso, você precisará seguir meu exemplo: buscá-lo todos os dias. O topo não é para os preguiçosos.**
>
> **– Donald Trump**

Vinte andares abaixo, alguém finalmente o localizou.

Cacete! Não era para os seguranças darem atenção especial às escadas de incêndio? Sabe como é, em caso de um potencial risco da segurança? Bom saber que o Departamento estivera em mãos tão cuidadosas e seguras todos esses anos. Se bem que, ironia à parte, talvez fosse essa a questão. Uma equipe de segurança cheia de homens grandalhões, armados até os dentes, estilo SWAT, meio que daria bandeira ao inimigo. E daí, de que adiantaria ter uma empresa disfarçada quando algo dessa natureza podia estragar o disfarce?

Ainda assim, Ethan sabia que havia câmeras de fibra ótica espalhadas pela porcaria da escada de incêndio. Elas existiam até nos mais xexelentos arranha-céus de baixo custo. Ele acenou e então prestou continência para cada um deles com o dedo médio ao abaixar a mão. *Alô, bundões. Olha eu aqui!*

A cada dois lances de escadas de concreto, ele caía. Não sabia se era a toxina ou a caneta enfiada na garganta ou, talvez ainda, os efeitos remanescentes daquela desgraça de Martini francês fritando-lhe o cérebro. Mas Ethan se sentia como no inferno.

Então, caiu.

Não se incomodou com isso. Contanto que caísse de costas, sem problema. Se, no entanto, tropeçasse e caísse de frente, os caras encontrariam um jovem de vinte e poucos anos com a maior ressaca da história, com um tubo de caneta varando o pescoço até a nuca. Não seria nada fácil explicar aquilo para os pais dele.

Ethan lhes dissera que estava na faculdade de direito.

Durante sete anos.

Talvez os pais não soubessem a duração do curso.

Lá pelo décimo sexto andar, no entanto, tudo mudou. Ethan sentiu um enorme peso na cabeça e nos ombros. Os olhos ficaram mais pesados do que nunca. Quando começou a tropeçar de frente, rumo ao concreto frio, usou toda a força que lhe restava para se puxar para trás. Tenho... que... cair... de... costas...

Não é loucura como grande parte de nossas necessidades básicas pode mudar no curso de uma hora?

Tenho... que... comer... um... Big... Mac.

Tenho... que... cair... de... costas... pro... tubo... da... caneta... não... me... matar.

O desejo de Ethan se realizou.

Caiu de costas.

E murmurou bem alto antes de desmaiar.

Talvez fosse apenas fruto de sua imaginação, turbinada, então, pela toxina, mas enquanto apagava para um estágio de inconsciência – e Ethan sabia que essa seria uma daquelas longas ausências, nada daqueles desmaios fajutos, que duravam apenas uns segundinhos – ele pensou ter ouvido passos vindo em sua direção. Uma batida em uma porta de aço. Alguém perguntando: "Tem alguém aí?" O som distante da tranca de uma porta de aço torcendo para um lado. Outro passo, ainda mais distante, logo acima, no intervalo entre os lances de escadas.

E o *input* final de estímulo sensorial, logo antes de Ethan agarrar a ponta da pesada cortina preta da inconsciência, puxá-la e se enrolar nela:

– Melhor você vir aqui no décimo sexto, Vincent.

Molly abriu o compartimento do bracelete onde estava o receptor de áudio. Apertou o minúsculo botão para ligá-lo e, logo em seguida, enfiou-o no ouvido. O receptor estava programado para captar todo e qualquer contato interno feito via rádio. Ela não esperava ouvir nada útil, mas era possível que Ethan tivesse conseguido sair do prédio e estivesse buscando ajuda. Se fosse o caso, ela ouviria o papo da equipe de segurança. Nada que gerasse grandes preocupações. Precisaria apenas apressar a operação e esperar que sua rapidez de reação impressionasse o Namoradinho.

Alguns minutos após inserir o receptor no ouvido, Molly escutou:

– Melhor você dar uma passada aqui no décimo sexto andar, Vincent.

Estática.

– O que foi?

Estática.

– Tem um cara aqui; você precisa vê-lo.

Estática.

– Já sei. Ele está com as mãos cortadas de empurrar uma janela.

Estática.

– Não, cara. Ele tá apagado e com uma caneta enfiada na garganta.

Ethan.

O grito fazia sentido agora. Ethan deve ter percebido algo estranho e tentado escapar logo. Provavelmente usou a cabeça e não pegou nenhum dos elevadores – eram fáceis de controlar ou sabotar ou talvez as duas coisas. Só não usou a cabeça para imaginar que o sujeito que sabotaria um elevador faria o mesmo com a saída de emergência. Seu prêmio pela falta de raciocínio foi uma borrifada de Sarin.

Molly conhecia bem os efeitos de Sarin: anos antes, por um breve período, ela traficara o produto em nome de um líder militar afegão. E Ethan provavelmente sacou muito bem o que estava acontecendo. Devia ter sentido a pele queimar, os olhos sangrar, a garganta se fechar, e com certeza foi esperto e cuidou logo da garganta. Um sangramento ocular dói, mas a falta de ar mata.

Veja só onde ele conseguiu chegar. Ao décimo sexto andar, rodeado por seguranças do prédio.

Ethan Goins deveria ter comparecido à reunião, assim como os outros. Ela dispusera todos em ordem: Ethan era o terceiro. Primeiro, David. Depois, Amy Felton. Em seguida, Ethan, o musculoso. Ela chegou inclusive a checar se Ethan estava no escritório. A porta da sala dele estava aberta e o computador, ligado. Na hora Molly pensou que Ethan tivesse ido ao banheiro.

E foi mesmo.

Só que ao banheiro...

... em outro andar.

Tudo se encaixou. O trigésimo sétimo andar estava desocupado. Um candidato à prefeitura montou sua central lá, até que um comício malsucedido, logo no primeiro turno, em maio, o tirou de cena. Agora só restava ali um bando de divisórias e mesas alugadas que precisavam ser recolhidas e rearmazenadas. Havia também dois banheiros – um masculino, o outro feminino – no trigésimo sétimo andar. Acessíveis. Livres para qualquer um no prédio que preferisse um pouquinho de privacidade ao fazer as necessidades.

Como Ethan.

Ele devia estar descendo – a saída de emergência era o caminho mais fácil entre dois andares – quando David anunciou o confinamento e acionou os dispositivos de Sarin. Ethan abrira as portas. Ethan recebera uma surpresa bem molhada.

Pobre Ethan.

Na verdade, que se dane. Era para ele ter sido o terceiro. As coisas não eram para ser assim.

Agora, os seguranças o haviam descoberto.

Era grande a chance de ele já ter morrido. Não se brinca com Sarin. Seus efeitos são difíceis de aliviar, ainda que o sujeito seja forte o bastante para realizar uma autotraqueostomia.

Mas, e se ele ainda estivesse vivo?

Ethan sabia demais. Se recobrasse a consciência, podia pedir uma caneta e um pedaço de papel. Outra caneta, é claro. E então dificultaria mais ainda o resto da manhã.

Molly precisava chegar ao décimo sexto andar o quanto antes.

* * *

Vincent esperou o elevador. Sentiu-se bastante aliviado. Rickards achara o culpado, que estava inconsciente. Vincent não tinha certeza do que se tratava aquela história de "caneta enfiada na garganta". Rickards não era um guarda de confronto e, ainda que fosse, não atacaria ninguém com uma Bic.

Bem, o que importava era que ele sabia que o tal cara era responsável por arremessar uma janela na parte norte do prédio. Mistério solucionado. Ele e Rickards poderiam acompanhar o cara até o saguão, chamar a polícia, fazer um B.O. e pá! De volta ao mundo do *Central Strike*, onde havia problemas maiores do que uma janela espatifada e um cara com uma caneta enfiada na garganta.

Molly abriu outro compartimento do bracelete. Retirou um par de óculos de segurança dobrável, todo em plástico. Abriu as hastes e em seguida separou uma lente da outra, desdobrando os óculos. A dobradiça no meio fez um clique. Segurou as lentes alguns palmos à frente, enquadrando o próprio rosto. Era praticamente *Hamlet*, menos o crânio de Yorick. Se Yorick usasse óculos plásticos de segurança dobráveis.

Esperou a câmera embutida na armação e nas lentes ligar. Então, ergueu a mão livre e mostrou três dedos.

Conte sempre com tecnologia extra.

Direto das Regras de Moscou, tão adoradas por Murphy.

– Olha lá, cara – disse Keene. – Ela voltou.

McCoy tinha ido ao banheiro para mijar ou vomitar ou simplesmente para se olhar no espelho. O cara era imprevisível. Uma vez, Keene o flagrou esfregando uma edição da revista *Vanity Fair* no pescoço e sob o queixo. Ele disse que era para aproveitar a colônia de graça. Depois ele saiu e torrou a maior grana em uma garrafa de uísque.

– Tenho certeza de que você vai querer ver isso.

Keene ouviu a descarga.

Ah, estava mijando.

– McCoy, sua gata reapareceu!

Nisso, apareceu uma cabeça raspada, na porta.

– Olá?

Molly pôs os óculos e rumou para a saída de emergência, no lado norte. Tinha de ser aquela. Era a mais próxima do lado ativo da empresa. Não tinha por que Ethan ter escolhido a outra. O cara não ia pegar um caminho completamente oposto para ir ao banheiro.

Agora era hora de escapar de uma bomba de Sarin fixada logo acima da porta.

Molly tinha forjado um casamento com um atuário durante três anos. Imaginava então conseguir lidar com qualquer coisa.

Tudo dependia da velocidade. Passar pela porta, descer o primeiro lance da escada de concreto, em seguida dar um cavalo de pau à esquerda, com as mãos no chão, entre os dois lances de escadas e sair rolando pelo lance seguinte. E assim sucessivamente. Rezar para ser rápida o bastante para se livrar da nuvem que se formaria em volta. A menor quantidade que entrasse em seus pulmões seria suficiente para retardá-la. A toxina podia se enraizar e estragar toda a operação.

O trinco da porta. Esse era o problema. Ela não conseguia pressioná-lo para baixo e, ao mesmo tempo, passar rapidamente pela porta.

Checou os equipamentos nos braceletes. Fio. Lâmina. Ganchos. Heroína. Chave USB. Veneno.

Espere.

Fio. Ganchos.

Retirou os equipamentos, desprendeu o gancho, enrolou o fio no trinco chato da porta, puxou-o para a direita, liberando o ferrolho, e enfiou o gancho na divisória de *drywall* à direita da porta. Soltou. O fio se prendeu. Ela só precisava que ele segurasse por cinco segundos.

Cinco segundos era um generoso período de tempo.

Molly recostou-se na parede à frente e então lançou-se pela porta. O aço chocou-se contra o bloco de concreto. Enquanto cortava o ar, com os braços esticados para a frente, ela ouviu um *bipe-bipe* e um tssssss pneumático.

O dispositivo fora posto acima da porta; era uma espécie de bico apontando para baixo – exatamente como ela pensara. Imaginou o jato de toxina cobrindo-lhe as batatas das pernas, os calcanhares... mas não, aquilo não era possível. Agira com toda rapidez possível. Ela estava bem. Estava *bem*. As palmas das mãos bateram no concreto e ela se reequilibrou, torcendo-se imediatamente para a esquerda, plantando os pés no chão e virando-se para trás, descendo o outro lance de escadas; com os braços esticados, Molly aguardava a aterrissagem brusca das mãos contra o concreto para, em seguida, torcer o corpo, dessa vez para direita, e então sentir o concreto sob os pés novamente e, mais uma vez, girar para trás...

Aquilo era apenas um cavalo de pau, ela disse a si mesma. Exatamente como em 1988.

Só que não havia emborrachado ou compensado, tampouco molas. Não tinha música. Nenhum colchonete ao redor. Não havia coreografia.

Apenas concreto puro, simples e frio.

Ela dava conta.

E os óculos permaneceriam no rosto durante toda a rotina.

Pois Molly queria que eles vissem *tudo*.

McCoy, que finalmente saíra do banheiro, apertou os olhos para fixar bem o olhar em um dos monitores. Sentou-se em sua cadeira.

– Linda, não é? – disse, fechando o zíper da calça jeans e tentando achar a fivela do cinto preto de couro.

– Tô tonto – disse Keene.

– Como ela consegue gravar isso?

A imagem no monitor era como um pesadelo em *steadicam*: um borrão alucinado, ora mostrando o teto, ora o chão, tudo em função dos movimentos, com uma parede de concreto dando uma violenta guinada de 180 graus de vez em quando.

– Tem câmeras nos óculos. Eu vi quando ela os colocou. Ela mostrou três dedos antes de continuar.

– Três dedos – repetiu McCoy.

– Mas, o que ela tá fazendo? Ela varou pela porta na toda como se tivesse alguém armado atrás dela. Agora tá tentando se classificar para as Olimpíadas, descendo a porcaria de uma escada de incêndio às cambalhotas. Que jeito mais estranho de fugir. Ela ainda nem terminou a operação.

Só que McCoy não estava dando ouvidos. Não tirava os olhos do monitor, e procurou na mesa o arquivo que Namoradinha tinha enviado.

– Número três... número três... Aqui. É o Goins.

– Esquisito foi ela se dar ao trabalho de preparar a maçaneta antes de sair feito louca.

– O quê?

– Esquisito ela se dar...

– Oh – disse McCoy, que pausou logo em seguida. – É isso mesmo. Você tinha ido à farmácia comprar seu Nursemaid...

– Night Nurse.

– Tanto faz. Você perdeu a parte da reunião em que JFK avisou aos funcionários que ele tinha plantado bombas de Sarin nas duas saídas de emergência.

– Esse Murphy é um cara paranoico, né? – perguntou Keene. – Por que não se limitou a trancar as portas?

– Nenhuma tranca é melhor do que uma toxina. Então, minha Namoradinha está tentando escapar da morte. Essa nuvem de Sarin vai descer pelas escadas. Molly pode até escapar dela, mas não conseguirá impedi-la de seguir o curso.

Keene olhou fixamente para o monitor.

– Tá, tudo bem. Mas para onde ela está correndo?

– Ué... – respondeu McCoy. – Está indo atrás do número três.

* * *

Ethan Goins estava tendo um sonho erótico muito estranho com Amy Felton. Esses sonhos eram frequentes. Tinham se tornado tão comuns que parte de seu cérebro provavelmente acreditava que ele *de fato* tinha um caso com Amy, embora não fosse verdade. Amy até queria, assim como Ethan. Geralmente, quando ele enchia a cara.

Mas os casos amorosos no trabalho representam sentença de morte em uma área como a deles. Todo o mundo ia ficar sabendo, num relance. Ia chover crítica. Não se falaria em outra coisa. Muito provável que o próprio David o fizesse. Era só quando Ethan enchia a cara depois do expediente – consideremos, por exemplo, as recentes aventuras com o Martini francês – que ele começava a achar que o trabalho não era tão importante.

Amy era importante. Muito importante.

Eles nunca fizeram nada além de tocarem as mãos sob uma mesinha de fórmica em um bar lotado, na rua Sansom. Tinham saído com mais dois colegas: Stuart e uma estagiária em quem Stuart tentava dar uns pegas. Este último estava tão ocupado, buzinando no ouvido direito da estagiária, que nem percebeu quando Amy deslizou a mão e tocou na mão de Ethan, tentando entrelaçar os dedos com os dele. Ethan olhou-a com cara de quem perguntava *Qual é a sua, Felton?*. Ela puxou a mão dele para baixo da mesa e a segurou, aninhando-a à sua, até que Ethan se convenceu de que Stuart estava de olho neles; então, ele pediu licença para ir ao banheiro. Stuart nunca faturou a estagiária. Ethan e Amy nunca mais se tocaram daquela forma.

Dessa vez, o tal sonho erótico que ele estava tendo era um pouco diferente.

Amy estava enrolada em uma enorme toalha de hotel, que logo caiu.

O único problema: Ela trabalhava para um chefe imaginário, um cara com o corpo escultural, todo musculoso, com pinta de membro de alguma fraternidade universitária, do tipo que jamais descuida sequer da barba. Ele também estava envolto em uma toalha. A dele não era tão grande, e meio que deslizou.

Ethan, por algum motivo inexplicável, estava ali no quarto do hotel com os dois.

(Mesmo agora, Ethan sabia que era um sonho – na verdade, sabia estar desmaiado no chão cinza de concreto da escadaria, na saída de emergência, com uma caneta enfiada na garganta. Mas a ideia de Amy Felton enrolada numa toalha de hotel era muito atraente. Ele queria permanecer mais um pouco nesse estado.)

O peladão de corpo escultural perguntou a Amy:

– Quer dar umazinha antes da reunião?

Ethan se desesperou por completo. Não sabia qual seria a resposta de Amy. Para seu alívio, ela foi simpática e disse:

Por mais tentador que seja, você tem uma reunião.

Simpática, direta e objetiva.

Então o gostosão desapareceu, e Amy ficou na cama, com a toalha novamente caindo. Ela olhou para Ethan. Ethan olhou para seus seios que terminavam em perfeitos bicos rosados. Nunca os tinha visto – mesmo assim, dentro de uma lógica onírica, pareciam-lhe tão familiares quanto a porta de seu apartamento.

Ela tocou-lhe a face e disse:

– Olhe pra mim com carinho.

No mundo real, alguém estava tocando-lhe a face, depois, o punho.

Ethan sabia do que se tratava: não estava alucinado, tampouco se encontrava em um estado psíquico de fuga. Alguém – provavelmente um segurança do prédio – o encontrara desmaiado e sangrando na escada. O guarda devia ter visto a caneta e se assustado; checava-lhe o pulso.

Mas Ethan queria continuar achando que Amy ainda o tocava no rosto, implorando-lhe que olhasse para ela.

Onde estava Amy?

Ela estava bem?

– Amigo! Você está acordado?

Ah, sim, tô acordado. Voltei a este corpo contaminado por essa toxina e essa traqueostomia de quinta categoria. Eu podia estar esparramado em uma cama com Amy Felton, sem toalha. Mas não, estou aqui. Tentando resistir à tentação de esticar o braço e tocar suas tetas.

Ethan chegou a abrir os olhos ensanguentados para confirmar.

Estou aqui, brother.

Molly girou e se contorceu até que toda a realidade se reduziu a uma simples série de eventos: concreto tocando-lhe as palmas das mãos, concreto chocando-se contra as solas dos pés descalços. Em algum lugar, em outra parte de sua mente, ela foi eliminando os andares à medida que completava a descida de cada um deles. Molly não se concentrou nos números. Sabia que a mente lhe avisaria quando estivesse próxima. Concentrou-se no concreto.

Se os guardas tivessem sido mais rápidos com Ethan Goins e já o tivessem levado, tudo iria por água abaixo.

Ela teria deixado um funcionário escapar. A operação teria dado errado.

E sua mãe estava praticamente morta.

O elevador chegou e Vincent Marella entrou e apontou o *16*. Mas parou no ar, deixando um espaço mínimo entre a ponta do dedo indicador e o quadrado branco de plástico que se acenderia, caso ele apertasse com a força adequada.

Vamos. Aperte.

Vamos.

Ok, tudo bem. Ele estava disposto a admitir para si mesmo. Estava protelando. Sabia que o chamado era completamente diferente daquele que recebera no Sheraton um ano antes. Lá, tinha sido algo do tipo: apazigue um casal brigando. Isso ali, agora, era: um cara caído na escada, caneta enfiada na garganta. Completamente diferente.

Mas os terrores voltaram.

Com uma vingança, como se diz por aí.

– Ah, que bobagem – disse ele, em voz alta. Apertou o botão.

Enquanto o elevador descia, sentiu como se o estômago já estivesse alguns andares abaixo.

Molly pousou sobre o guarda de segurança. Ou, mais precisamente, nas costas dele. Socou o cara com os pés. O guarda enfiou a cara no concreto. Os olhos tremularam rapidamente. A superfície áspera da parede grudava-se a um lado do rosto enquanto ele deslizava para baixo. Molly rapidamente se reequilibrou. Os juízes devem ter-lhe tirado alguns pontinhos, mas ainda assim foram um salto e um desmonte que garantiram sua permanência na competição.

Ethan não conseguia acreditar no que via.

Molly Lewis. A pacata assistente de David, descendo uma escadaria de concreto às cambalhotas e nocauteando um guarda.

E olhe o estado em que Ethan se encontrava. Podia até endossar um cheque com a garganta.

Molly certificou-se de que o guarda tinha apagado, e então voltou a atenção para Ethan.

Meu Deus, ela estava ali para resgatá-lo. Quem diria!

Ele tentou se comunicar com os olhos: *Molly, tá vendo a caneta? Acho que você entende a parada aqui. Vai ser você quem terá de puxar o papo.*

Ethan uma vez se sentara ao lado de Molly em um almoço de última hora; David descobrira um novo restaurante indiano na rua Vinte e levou quem conseguiu para experimentar pratos de *biryani*, *korma* de frutos do mar e frango *tandoori*. Ethan tentara puxar assunto com Molly exatamente três vezes e todas as três foram acolhidas com a mesma boa vontade com que era acolhido o *korma* de frutos do mar pelo seu intestino delgado. (Fazer o quê? O cara tinha o aparelho digestivo muito sensível.) Molly não era de muito papo.

Pelo visto, o negócio da criatura era descer escadarias em cambalhotas e apagar guardas de segurança.

– Rolou uma violação de segurança lá em cima. Você ficou trancado do lado de fora quando começou. David está morto. Ele me encarregou antes de morrer.

David? *Morto?*

Mas, espere aí. Amy era a interina.

Ethan tocou no antebraço de Molly. Precisava encontrar um jeito de perguntar sobre Amy.

Era como se Molly conseguisse ler sua mente.

– O certo seria Amy Felton estar no comando, mas foi ela quem matou David. Ninguém sabe onde ela se meteu.

Não, não! Não era possível. Amy? Matando *David*?

– O andar inteiro encontra-se em estado de confinamento, mas quando dei falta de você, passei pelas bombas de Sarin que, aliás, acho que foram obra de Amy Felton para nos manter presos. Daí desci na toda.

Amy? Traidora?

Não. De jeito algum.

Ontem à noite estive com ela, bebendo Martini francês e tudo, envolvido em nossa recorrente dança de frustração sexual. Eu teria percebido nos olhos dela.

De repente, Ethan mergulhou em um mar de dúvidas. Sua incapacidade em articular qualquer pergunta era de enlouquecer.

Precisava arrastar Molly para uma sala tranquila, longe dos seguranças do prédio, pegar um bloco e uma caneta – uma que tivesse carga de fato, ao contrário da que estava enfiada na garganta – e interrogá-la. Coletar informações antes de agir. Mas uma coisa era certa. Precisavam de privacidade. Sem interferência externa.

O mundo estava acabando ao redor da empresa, e com Amy fora de cena, ele precisava tomar as rédeas.

– A segurança do prédio *não pode* se meter – disse Molly, como se lesse a mente de Ethan. – David deixou isso muito claro.

Nesse exato momento, ouviu-se um som estridente. Vindo da porta logo acima. A entrada para o décimo sexto andar.

Alguém batendo.

Um segurança do prédio, se metendo.

Meu Deus, ela estava ali para resgatá-lo.

* * *

Vincent deveria ter aberto a porta logo de imediato, mas o medo tinha voltado com toda força. Vamos lá, Vincent – seu parceiro está atrás dessa porta, cara, acompanhando um otário que quebrou uma janela e tentou se matar, furando a própria garganta. Faça seu trabalho e renda o cara. Renda o cara *agora*!

Mas Vincent ainda estava preocupado com o troglodita.

Aquele troglodita ia persegui-lo pelo resto da vida.

Prenda esse troglodita numa jaula. Faça seu trabalho.

Molly precisava sair dali *imediatamente*. Um guarda de segurança a menos já era o suficiente. Dois era muita bandeira. O prédio inteiro entraria em pânico.

Tudo bem, vamos erguer o Ethan. Escorá-lo contra a parede.

Espere.

Estava tudo errado. Qualquer pessoa que passasse por aquela porta veria os olhos vermelhos de Ethan e a garganta perfurada.

Vire-o e sustente o peso dele. Pense em alguma coisa.

Agora.

Será que o pessoal que assistia à cena por meio das imagens enviadas por seus óculos percebiam que, pela primeira vez em toda a manhã, ela estava nervosa? Estaria seu rosto trêmulo?

Ela rapidamente inclinou-se para a frente e sussurrou no ouvido de Ethan:

– Faça o jogo.

Ela fez isso para acalmar o pessoal que assistia à cena. Deixar claro que estava tudo sob controle.

Embora não estivesse.

Outro fator: o Sarin. Ora, Ethan havia recebido uma borrifada do agente, logo ainda havia o risco de inalá-lo. Molly ficaria com a glote presa.

Só restava uma alternativa.

Molly inspirou o suficiente para inflar os pulmões, mas não a ponto de estourar. Então ergueu Ethan do chão. Ele não reclamou, nem mesmo quando Molly o ergueu sobre o ombro direito.

Ela então fez o mesmo com o segurança desmaiado, só que sobre o ombro esquerdo.

Um triozinho.

Caso ainda estivesse vivo, Paul acharia a cena o maior tesão.

Ela se mexeu para o lado e desceu o primeiro degrau.

Vincent abriu a porta e olhou lá para baixo.

Nada. Nenhum sinal de Rickards.

Espere.

Uma pequena correção.

Havia um sinal sim. No chão. E era sinal de coisa ruim.

Algo como sangue.

Vincent abriu a boca, e então pensou melhor. E se Rickards estivesse encrencado? Chamar por ele não seria nada bom. Poderia encorajar o cretino que estivesse com uma arma apontada para sua cabeça.

Ora essa, era só o que faltava. Arma apontada para a cabeça. Vincent nem sabia o que estava acontecendo e já imaginava o pior. O sangue no chão era provavelmente do cara com a caneta na garganta. Era quase certo que Rickards não quis esperar. Talvez o cara estivesse tendo uma convulsão. Talvez Rickards o tivesse levado para o décimo quinto andar, pegado um elevador para o saguão de onde conseguiria ajuda.

Então por que não tinha passado um rádio avisando? Rickards sabia que Vincent estava a caminho.

Porque estava com uma arma apontada na cabeça, era por isso.

Ai, ai, ai, vamos parando!

Vincent pegou o rádio preso ao cinto. Apertou o botão.

Molly tinha descido cinco degraus quando ouviu o estalo. E um passo na escada.

O que era aquele estalo?

Não era uma arma sendo sacada. Talvez um cassetete sendo retirado de um cinto? Não. Os seguranças daquele prédio não carregavam cassetetes.

Então o troço chocou-se contra seu rosto. Pendia do cinto do guarda desmaiado.

O rádio.

Que começou a receber um sinal de estática.

A mais de cinco mil quilômetros dali, McCoy tentava fazer uns cálculos.

– Número três é um cara grande; deve pesar mais ou menos uns cem quilos. E o segurança parece pesar o mesmo. Caramba, Keene! Ela tá carregando duzentos quilos de homem nos ombros. Será possível?

– Aparentemente, não. Olha lá.

A imagem enviada pelos óculos congelou. Então Ethan Goins – o número três – apareceu na tela. Ele estava sendo colocado em um degrau de concreto. Parecia confuso.

– O que ela tá fazendo? – indagou McCoy.

– Acho que o número três está se perguntando o mesmo.

Vincent ouviu o retorno do rádio de Rickards. Vinha logo ali de baixo.

– Andy! – ele gritou e então começou a descer as escadas, arrancando o porrete do cinto.

O condomínio do Market 1919 não armava seus guardas de segurança, para não apavorar os executivos, que não gostavam da ideia de trabalhar sob um estado de policiamento.

Vincent só contava com um porrete. E do mais fraco: do tipo achatado e sem mola no cabo.

Aquilo não fazia frente a alguém, digamos assim, com uma arma na cabeça de Andy Rickards.

* * *

Molly passou o rádio para Ethan, esperando que ele compreendesse. Ergueu um dedo indicador. Um minuto. Já volto. Talvez ela conseguisse se livrar do guarda.

Ethan fez que sim.

Lá em cima, alguém gritou:

– Andy!

Molly continuou a subir, ainda carregando o guarda no ombro. Ela precisava decidir entre a vida da mãe ou aqueles guardas.

Obviamente havia outro jeito.

Não podia desobedecer às ordens. Estaria arriscando a operação – de alguma forma. Quando contatou o Namoradinho, anteriormente, perguntara sobre prioridades operacionais. A resposta: primeiro, tome decisões baseando-se no bom senso e depois experimente e improvise. Ao continuar a tentar a experimentação, Molly punha em risco o bom senso.

Se estivessem mesmo assistindo àquilo – o Namoradinho e seus mentores – teriam de entender os motivos. E teriam de aprovar.

Molly parou no meio do degrau, então retirou o guarda do ombro e o jogou no chão. Sentiu um enorme alívio nas costas. Teve vontade de jogar-se ali na escada e esperar que os espasmos passassem.

Mas não havia tempo. Voltou a descer alguns degraus e ajoelhou-se perto de Ethan, que a olhou arregalado, tentando entender. Provavelmente se perguntava o que ela estava fazendo. Não deveria estar escondendo o guarda desacordado enquanto ele distraía o outro?

– Ethan – sussurrou. – Quero que saiba de uma coisa.

Ela gentilmente tocou-lhe o lado da cabeça.

Talvez conseguisse salvar parte da experimentação.

Talvez recebesse pontos extras por isso.

Uma voz vinda lá de trás disse:

– Senhora, afaste-se desse homem.

* * *

O porrete que ele segurava era inútil. Vincent se deu conta disso.

E não era pelo fato de ter de enfrentar uma arma de fogo, mas por se tratar de uma mulher.

Uma jovem.

De saia, cabelo longo e descalça, ela não parecia ter mais que vinte e um anos. Diabos, não demoraria nada para que o filho de Vincent começasse a namorar garotas dessa idade.

Ali estava a garota, ajoelhada, dando todo o amor e carinho ao namorado abatido – e sim, Rickards tinha razão. O cara estava mesmo com uma caneta enfiada na garganta. O que era aquilo?

Mas Vincent logo percebeu o que estava acontecendo. O vidro quebrado, a mensagem de Rickards, esses dois jovens, essa escada de incêndio... tudo. Tratava-se de um assalto de quinta categoria a uma empresa. O troço tinha dado errado. Simples assim. Ela provavelmente trabalhava ali, em uma empresa no trigésimo primeiro andar ou acima. Não passava de uma secretária, uma assistente ou algo parecido. Certamente era o que seus trajes indicavam – saia, blusa. Sobrevivia com um pouco mais que o mínimo. Talvez morasse com os pais. Provavelmente namorava aquele doido – um doce de pé-rapado. Um dia, o doido põe na cabeça que precisa de grana para comprar êxtase ou para fazer um financiamento qualquer e convence a jovem namorada a ajudá-lo a invadir e roubar a empresa onde ela trabalha. Passar o rodo em uns laptops, limpar a caixinha, o diabo. Talvez até tivesse sido algo mais pesado. Vai ver ela até soubesse a combinação de um cofre.

Mas, no curso dos acontecimentos, alguma coisa acaba dando errado. Algo assusta o Doido; sem querer, ele quebra uma janela. Ela se apavora. Os dois brigam. Viciado em êxtase, ele sofre uma convulsão. Experiente, ela sabe que precisa abrir uma entrada de ar para ele respirar. Realiza uma traqueostomia a toque de caixa e o salva da morte. Ingrato, o desgraçado a obriga a carregá-lo escadaria abaixo, pela saída de emergência, na esperança de se safar. Esbarram com Rickards. Ela pede socorro. Rickards chama Vincent. Vincent concorda. A garota, desesperada, empurra Rickards pelas escadas, ainda na esperança de que os dois se safem dessa sem que seus pais descubram.

E lá está Rickards, ainda apagado, frio, no chão entre dois lances de escadas.

E lá estão eles. A Namorada e o Doido, percebendo que se deram mal.

– Senhorita – ele diz da maneira mais tranquilizante que consegue –, preciso muito que se afaste do rapaz para que eu possa ajudá-lo.

Quer dizer, detê-lo.

Mas, tudo bem, ajudá-lo.

O Doido merece cumprir pena, mas não merece morrer.

Molly ignorou o guarda, pois tinha algo importante a dizer a Ethan.

– Amy está pendurada na janela da própria sala, lutando para não cair lá embaixo – sussurrou. – Está esperando que você a salve.

Molly se afastou levemente. Queria que a câmera de fibra ótica embutida nos óculos capturasse tudo – a reação dele, as palavras que ela dizia. Talvez aquilo tudo ainda pudesse ser útil.

Talvez aqueles poucos segundos de vídeo bastassem para realinhá-la com o Namoradinho.

A reação de Ethan fez o esforço valer a pena. Ele parecia lutar violentamente contra o próprio corpo. Do buraco na garganta começou a esguichar sangue, seguido de um sibilo acompanhado de algo tipo catarro. Ele tentava falar.

– Senhorita, por favor, afaste-se e deixe-me ajudá-lo.

Molly continuou:

– Pode deixar que eu aviso a ela que você estava ocupado demais para subir lá e ajudá-la.

Ethan não sabia ao certo se aquilo ali era outro sonho, pois nada fazia sentido. O que dava a sensação de sonho era o fato de Amy estar no centro daquela conversa. Mas parecia real. Ele apertava as pontas dos dedos contra o concreto liso.

E era a mulher errada. Era *Molly* quem estava ali, tocando-o. Tocava-lhe a face com as mãos. Agora acariciava-lhe a cabeça, passando os dedos na nuca, passava a mão no queixo.

Molly?

Molly *Lewis*?

Um segundo antes de ela puxar e empurrar ao mesmo tempo, Ethan se deu conta de que não se tratava de sexo.

Ela estava torcendo-lhe o pescoço.

Jamie DeBroux

~~Amy Fulton~~

~~Ethan Goins~~

~~Roxanne Kirkland~~

Molly Lewis

~~Stuart McGrane~~

Nichole Wise

A garota obedeceu Vincent, afastando-se do Doido. Mas algo estava errado. A cabeça do Doido pendeu para um lado. Vincent podia estar imaginando coisa, mas achou tê-lo visto agarrar a mão da namorada na face.

– Afaste-se – repetiu. Ele precisava se aproximar e realizar os primeiros socorros. Não sabia muito bem como fazer isso, ainda mais tratando-se de alguém com uma traqueostomia tosca; deveria, talvez, pressionar o polegar contra o buraco no pescoço? Mas não seria por isso que ele deixaria de tentar.

A garota se levantou e pareceu se afastar.

Até o momento em que ela se virou para Vincent. Com uma das mãos, ela agarrou-lhe o pescoço e o empurrou contra a parede de concreto. Apertou com *toda* força.

Para Vincent Marella, aquele era a pior espécie de *déjà vu*. Pouco menos de um ano antes, no Sheraton. Bem acordado, consciente do que lhe ocorria, e impotente. Boquiaberto, silenciosamente clamando por ar que não lhe vinha. A consciência sendo roubada a cada célula que ficava sem oxigênio, uma a uma.

Boa-noite, pessoal, o estrangulador lhe dissera. Falava com o casal no quarto. O pessoal que mais tarde desapareceu. Tudo porque Vincent perdera os sentidos após ser asfixiado e não conseguira protegê-los.

E estava acontecendo novamente. Não por um capanga musculoso, mas por uma jovem. Uma garota que parecia tão frágil a ponto de ser levada por uma brisa suave de primavera.

Sua pegada, entretanto, era firme. Vincent já via pontos cinza dançando em seu campo de visão.

Então lembrou-se do porrete.

Ele o recolocara no cinto, não?

Isso mesmo.

Pegue-o. Use-o. Esqueça-se de que se trata de uma garota. Ela está tentando *matar* você, Vincent. Pegue-o e desça a porrada. Mãos à obra, meu caro.

Vincent pegou o porrete.

* * *

Por essa, Molly não esperava.

Estava com a atenção dividida entre o segurança, esperando que ele apagasse com a falta de oxigênio, e o cadáver de Ethan, tentando imaginar onde escondê-lo, enquanto dava cabo do resto da operação. Mas, espere; não ia dar para escondê-lo. O incêndio. O incêndio era para queimar tudo, *inclusive* os corpos, e se o dele ficasse ali embaixo, poderia ser descoberto. Encontrariam digitais. E alguém com incentivo suficiente poderia...

Ela sentiu algo como se a face tivesse explodido.

E explodiu novamente, dessa vez, do outro lado. A maçã do rosto se espatifou. Os óculos com a câmera, agora quebrados, saíram voando, espatifando-se contra o concreto, e desceram três degraus, aterrissando virados para baixo.

O segurança tinha um porrete.

As potenciais fraturas cranianas não a preocupavam tanto quanto a ideia de parecer apresentável no final da operação. O cabelo longo podia cobrir a marca da bala que passara de raspão. Não podia cobrir um rosto esfacelado.

Um rosto esfacelado queimaria seu filme com os empregadores.

Molly apertou com mais força. O guarda se contorceu e socou-lhe o antebraço com o porrete, deixando-o dormente logo de imediato, do punho ao ombro. Ela, no entanto, recusou-se a soltá-lo. Tentou arrancar-lhe a arma, mas o cabo bateu-lhe bem em cima dos nós dos dedos.

Então ele golpeou-lhe a face novamente, de maneira violenta. Os lábios de Molly explodiram. Um dente rachou.

Ela apertou mais ainda, tomando o cuidado para não matá-lo. Embora não faltasse vontade. Entretanto, os guardas de segurança não faziam parte da operação; tal decisão não seria bem-vista.

Oh, mas o desejo era enorme. Ela não sentia tamanha sede de sangue desde...

Desde 1996.

Os Jogos Olímpicos.

A pontada amarga da derrota.

Molly Lewis – cujo nome de batismo não era Molly Kaye Finnerty, mas Ania Kuczun – tentou não sucumbir aos seus instintos mais básicos e manter-se dentro dos planos da operação.

Ania Kuczun não se limitaria a esmagar a traqueia daquele homem em questão de segundos. Teria arrancado a cabeça dele e enviado pelo correio, em uma caixa com forro plástico, para a família do cara. Teria pesquisado e descoberto quem o amava mais neste mundo. Despacharia a caixa e, para completar, seria pagamento contra entrega.

Ania Kuczun passara muitos anos tentando tornar-se Molly Lewis.

Não seria agora, logo no momento em que isso era mais importante, que ela ia entregar os pontos.

A vida de Helen Kuczun dependia disso.

A mais de cinco mil quilômetros dali, o monitor mostrou tão somente um close-up extremo de um chão de concreto. Em seguida, chuviscos de estática.

– O que é isso? – McCoy reclamou. Estapeou a lateral da mesa, como se aquilo fosse resolver.

– Vou tentar outra câmera.

– Que merda! Acesse a segurança do prédio. Isso você pode fazer, não pode?

– Não sei. Não sou técnico.

– Consiga um técnico! – McCoy se segurou. – Desculpe.

– Tudo bem. Mas não tô achando nada. O que temos são códigos de acesso às câmeras no trigésimo sexto andar e nada mais. Acho que nunca imaginamos que fôssemos precisar.

McCoy soltou uns palavrões.

Vincent Marella sentiu a pele inundar-se de suor e os músculos tremerem. Imaginou ter chegado o fim. Em seus últimos momentos de consciência, pensou no filho e em toda sua louca teoria de conspiração. Se pudesse estar com ele uma última vez, Vincent repousaria as mãos nos ombros do garoto – lembrava-se do pai fazendo o mesmo com ele quando se tratava de algo importante. E Vincent lhe diria: *Você tinha razão*. As cartas são dadas contra o homem comum, e Deus lhe abençoe por fazer as perguntas certas. Continue questionando por tanto tempo quanto puder.

E então Vincent apagou.

Molly, Ania, Namoradinha. Atendia por todos eles.

Mas, quando o guarda caiu no chão, ela deu alguns passos para trás e ouviu um nome soando muito mais alto que todos os outros: *Vítima*.

Sentiu-se vítima novamente. Não importava a personagem que criara. Não importava o quanto tivera treinado. O quanto aprendera. Em seu âmago, no seu DNA, estava impressa a palavra: *Vítima*.

Contundida.

Espancada.

Com outro lábio detonado. Engolindo o próprio sangue. Sentindo um buraco na parede do estômago.

Vamos parando com isso. Recomponha-se.

Ania sentou-se um degrau abaixo, próximo ao corpo de Ethan. Com a língua, encontrou outro fragmento de dente e o empurrou; sugou o sangue ao redor e então o cuspiu na parede. O troço bateu no concreto e ricocheteou no peito do guarda. Pode ficar. Uma lembrancinha.

De Ania.

Vítima coisa nenhuma: ela agora podia reivindicar o nome de batismo. Molly Lewis estava morta. Morreu no momento em que envenenou o marido, preparando a salada de batatas enquanto ele dormia. E “Namoradinha”? Após o lamentável contratempo, ela não tinha certeza de que o nome ainda era aplicável.

Ania Kuczun vive.

ALMOÇO ANTECIPADO

Aborrecido, ninguém obtém um aumento salarial. As pessoas reagem negativamente à vibração negativa e lhe opõem resistência.

– Stuart Wilde

A mais de cinco mil quilômetros dali, McCoy se afastou dos monitores e abriu a geladeira. Era uma geladeira de estilo americano – grande, com um congelador ridiculamente enorme. McCoy e Keene jamais congelaram porcaria alguma ali. Só havia cubos de gelo mesmo. McCoy pegou alguns e os pôs em um copo, que encheu de uísque escocês. Levou o copo à boca e bebeu ininterruptamente, como se tomasse um energético ou coisa parecida.

Na sala, Keene observava atentamente o parceiro. Odiava vê-lo decepcionado.

Keene queria se aproximar, tentar desfazer os nódulos de tensão nos músculos das costas e dos ombros de McCoy. Eram seus pontos de estresse.

Mas Keene não era bobo; a própria experiência o ensinara. Melhor deixar o cara em paz.

– Vou dar uma saída – disse. McCoy nem o escutou. Ocupava-se de servir-se de mais um copo de uísque.

Certa vez, em um momento de descontração, o escocês Keene dissera: *Que tal largar esse uísque escocês e se chegar ao escocês aqui?*

Não era o momento para isso agora.

Keene pegou a pasta com o laptop, o celular, o bloco de notas e papel. Daria para trabalhar na operação Dubai no reservado de um pub tão bem quanto o faria ali no apartamento. Só ia precisar retomar a vigilância em uma hora e meia.

O barman o cumprimentou com um aceno de cabeça, serviu-lhe um saco de batata frita e um suco de laranja bem gelado. Keene era provavelmente o único escocês, no raio de dezesseis quilômetros, que não consumia álcool nem carne vermelha. Gostava de manter-se magro e consciente. Quando começou a trabalhar nessa área, na época em que tinha outro nome, disse a si mesmo que a bebida era necessária, pois aprisionava, a sete chaves, o lado obscuro das coisas. Aos poucos, ele se deu conta de que o álcool só fortalecia, até mesmo encorajava o lado obscuro. No fim, ele próprio foi aprisionado, junto com o lado negro do submundo, pelo álcool. Não precisava mais daquilo.

McCoy ficou muito confuso quando conheceu Keene.

– Você é escocês? E não bebe nem cerveja?

Keene encolheu os ombros.

McCoy prosseguiu.:

– Era uma vez uma trepada alcoólica.

Os dois tinham uma relação complicada.

Keene tentou trabalhar em alguns detalhes mais complexos da operação em Dubai, mas seus pensamentos insistiam em abandonar o pub, voar até o outro quarteirão e subir quatro lances de escadas. Em direção a McCoy e sua "Namoradinha". E a pergunta só martelando na cabeça: Por que McCoy escolheu esse codinome?

O que mais o intrigava, no entanto, era o ex-agente conhecido como David Murphy.

McCoy falara com Keene sobre ele fazia um tempinho; Murphy era famoso por ter impedido um plano ao estilo de 11 de Setembro, dois anos *antes* dos atentados às Torres Gêmeas. Clinton ainda estava na Casa Branca; os Estados Unidos ainda se encontravam estarrecidos com os ocorridos em Columbine. O plano era híbrido: homens bombas em doze cidades norte-americanas, armados até os dentes, com explosivos ligados a relógios marcadores de frequência cardíaca. Mandaram que os homens bombas escolhessem o local mais lotado e revelassem as armas – de preferência rifles. (Os jihadistas vinham prestando *muita* atenção a Columbine.) Atirar no maior número possível de pessoas, parando apenas para recarregar. Quando as forças policiais ou os civis armados viessem abatê-los, deveriam regozijar-se em Alá, pois o relógio sinalizaria às bombas sobre a falta de pulso, e os explosivos fariam o serviço sobre a polícia e os paramédicos.

Bem, mas a questão foi que Murphy ficou sabendo disso por intermédio de um informante, prendeu um candidato a homem bomba e então desvendou todo o plano – incluindo nomes e endereços – utilizando-se de um método interrogativo que ainda não havia sido revelado.

Ao descobrir todo o plano, Murphy apagou muitos, muitos pecados.

Depois do 11 de Setembro, Murphy entrou para uma organização sem nome. Alguns engraçadinhos a chamavam de "CI-6". Uma piada – uma fusão mutante da CIA com a MI-6. Nenhuma agência de inteligência tinha qualquer envolvimento com a tal organização, tampouco sabia muito sobre ela, além de boatos. A CI-6 era uma entidade completamente independente – tão obscura quanto um buraco negro – e não estava visivelmente ligada a nenhuma linha orçamentária de nenhum governo.

O que chegou ao conhecimento de Keene foi que a CI-6 começara como uma piada, no badalado bar que ficava em cima do Madam's Organ, na rua Dezoito, em Washington, capital.

Quanto mais recontavam a história, mais obscuros e menos verossímeis ficavam os detalhes. A versão que corria na época era que a coisa toda começou como uma aposta, bem ao estilo da Guerra do Vietnã. Uma coisa, entretanto, era certa: numa determinada noite, uma pessoa de influência política encontrou-se com uma pessoa de influência lobista; beberam muitas doses de Pabst Blue Ribbon – ora bolas, aquilo ali era um bar! O que deviam fazer? Bebericar um Johnnie Walker Black entre os civis? – e começaram a conversar sobre o que fazer a respeito de todos aqueles terroristas cretinos. Embora naquela zoeira esfumaçada a palavra tenha soado como *terroris*. Assim: *Precisamos deter esses malditos terroris*.

Dentro de um carro, a caminho de uma festa em uma casa flutuante no rio Potomac, esboçou-se um plano. Assegurou-se o financiamento secreto. Determinaram-se os tipos de operação.

– Será como se a CIA e a MI-6 tivessem se embriagado e transado e, no dia seguinte, não tivessem contado nada a ninguém.

Daí o nome CI-6.

Encha a cara de Pabst e isso tudo vai lhe parecer engraçado, também.

Ninguém mencionou oficialmente o que nasceu daquela noite de embriaguez.

Aqueles pais não estavam por perto para ver o filhinho dar os primeiros passos; o mediador político foi pego em um escândalo em Capitol Hill, logo após ser sumariamente expulso da cidade. O lobista também; foi pego no vácuo espumante deixado pela onda. Mas outros homens estavam posicionados para fazer o parto, encarregar-se da educação e do desenvolvimento daquele filhote. O bebê cresceu bem depressa.

Tão depressa que rapidamente esqueceu-se dos pais.

Cresceu tanto que se esqueceu de partes de si mesmo, tal qual um molequinho dando os primeiros passos, correndo por uma loja de antiguidades, que não percebe que, ao chacoalhar os bracinhos alucinadamente, espatifará xícaras de chá e bandejas raras. Só que tudo isso é um saco mesmo. O divertido é *correr*.

Os caras como David Murphy eram uma parte importantíssima do bebê.

Por fora, Murphy surpreendera seus fãs dentro do mundo convencional da inteligência ao se aposentar e abrir uma empresa de serviços financeiros. O pessoal ficou sem entender nada.

Ele a chamou de Murphy, Knox & Associates.

Até mesmo o nome era um trocadilho fonético; Knox = NOCs, gíria utilizada pela CIA para se referir a "agentes secretos não oficiais". Murphy e seus NOCs.

Murphy rapidamente tornara-se um coringa na CI-6.

Keene também, após descobrir que podia ser muito útil. Após se dar conta de que tinha muito mais poder ao trabalhar para uma empresa dessas.

Mas, em que se metera Murphy, a ponto de, da noite para o dia, ter de apagar do mapa sua empresa de fachada? Juntamente com alguns de seus funcionários, inclusive diversos agentes?

Esse era o problema do bebê chamado CI-6. Uma estrutura invisível implicava uma noção nebulosa de sua própria identidade e função. Uma empresa dessas não precisa assumir responsabilidades.

Poderia um cara como Murphy simplesmente dar um fim à própria empresa de fachada por simples e puro capricho?

Claro que sim.

Mas, por quê?

E todos os outros sabiam disso?

De nada adiantaria perguntar a McCoy. O cara estava distraído demais com a Namoradinha. Seu negócio era mais recrutar – "nutrir talentos", como gostava de dizer – do que tocar operações. Keene não podia reclamar; foi como eles se conheceram. Keene gostara de ser cortejado. Mas agora preocupava-se com o fato de que seu amado não estava conseguindo ter uma visão mais ampla da situação.

Keene ligou o laptop e plugou o fone de ouvido. Pediu que o barman continuasse a lhe servir suco de laranja.

David imaginava estar em uma loja de conveniência da Wawa, passando por cada corredor de prateleiras, dispondo de um orçamento operacional ilimitado.

Dava para comprar hambúrgueres de micro-ondas, sanduíches italianos em pão francês – na Filadélfia o pessoal os chama de "hoagies" – potes de queijo cottage... hmmmm, queijo cottage! A ideia lhe trouxe um bem-estar repentino. Se conseguisse levantar daquele chão para cuidar de tudo que era preciso, consertaria os elevadores, desceria ao saguão e sairia para a rua Vinte. Apenas um quarteirão ao sul... tá bem, duas metades de um quarteirão, contando com a ruela idiota ao lado do edifício Market... havia uma loja Wawa, bem na esquina da Vinte com a Chestnut. Às vezes, ele dava um pulinho lá, sem que ninguém visse, para almoçar. Um homem de sua posição deveria fazer suas refeições em um dos restaurantes badalados da Market West. A verdade é que ele odiava aqueles locais. Nomes chamativos, cheesburgers de nove dólares. David preferia comprar alguma coisinha em um lugar simples, levar para a empresa em um saco de papel e deliciar-se, trancado na sala. E a loja Wawa era um de seus lugares preferidos. A seção de laticínios refrigerados tomava toda a extensão da parede direita. Dava para ver as pilhas de dois por cento de queijo cottage, potes plásticos azuis, empilhados no meio. Por mais esquisito que parecesse, o queijo cottage integral era saturado demais, enquanto a versão light 1 por cento era por demais ácida. A versão 2 por cento era perfeita. Uma delícia cremosa em pedaços... pura perfeição.

Alguém tocou-lhe o rosto.

– Sei que ainda está aí.

Uma voz feminina.

Alguém que ele reconhecia. Mais ou menos.

– Vou trazê-lo à consciência, mas devo logo avisar que vai doer.

Doer?

Tudo bem que doesse.

Contanto que ele acordasse e encontrasse um pote plástico azul de queijo cottage 2 por cento, da Wawa, já aberto, com a película branca protetora já retirada, com um garfo plástico gentilmente enfiado na lateral.

E *cream crackers*. Muitos biscoitinhos salgados da Nabisco...

Nichole posicionou a seringa com adrenalina acima do peito de David e lá a enfiou, pressionando o êmbolo com o polegar.

Uma dose surpreendente de epinefrina – o famoso hormônio do ataque ou fuga – foi injetada no coração de David e correu rapidamente por seu sistema circulatório.

A reação não foi imediata. Levou alguns segundos.

Mas logo David estava cuspindo sangue e se contorcendo em uma convulsão.

E então ele disse:

– Biscoito... salgado...

Jamie se deu conta de estar prendendo a respiração por um minuto.

Nichole não perdeu tempo. Atirou a seringa vazia para o outro lado da sala de reunião e colocou o pé esquerdo na garganta de David. Pressionou o suficiente para que ele começasse a se contorcer levemente, apesar de ainda estar no processo de recobrar a consciência.

– Conte-me tudo – ordenou.

– Não... consigo... respirar...

Jamie tocou no ombro de Nichole.

– Ei, é melhor pegar leve...

Nichole afastou a mão de Jamie com um tapa.

– Não.

Então, disse a David:

– Tudo. Senão quebro seu pescoço.

– Tttttá... bbbbem.

Nichole deu uma relaxada. Sutil. Para Jamie, ainda era bem possível que ela quebrasse o pescoço de David.

Jamie ainda estava transtornado, apesar de todas as informações que vieram à tona nos últimos trinta minutos. Se alguém tivesse ligado para sua casa no dia anterior e lhe dito que ele veria Nichole pressionar o pé contra o pescoço de David na sala de reunião, com o cadáver de Stuart jogado em um canto, Jamie teria achado graça. Tudo bem que, em parte, ele teria pedido a Deus que fosse verdade. Mas essencialmente ele teria caído na gargalhada.

Agora, ali estava. Toda aquela cena assumiu uma luminosidade exacerbada de tudo aquilo que é surreal. O hiper-real. Aquele tipo de coisa que não pode ser verdade, mas aí está.

Nichole dizia:

– Quem é o mandante? E por quê?

David sorriu, o que foi horripilante, pois ainda estava com os olhos fechados.

– Quem você acha?

Nichole aumentou a pressão da pisada. David estremeceu.

– Não estou perguntando o que acho. Estou perguntando sobre o que você sabe. Conte agora, que eu providencio a assistência médica de que você precisa. Caso contrário, serei a última coisa que você verá nesta vida.

David engoliu o excesso de saliva.

– Eu me masturbava pensando em seu rosto.

Nichole estampou um sorriso sinistro; em seguida tirou o pé e sentou-se sobre o corpo de David. Segurou-lhe a cabeça pelos dois lados e o virou, de forma que ficassem cara a cara. Posicionou os polegares na garganta de David.

– Quem é, David? Quem quer que todos aqui morram?

– Está olhando para ele, garotona.

Nichole fez que não com a cabeça.

– Você se reporta a alguém.

– Pelo menos não sou espião.

– A quem você se reporta?

– Uma espiã bunda-mole. Nii-COLE.

Ela aumentou mais ainda a pressão nos polegares. David ficou sufocado, mas continuou a falar assim mesmo:

– Você não é de nada, Nichole. Por que acha que tem sido tão difícil penetrar nos meus negócios? Mas aposto como eu conseguiria penetrar em *você*.

– Qual é a de Molly?

– Ah, sim... Ela.

– Quem ela é?

– Sei tanto quanto você.

– Mentiroso!

Nichole o soltou e então ficou andando de um lado para o outro da sala de reunião.

– E essa história de confinamento? Diga-me como revertê-lo.

– Já que você está fazendo seus pedidos, vou aproveitar e passar um dos meus pra você. Anote aí: Um Big Mac. Dois hambúrgueres, com molho especial, alface, queijo, todas essas delícias.

Nichole cerrou o punho e socou-lhe a cara.

É muita coragem, pensou David – socar o rosto de alguém que já levou um tiro na cabeça.

Uma bala, alojada no crânio, poderia facilmente se soltar e perfurar o tecido cerebral, reduzindo-o a um pedaço de carne babando no chão da sala de reunião.

Talvez Nichole não se importasse.

Talvez David tenha exagerado com o comentário jocoso da "bunda-mole".

Talvez tenha sido seu pedido do Big Mac.

A questão era a seguinte: David não estava tentando dificultar nada. Quer dizer, talvez um pouquinho, mas era praticamente verdade – ele estava com uma fome do cão. Encontrava-se assim já havia muitos meses, e a fome que sentia tornava-se algo constante, perceptível e insaciável. Dizer não ao estômago era, para David, o mesmo que ordenar aos pulmões que não sentissem necessidade de ar.

Ele não sabia como nem por que começara, mas se deu conta de que algo estava errado quando, voltando do trabalho para casa, certa noite, decidiu parar o carro no Bertucci's, do Huntingdon Pike, e pediu duas pizzas grandes, com tudo que tinha direito, e três porções de grissinos de alho com manteiga; então, levou todo o banquete para a mesa de sua cozinha onde, metodicamente, consumiu tudo – cada pedacinho de massa, queijo, tomate seco, cogumelo *shiitake*, pimentão, azeitona preta e linguiça picadinha – no espaço de uma hora. E com a TV desligada. Nada de jornal. Sem pensar nem um minuto sobre o dia no escritório. Nada para distraí-lo, além das pizzas e grissinos.

Às duas da manhã, David já tinha se levantado e comido seis barrinhas de chocolate com amendoim que estavam empilhadas no congelador.

Isso tinha sido no início de junho.

Desde então, suas farras gastronômicas vinham ocorrendo em momentos totalmente inesperados – juntamente com suas farras sexuais. Sempre com prostitutas ou dançarinas de striptease, dentro do carro ou em cômodos privativos de clubes pornôs considerados de alto nível. David precisava ligar para o banco e solicitar que aumentassem o limite de saque no caixa eletrônico, de setecentos para mil dólares. Não conseguia prever quando seria tomado por tal desejo incontrolável e, de alguma forma, setecentos dólares mal davam para cobrir o início de uma brincadeirinha em um daqueles privativos.

Ninguém no trabalho desconfiava; seus funcionários não eram de frequentar *rotisseries*, redes de restaurantes ou pizzarias com forno a lenha localizados no subúrbio. Tampouco iam a clubes pornôs ou coisas do gênero, no centro da cidade.

David não tinha cara nem aparência de quem curtia essas coisas. Ainda tinha um físico musculoso e compacto – essencialmente o mesmo da época em que cursou o primeiro ano na faculdade da Pensilvânia. Seu metabolismo, sempre eficiente, sofreu um pico de aceleração para dar conta do influxo de calorias.

Ficava com o pênis todo ralado, mas até mesmo esse parecia curar-se rapidamente.

David começou a suspeitar de que estava perdendo o juízo.

Nessa área de atuação, isso não era nada incomum.

No final de julho, resolveu se purificar e livrar-se da fome. Concluiu que se tratava de algo relacionado ao estresse, e que precisava desintoxicar o corpo e a mente. Após algumas indagações e reflexões, optou por um spa ayurvédico no sul da Índia, onde um tratamento panchakarma radical provavelmente o livraria dos desejos incontroláveis. Reservara os voos, os pacotes de viagem e mandara Amy Felton tomar conta de tudo; fora convocado, de uma hora para a outra, a algo que o obrigava a se ausentar. A Índia passava pela estação de monções. Nesse período do ano, os turistas evitavam o sul daquele país, mas para o objetivo de David, a estação era perfeita. Aquele difícil estado de coisas, juntamente com arroz em papa no jantar eram exatamente do que ele precisava. Precisava também de intensas sessões matinais de ioga, bem cedo. Precisava forçar-se a vomitar; precisava de sanguessugas, socos, sauna a vapor com ervas e, por fim, shirodhara, espécie de massagem na qual um fio de óleo é vertido sobre a testa de maneira lenta, contínua e potencialmente enlouquecedora. Era a versão panchakarma da tortura chinesa com água, intensamente dolorosa.

Catorze dias depois – a permanência mínima exigida – David deixou a estância tremendo dos pés à cabeça, mas cheio de esperança.

Enquanto voltava, deu uma rápida passada em Austin e comeu cinco sanduíches de porco desfiado e batatas fritas, acompanhados de tanta cerveja Shiner Bock que precisou passar uma noite a mais no hotel para dormir e se curar da bebedeira. Pela manhã, consumiu quatro refeições de ovos e bacon, com croissants e café extraforte.

Sua fome era um mistério indecifrável. Incurável.

Alguns dias mais tarde, ele recebera instruções.

E então compreendeu.

De alguma forma, seu corpo antecipara tudo isso. Todos os resultados do duro que tinha dado durante quatro anos, montando a Murphy, Knox & Associates, precisavam ser destruídos. E ele estava incluído no pacote de destruição.

Então fez sentido. Seu corpo simplesmente tentava experimentar cada último detalhe sensorial possível, antes que ele fechasse as pálpebras pela última vez e a negra e pesada cortina lhe cobrisse o rosto, e o banco de dados em seu cérebro piscasse até apagar para o nada.

Havia algo mais importante do que a questão de Nichole Wise se importar ou não com a sua morte. Ele também só estava interessado em concluir a operação final.

E quanto mais tempo David os mantivesse ali, naquele andar, maiores as chances de conclusão.

Sua necessidade de uma última vitória era tão profunda quanto a fome.

Ania sentia dor e ardência nas palmas das mãos e nas solas dos pés, do tanto que correu para chegar ao décimo sexto andar da saída de emergência, no lado norte. Isso, porém, não era nada, comparado à dor na volta ao trigésimo sexto.

Seu corpo – enfraquecido pelos anos tranquilos em que encarnou a personagem "Molly Lewis" – agora começava a sentir os efeitos de tudo que passara nos últimos trinta minutos. Tentara manter a força abdominal e conseguira, até que muito bem, graças às idas frequentes à academia perto de casa. Paul dera a maior força, renovando o contrato todos os anos, no Natal, muito embora ele próprio tivesse relaxado com a barriguinha e deixado a papada cair. Na cama, ele sempre a elogiava pelo corpo – seu vigor e firmeza. Paul sugeria posições com as quais ela concordava apenas pelo exercício. Difícil era mantê-lo firme e forte. Quase sempre acabavam tudo antes mesmo que Ania conseguisse sentir ao menos um pequeno pico nos batimentos cardíacos. Mas esse regime espartano não era páreo para as longas horas em frente ao televisor de plasma, tampouco para os constantes bombardeios de carboidratos, gordura e açúcar, ingredientes principais das refeições preferidas de Paul. Pizza. Comida chinesa para viagem. Sua adorada salada de batatas polonesa.

Consequentemente, a batalha travada com Nichole Wise – o que não se podia chamar de batalha propriamente dita e, sim, uma oportunidade de contrair alguns músculos que ela não contraía havia algum tempo – a deixara mais cansada do que esperava.

E o esforço excessivo dos últimos dez minutos – descendo às pressas inúmeros lances de escadas de concreto, carregando dois homens nos ombros, torcendo um pescoço, resistindo a uma surra com porrete – a enfraquecera seriamente.

Ania, o que você acabou se tornando?

Ania, potencial vencedora olímpica de uma medalha de ouro?

Ania, cujo corpo era fonte de grandes dores e, ao mesmo tempo, a chave de sua fuga?

Mas, ao subir os inúmeros lances de escadas do lado sul levando o corpo de Ethan Goins sobre o ombro direito, toda a fraqueza se fez presente.

Ela cruzou a área de elevadores até as escadarias do lado sul para livrar-se do Sarin. Mas isso não facilitou nada a subida.

Talvez o pior daquela experiência tenha sido a cabeça de Ethan, que balançava de um lado para o outro, feito uma bola de boliche em um saco pendurado no ombro. A gravidade o puxava de uma forma.

Depois, de outra. E então, de uma forma totalmente diferente. Era imprevisível.

Ania se consolava no que aconteceria depois que chegasse ao trigésimo sexto andar. Se os caras que assistiam a tudo tivessem gostado de sua atuação, então faltava muito pouco a ser feito.

Precisava apenas abrir a fivela do cinto que prendia Amy Felton e a puxar de volta para o interior do escritório. Sua desconfiança era de que àquela altura, Amy já tivesse morrido de medo. Do contrário, teria de torcer mais um pescoço e então poderia juntá-la finalmente ao seu amado Ethan.

David estava na sala de reunião, paralisado, aguardando o final do interrogatório. Havia três perguntas que ela precisava fazer para poder acabar com sua vida também.

E então seria hora de pegar Jamie.

Era muito provável que ele tivesse desmaiado e ainda estivesse na sala vazia onde o deixara. Caso tivesse saído de lá, ele encontraria nada mais do que um show de horrores. Não importava. Ela o acharia em algum canto no trigésimo sexto, dócil, aguardando resgate. O resgate oferecido por *ela*. Seriam necessários curativos na mão dele, mas isso não demoraria nada. Ania fizera cortes perfeitos e precisos em todo o comprimento dos dedos. Quando sarassem, ela beijaria as cicatrizes. Seus lábios seriam a primeira sensação que ele teria. Ela o encorajaria a voltar a escrever. Escrever o que quisesse. Nada de *press releases*.

Na Europa, ele teria a liberdade de escrever o que bem entendesse.

Ela esperava que ele se desse bem com sua mãe.

Nichole decidiu começar pelos dedos. Talvez ele estivesse mesmo paralisado e não sentisse nada. Mas o faria contar o que estava acontecendo. Ih, caramba! David, lá se foi seu dedo anular. E grande parte do mínimo. Que tal experimentar o polegar? Depois de um tempo, ele tinha de começar a se importar.

E começaria a contar como interromper o estado de confinamento daquele andar.

– Deus, o que está fazendo?

Foi a pergunta de Jamie, o mala. Vendo-a apontar a arma contra a mão de David, pressionando o cano bem no local em que o dedo indicador encontrava-se com a palma.

Jamie, segurando a própria mão de maneira protetora.

– Não pode fazer isso.

– Você quer sair daqui, não quer? Preciso que ele comece a me dar algumas respostas.

Ela puxou o gatilho.

Quase ao mesmo tempo, Jamie exclamou:

– Não!

David sentiu-se grato pela preocupação de Jamie; de verdade. Mas não precisava. Ele estava mais ou menos dormente do pescoço para baixo.

Por conseguinte, seu corpo mal sentia a perda. Não dava para se ignorar um dedo, é claro. Ainda mais o indicador – um dos mais úteis da mão humana. Mas David nem conseguia mexer a mão. Ele disse isso ao próprio corpo, que por sua vez se contorceu e reclamou: "Espera lá! É o seu corpo!"

David rangeu os dentes e fingiu sentir dor. Chegou até a se contorcer. Teatral até o fim.

O que diziam as Regras de Moscou?

Lance mão do engodo, da ilusão, da trapaça.

– Agora é a vez do polegar – ele a ouviu dizer.

Sim, sim. Naturalmente.

Talvez ela planejasse acabar com todos os dez, o que seria maravilhoso. Quanto mais tempo Nichole passasse torturando-o, menos tempo ela teria para escapar do andar. Era a única coisa com que ele se importava naquele momento; todos deveriam permanecer no andar até que a explosão desse conta do serviço.

– Você tem dois segundos para decidir, David.

Ele olhou para a própria mão e viu que Nichole apontava uma arma para a base de seu polegar dessa vez. Ela estava prestes a adiantar a dor maior. Era melhor começar com um dedo menor, pois ao sentir o quanto dói perder, digamos, um dedo mínimo, a dor da perda de um polegar ou de um indicador torna-se imensurável.

Mas a estrela do show ali era ela.

David não era mais seu mentor.

Enquanto isso, Jamie fazia uma cara de quem podia vomitar a qualquer instante.

– Jamie – ele disse –, se ainda tiver champanhe e suco de laranja na mesa, sugiro que prepare um drinque e beba um pouquinho.

David preferia ver Jamie adormecer a vê-lo queimar vivo. Ou pior – tentar pular a jane...

POW!

Ah!

O polegar.

A mais de cinco mil quilômetros dali, McCoy finalmente descobriu um jeito de acessar as câmeras de segurança do prédio. Não havia nada interessante nas escadas de incêndio do lado norte. Achou o que queria na torre sul.

Namoradinha.

Subindo um lance de escadas de concreto, degrau por degrau, arrastando o corpo de Ethan Goins, o que deveria ser um saco. Porém McCoy sabia – e Namoradinha também – que não ia dar certo, deixar o cadáver do cara nas escadas de incêndio. Era preciso que ele estivesse no trigésimo sexto andar. Carbonizado com os outros corpos. Era essa a operação.

Ele também sabia que Namoradinha devia estar amargamente decepcionada – ela fazia outros planos para Goins.

Devia estar um tanto preocupada. Em sua apresentação, até aquele momento, ela vacilara com frequência.

E começara tão bem.

O trato tinha sido simples: Executar Murphy, demonstrar suas habilidades com os outros ali presentes. Um por um, durante o curso de mais ou menos uma hora. Nada muito elaborado, mas que desse uma ideia de suas variadas habilidades, consciente de estar sendo observada em rede de câmeras por fibra ótica espalhadas pela empresa.

Caso Namoradinha conseguisse impressionar o bastante, receberia as ferramentas para escapar. Tudo acima do trigésimo andar pegaria fogo. Ela seria retirada da cidade e receberia o prêmio: uma promoção.

O aumento salarial não era o suficiente para que alguém fosse passar a vida em uma ilha tropical com coqueiros, drinques chiques e massagens nas costas, mas permitia uma mudança de perspectiva de vida. Muita gente cobiçava um cargo de liderança na CI-6, embora faltassem à agência um nome oficial e uma estrutura de verdade. A fé na liderança da CI-6 praticamente equivalia à fé no dólar americano: fomentada pela simples boa vontade e absolutamente intangível, como um mandato congressista. (Oh!) Mesmo assim, o poder e os recursos disponíveis para a liderança eram incríveis.

Para Namoradinha, a ascensão hierárquica tinha um apelo mais prático. Uma promoção significava a possibilidade de se escolher o local de trabalho. Em seu caso, a Europa. Não via a hora de retornar ao continente. McCoy deliciara-se ao decodificar seus textos sobre as condições das cidades norte-americanas, em especial a Filadélfia, anexados à sua correspondência dos últimos meses. *Os jovens aqui são assassinados*, ela escreveu certa vez. *Entretanto, a maioria do povo se importa mais com os times esportivos*.

Significava ainda que ela conseguiria tirar a mãe da porcaria da clínica geriátrica, na Polônia, e colocá-la em algum lugar onde pudesse morrer com dignidade. Talvez até prolongar sua vida em mais alguns meses, ou, quem sabe, um ano.

Namoradinha não ligava para coqueiros, tampouco massagens nas costas.

Ou será que ligava?

Depois de tudo o que ocorrera naquela manhã, ficou difícil responder a essa pergunta. O início já tinha desandado, com a atitude de um dos repórteres mais jovens de David... quem era mesmo? Ah, sim. Stuart McCrane, que não precisou de muito incentivo para beber uma Mimosa envenenada. Stuart deve ter sido escoteiro ou sacristão.

Então, havia Ethan Goins, que não chegou na hora marcada.

Não se podia negar, contudo, que Namoradinha tentara salvar a situação no último instante:

Quer que eu vá procurá-lo?

Não, não. Podemos começar sem ele.

Você...

Sim.

Depois que Stuart morreu, ficou tarde para ir atrás de Ethan. A operação tinha começado.

Isso praticamente alterou o plano operacional de Namoradinha. Ela planejava deixar Stuart e Ethan para mais tarde. Na verdade, organizara os funcionários em ordem de dificuldade, partindo do mais difícil de matar:

1. Murphy
2. Felton
3. Goins
4. Wise
5. Kurtwood
6. McCrane
7. DeBroux

Murphy fora o maior motivo de preocupação. Se perdesse a chance de acabar com esse cara, a coisa ia ficar preta. Namoradinha teria passado o resto da manhã correndo pela empresa, abaixando-se e escondendo-se, lutando para manter-se viva. E, muito provavelmente, teria perdido.

McCoy sabia muito bem disso.

Assim, era fundamental que ela desse cabo de Murphy logo de cara. Namoradinha passou várias semanas preparando o terreno para conseguir fazer aquela surpresa. E conseguiu.

Mais do que isso. Seu conceito só aumentou com a realização de algo ousadíssimo:

Eu o acertarei, paralisando-o. Sem matá-lo.

E um pouco antes do final, eu o interrogarei.

Ele me contará tudo.

Ainda faltava a última parte, mas pelo que McCoy podia ver, Murphy *estava* paralisado e não tinha morrido, ainda. Ponto para Namoradinha.

E, naquele momento, as coisas caminhavam muito bem para ela, apesar da confusão com McCrane e Goins.

Namoradinha não perdeu tempo e foi direto cuidar de Amy Felton, e acabar logo com aquela parte, como planejado.

McCoy gostava muito daquela parte.

Uma dica a qualquer empregado que esteja lendo: *Jamais conte a seu chefe que você tem medo de altura*. Ainda mais se ele for o tipo do cara capaz de mencionar isso na avaliação de desempenho.

Mas então, surgiu o problema: Ethan já tinha sumido. Era para ele ser o próximo. Na verdade, tudo aquilo com Amy Felton *dependia* da presença de Ethan.

Ethan, o grandalhão e malvado, tinha uma queda por Amy.

Que fofo!

Ethan Hawkins Goins, ex-integrante das Forças Especiais, realizara algumas das mais terríveis e criativas execuções de líderes militares afegãos, no início da Guerra contra o Terrorismo. Sua habilidade sob coação chamou a atenção da CI-6. Solitário por natureza, ele aceitou o trabalho com muito prazer, usando a Murphy, Knox & Associates como fachada entre operações. Ethan era um guerrilheiro agressivo. Fisicamente, Namoradinha não era páreo para ele.

Amy Felton se parecia muito com sua namorada do colegial, de quem Ethan levou um pé na bunda, no último ano, pouco antes de ir para a Ivy League em Rhode Island. McCoy chegou a conseguir um anuário escolar; na foto, ele viu que a semelhança era *de fato* assustadora.

O lado irônico daquele romance incubado – a vigilância radical revelara que Ethan e Amy jamais se beijaram, muito menos transaram – era que ambos deduziam que ter um caso seria contra as "regras". Até parece! Como poderia uma agência, que sequer existia, ter uma política contra namoro entre funcionários?

Tal situação, entretanto, podia ser interpretada como fonte de fraqueza.

Namoradinha também descobrira isso, ao ler uma das avaliações de desempenho feita por David Murphy.

E eis como raciocinou: para baixar a guarda de Ethan, era preciso que ele visse a amada pendurada de cabeça para baixo, a trinta e seis andares da calçada.

Atordoar, e então, matar.

Em seguida, aniquilar Felton.

Com Ethan morto, entretanto, enfraquecido pela bomba de Sarin, na escada de incêndio, despachado por Namoradinha de forma nada criativa – quem ainda matava os outros torcendo o pescoço? – aquele plano tinha ido para o espaço.

Entretanto, Namoradinha estava claramente tentando salvar o que podia do plano original. Talvez quisesse mostrar o corpo de Ethan, sem vida, para Amy, instantes antes de matá-la. Talvez achasse que aquilo fosse contar como ponto.

McCoy reclinou-se na cadeira, fazendo suas considerações.

Será que contaria?

Ania chegou ao último lance de escadas do lado sul no trigésimo sexto andar quase desmaiando. Então lembrou-se: a bomba de Sarin.

Caramba, o trabalho não parecia ter fim.

Ela não planejara passar nem perto das bombas. As arapucas não foram ideia sua, mas de Murphy, que achava tudo aquilo divertido.

E Ania achava ter planejado tudo de forma a não se aproximar das bombas.

Enganou-se.

Largou o corpo de Ethan no vão entre os lances de escadas e abriu um compartimento do bracelete, de onde retirou uma tesoura minúscula, provida de uma pequena mola. Ela a encontrara em um brinde corporativo – uma espécie de canivete suíço tão fino que cabia em uma carteira, mas ilegal para se transportar em um avião; o objeto, que tinha formato de cartão, fora enviado à Murphy, Knox & Associates, endereçado a David; ela acabou ficando com o brinde. Veio cheio de versões em miniatura de ferramentas simples. Palito de dentes. Lixa de unha. Caneta. Tesoura. Seus braceletes continham toda a sorte de ferramentas comuns dessa espécie. Eram para servir da melhor maneira possível.

De onde estava, Ania não conseguia enxergar o dispositivo. Sua estatura raramente lhe causava problemas, exceto em situações assim. Não dispunha de nenhuma escada portátil, tampouco de caixas. Precisava improvisar.

Ethan, dos ombros aos quadris, ficaria na altura praticamente ideal.

Ela o arrastou e o recostou na porta metálica; em seguida, pulou sobre seus ombros. Passou alguns segundos se ajustando e se equilibrando. Então ergueu-se. Perfeitamente estável. Sentiu nas solas dos pés os ombros ossudos de Ethan.

Por um instante, imaginou o cadáver de Ethan reanimando-se, agarrando-lhe os tornozelos e puxando-a, à força, para baixo, empurrando-a pelas escadas. Ele então a atacaria, cravando os dentes na carne de seu pescoço, com o bafo quente e os olhos fechados.

Desde criança, Ania tinha uma imaginação extremamente fértil. Era o que compensava a falta de brinquedos. Naquele momento, decidiu se acalmar: Ethan não ia acordar. Ela torcera-lhe o pescoço. E o fizera perfeitamente bem.

Concentre-se na tarefa à frente, Ania.

Examinou minuciosamente o dispositivo. Parecia bem simples: fios conectados a uma fonte elétrica, outro ligado a um sensor na porta, e outros provavelmente usados apenas como chamariz.

Entretanto, impresso na lateral de um fio amarelo, manifestava-se o senso de humor pervertido de David Murphy: CORTE-ME.

Murphy adorava um joguinho psíquico. Suas avaliações de desempenho eram apenas um escape. Todo e qualquer encontro fortuito na empresa tornava-se uma oportunidade para se travar uma pequena batalha psicológica. As ferramentas de Murphy eram as mais cruéis de todas: perguntas feitas com o propósito de deixar o cara na defensiva ao mesmo tempo em que expunha um ponto fraco, forçando-o a defender uma posição ou uma colocação, enquanto espalhava as sementes da dúvida na cabeça do sujeito. Nos últimos meses, Ania detectara um padrão:

Não havia padrão.

A resposta certa era, sem medo de errar, a mais óbvia. E as que não eram óbvias acabavam revelando-se óbvias mais tarde, ao analisar-se o evento com calma.

Você ficava ali, se matando de pensar, tentando vencê-lo, pensar mais rápido do que ele, e geralmente a resposta correta era aquela intuída de imediato, a primeira que lhe vinha à cabeça. Aquela que David o desencorajava a dar.

A dúvida de Ania, agora, era se tal verdade aplicava-se aos fios. Seria a mensagem na lateral do fio amarelo dirigida a ele mesmo? Ou teria David esperado que alguém saísse até ali para tentar desarmar a arapuca, sabendo que uma mensagem daquela espécie deixaria a pessoa atordoada?

A mais de cinco mil quilômetros dali, McCoy voltou a atenção ao outro monitor, que mostrava a cena cada vez mais estranha na sala de reunião. Exatamente a sala onde Nichole Wise torturava o chefe, arrancando-lhe a tiro um dedo de cada vez.

Que desperdício.

No segundo monitor: Wise estava montada sobre Murphy, fazendo planos com outro dedo. Não dava para se dizer exatamente, mas pelo visto, dois dedos já tinham ido para o espaço: um indicador e um polegar. Nunca mais David Murphy estalaria os dedos para acompanhar as canções dos velhos tempos.

E por falar em dedos perdidos e feridos, nesse ínterim DeBroux estava parado em um canto, com a mão machucada encostada ao peito. Mais um desmonte meio desleixado de Namoradinha.

Era o ponto fraco de Ania.

Namoradinha planejava poupá-lo até o fim. Algo como: Olá! Que venha o número 7 da lista, por favor! Mas acabou retalhando os dedos do desgraçado, perdendo o foco em Wise que, por sua vez, era capaz de exigir alguma punição, antes de ser abatido. E mesmo assim, não por muito tempo.

A tortura improvisada de DeBroux também impediu que Namoradinha despachasse a número 5, Roxanne Kurtwood. Tudo bem que se tratasse de um alvo de baixo nível, mas o plano era usá-la como elemento do teste; não era para ter sido acidentalmente eliminada pela própria parceira.

Em suma, Namoradinha só estava podendo se vangloriar de um assassinato e meio, quando havia sete vítimas em potencial: Ethan (e esse foi eliminado da maneira mais desleixada e antiquada possível), e Murphy, o seu primeiro. O tempo estava se esgotando. E um de seus alvos restantes – o que ela não conseguira abater – tinha acesso a duas armas. Aquilo não era exatamente algo que beneficiasse seu currículo.

Talvez Keene tivesse razão. Ele se apaixonara, mesmo, muito depressa.

Ania prendeu a respiração, fechou os olhos e cortou o fio amarelo.

Não que tais medidas a impedissem de levar uma baforada de Sarin. Tratava-se tão somente de reflexos humanos. Durante anos ela aprendera a manter várias coisas sob controle, mas às vezes, é preciso que um ser precise recuar. Ela se permitiu esse luxo.

O dispositivo não fez nada.

Murphy, outra vez.

Ania saltou dos ombros de Ethan. Sem o equilíbrio forçado por ela, o cadáver caiu para a direita, chocando a cabeça contra um cano de água vermelho; em seguida, rodopiou e acabou com a cara no chão de concreto.

Desculpa aí, Ethan. Só falta mais uma paradinha, até que você possa descansar e aguardar sua cremação.

Dentro da sala de sua namorada.

Era a única forma de salvar uma pequena parte do plano original. Rebocar Amy Felton de volta para o interior da sala e mostrar-lhe o cadáver do amado. Esperar pela reação, que seria captada pelas câmeras de fibra ótica.

A esperança de Ania era que ainda restasse a Amy alguma força para conseguir gritar.

E, em seguida... executá-la. Qualquer método que viesse à cabeça servia. Talvez Felton se matasse ao ver o cadáver do amado. Não seria o máximo?

A coisa já estava chegando ao fim mesmo e, graças às estripulias de Ethan nas escadas de incêndio, o segredo do plano fora para o espaço. Era preciso concluir logo tudo.

Ania tinha de se preparar para viajar – *com* Jamie.

Então, prosseguir até a sala de reunião e completar a transação final com David Murphy.

Abriu rapidamente a porta de emergência, checou os dois lados do corredor. Livre. Com o pé, manteve a porta aberta e puxou o corpo de Ethan.

Estava fraca demais para levantá-lo até os ombros novamente. Exigira demais dos músculos trapézios, que não aguentavam mais nenhum tranco; nem mesmo as exigências das fantasias depravadas de Paul na cama foram suficientes para manter-lhe o corpo na forma desejada. Outro motivo para deixar os Estados Unidos, e seu estilo de vida sedentário, o mais depressa possível.

Só falta mais um pouquinho, disse a si mesma. Só precisava cruzar o corredor, passar pela porta, virar à esquerda rapidamente – e se a barra estivesse limpa – entrar na terceira porta, onde ficava a sala de Amy. Então acabaria essa história de carregar corpo de um lado para o outro, para cima e para baixo. E o único esforço físico a partir daí seria colocar o equipamento de segurança para a fuga.

E arrancar os olhos de David Murphy.

Esmagando-lhe o crânio.

Correr os dedos pelo seu cérebro.

Ouvindo o estrondo furioso abaixo deles.

Keene já estava no segundo copo de laranjada quando seu contato retornou a ligação.

– Trabalhando num sábado, não é? – disse uma voz masculina com sotaque de Newcastle.

– Ué! Hoje é sábado?

– Engraçadinho. Tenho o que você quer.

Falavam via conexão VoIP, por um enorme emaranhado de cabos entre suas localidades.

Em geral, as ligações via VoIP eram tão seguras quanto uma universitária no penúltimo ano, com dois comprimidos de tranquilizante misturados com cachaça. Para se interceptar uma conexão dessa natureza era preciso dispor de programas de criptoanálise e criptologia, inacessíveis ao grande público. Por conseguinte, a conexão VoIP era notavelmente segura, ainda mais considerando-se que a disposição da maioria das agências de inteligência em grampear uma conexão VoIP era tão grande quanto a de grampear um telefone de brinquedo, desses com duas latinhas ligadas por um barbante.

Keene era meio fanático por VoIP, seu meio preferido de comunicação, além dos e-mails criptografados. Ele *odiava* celulares.

– Posso te mandar um pacote de pesquisas? – perguntou o contato.

– Pode. Mas, dá pra adiantar alguma coisa?

– Agora?

– Tô morrendo de curiosidade.

– Beleza. Seu namoradinho aí...

Keene soltou um risinho de deboche.

– Que foi?

– Nada. Sua seleção vocabular, só isso. Depois eu conto.

– Você diz isso parecendo até que algum dia nos reencontraremos no mesmo recinto.

– Quanta amargura. Por favor, continue.

– Sabe teu macho? Pois é. Ele tá te sonegando algumas informações sobre a Filadélfia.

– É mesmo?

– Se alguém deu ordens para desmantelar aquela empresa, pode ter certeza de que as ordens não saíram de nós.

– As ordens mencionavam um pouco mais do que *desmantelar*.

– Eu sei.

– Quem pode ter autorizado um troço desses?

– E quem não poderia?

Exatamente como Keene desconfiara. Tente manter uma cadeia de comando coesa, em uma organização que não existe.

– O que mais?

– Você vai ver no pacote que vou mandar, mas parece que nossa empresa na Filadélfia chegou um pouco próximo demais do sol.

– E como conseguiu?

– Financiando alguma coisa que eles definitivamente não deveriam. Uma espécie de arma e dispositivo de rastreamento em uma coisa só.

– Que não autorizamos.

– Não partiu de nós.

Cacete!

– Olhe só – disse o contato –, se estiver pensando em ir à Filadélfia, melhor desistir. A chapa esquentou, guerreiro! A merda já bateu no ventilador. Se eu fosse você, ficaria pela costa.

Keene agradeceu ao contato, fez alguns planos vagos para se encontrarem e tomar um drink em Ibiza algum ano desses.

– Claro, Will. Estarei aqui prendendo a respiração ao reservar a passagem de avião pela internet – respondeu o contato.

Keene pressionou o copo gelado de laranjada contra a face. Sentia-se febril.

* * *

Ania largou o corpo de Ethan à porta da sala de Amy. Dentro do bracelete havia uma chave-mestra para todas as salas da empresa. Ela fizera uma cópia no primeiro dia de trabalho. Acabou sendo relativamente inútil. Para uma organização de inteligência, chegava a ser engraçado que o pessoal ali não tivesse o hábito de trancar as portas. A maioria deles provavelmente cresceu no Meio-Oeste norte-americano.

Evangélicos tradicionais. Confiavam demais nos outros.

Lá dentro, Ania arrastou o corpo de Ethan, fechou a porta e trancou, por precaução, muito embora não houvesse mais ninguém no andar que pudesse vir checá-la. A menos que Jamie tivesse recobrado a consciência.

E ainda que tivesse, não seria problema. Aquilo poderia servir-lhe como aprendizagem.

Ania aproximou-se da janela. Seria uma perda de tempo arrumar o corpo de Ethan, se Amy já tivesse morrido de medo. Agarrou o cinto de couro. Não sentiu resistência alguma ao puxá-lo.

Olhou mais de perto, da beirada da janela.

Amy não estava lá.

A porta da sala de reunião abriu-se rápida e violentamente. Amy Felton entrou cambaleando e caiu de joelhos.

– Cadê a filha da puta?

– Amy? – Nichole assustou-se, baixando a pistola. – Onde *você* estava?

Jamie ficou igualmente surpreso. Por um instante, esqueceu-se da mão que pulsava de dor e refletiu sobre o novo acontecimento. Santo Cristo! Amy ainda estava viva. Teria mais alguém se salvado? Como, por exemplo, Ethan?

– *Cadê?* – repetiu Amy; a pergunta dessa vez soou como um grunhido.

– Quem?

– Aquela cadela.

– Ela te atacou também, né?

– Precisamos matá-la. *Agora*.

Amy estava pálida e trêmula, mas também com cara de quem estava disposta a partir alguém ao meio – de cabo a rabo. Encostou-se na parede da sala de reunião e relaxou um pouco, repousando, calmamente, as mãos no chão. Agarrou o carpete com os dedos.

Nichole largou David e, com a pistola ainda em punho, aproximou-se de Amy.

– Precisamos revelar as cartas – disse. – Todos sabemos o que este lugar aqui é, mas não sei de que lado estamos jogando.

– Você sabe para quem trabalhamos – afirmou Amy.

– Não – respondeu Nichole, engolindo o excesso de saliva. – Sou da CIA.

Se esperava um olhar surpreso, Nichole perdeu tempo.

– Bem, não é o meu caso – esclareceu Amy.

– Eu sei. Você é da CI-6.

– Não existe nenhuma CI-6.

– Tem razão. Depois de hoje.

– Olha só, por enquanto deixa isso pra lá. Há uma mulher-cadela-assassina que age feito um homem, solta por aí, tentando acabar com nossa raça.

– E que sem dúvida é uma dos seus – disse Nichole.

– Há somente dois lados aqui. O dela e o nosso. Me ajuda a acabar com ela e depois a gente resolve o resto.

– Das duas uma: ou você é antiterrorista ou está com ela.

– Morri de rir.

Nichole refletiu.

– O que tem em mente?

– Temos pelo menos duas armas aqui, certo?

– Três. A do David, a de Molly e a minha.

– E munição?

– A minha já está praticamente no fim. Disparei duas balas contra a mão de David. Só que Molly, até onde eu saiba, usou apenas uma.

– Então a gente vai lá, mata a desgraçada enquanto Jamie fica aqui tomando conta do David.

Jamie, coitado, que assistia a toda aquela troca de informações sem entender porcaria alguma, pigarreou.

– Olha só... esse Jamie aí a quem vocês se referem... ainda está aqui na sala.

Nichole o ignorou e perguntou a Amy:

– Ele é um dos seus também?

– Como assim?

– Ele afirma ser civil. É mesmo?

Amy olhou para Jamie.

– Até onde eu saiba, sim.

– Ótimo.

No chão, David começou a fazer mais pedidos de comida. Dessa vez, itens do Burger King. *Dois Whoppers com cebola extra, muitos picles, acompanhados de fritas*. Começou a balbuciar sobre o Burger King, supostamente a rede de restaurantes fast-food que preparava a batata frita mais saborosa, só que era uma grande mentira, pois nenhuma lanchonete conseguia fazer frente ao McDonald's.

– O que ele tem, gente? – indagou Amy.

– Você viu quando ele levou chumbo na cabeça, né?

– Eu não sabia que isso dava fome.

Amy e Nichole se entreolharam feito duas universitárias que abertamente odiavam trabalhos em grupos e que, não obstante, tinham de fazê-lo assim mesmo.

– Tenho cá minhas dúvidas quanto a você armada – declarou Nichole.

– Somos duas contra uma. Simples assim.

– Você não tá entendendo. Meia hora atrás, atirei seis vezes contra ela, à queima-roupa, e as balas a cruzaram como se a desgraçada fosse um fantasma.

– Ela é de carne e osso. Não é imortal.

– Peraí, gente – protestou Jamie. – Não é preciso matar ninguém.

Nichole o ignorou.

– Você ao menos mirou bem? – perguntou Amy.

– Olha aqui, eu sei atirar.

– Que é isso gente! – gritou Jamie. – Ela é nossa colega. Está confusa. Precisa de ajuda. Não podem sair matando a criatura assim!

Teriam todos pirado de vez? Por que o ignoravam por completo?

Nichole suspirou.

– Deixa comigo – disse Amy. – Tenho de fazer isso. Mesmo que eu acabe morrendo.

– Beleza. Botamos o plano em ação, voltamos aqui e exigimos respostas. Se você me encher o saco, morre *mesmo*.

Amy conheceu a morte.

Pendurada de cabeça para baixo, foi fácil vislumbrar o fim da vida.

Estava bem ali, trinta e seis andares abaixo.

A morte era uma calçada no centro da cidade.

Ou talvez algo no espaço entre os dois pontos. Mesmo depois de ter passado por aquilo, não era fácil precisar com clareza.

Obcecada por altura, Amy tinha lido sobre as pessoas que se jogaram do World Trade Center. Ave Maria, imagine o número de horas que ela passara olhando fixamente a famigerada foto intitulada "The Falling Man" (O homem que cai) – o ser humano anônimo que saltara de um dos andares em chamas e fora flagrado por um fotógrafo em um instante específico: 9:41:15 da manhã do dia 11 de setembro de 2001. Naquele momento, tudo pareceu estranhamente em ordem, simétrico. As linhas do prédio, as linhas do corpo do homem. Uma das pernas, levemente dobrada. "O homem que cai" parecia flutuar. Congelado no espaço, como se estivesse no controle de tudo. *Basta que eu estique os braços para interromper a queda*. Obviamente, não era verdade.

Quanto mais lia, mais Amy compreendia o verdadeiro horror. A foto, que estampou as primeiras páginas de vários jornais na manhã de 12 de setembro daquele ano, foi produto de mera sorte – uma sorte sinistra e macabra. Os fotógrafos eram treinados para buscar simetria e formas. Naquele momento, "O homem que cai" estabeleceu uma harmonia perfeita com o entorno. Mas as fotos sequenciais, não publicadas – tiradas quase que automaticamente – revelam a verdade. Não há nada de simétrico em uma queda rumo à morte de uma altura a partir do 105º andar da Torre Norte. Trata-se de uma morte rápida, caótica e horrenda – a 9,8 metros por segundo.

Era essa a imagem da morte.

Foi a imagem que Amy Felton encarou por quase uma hora.

Se bem que a coisa não tinha sido bem assim. Ela passara grande parte do tempo desmaiada.

Ethan foi o motivo pelo qual Amy recobrou a consciência.

Ela podia garantir que ele estava vivo naquele prédio. Ethan era esperto – muito esperto. De alguma forma previu tudo isso. Foi ao escritório, largou a bolsa na cadeira, ligou o computador, mas notou algo estranho. Um pequeno detalhe. Era bem do feitio de Ethan.

Pendurada de cabeça para baixo, Amy lembrou-se de ter se dirigido à porta antes de Molly a distrair. Lembrou-se de que gritou para ver se havia alguém (Ethan?) lá.

Era Ethan atrás da porta. Agora ela sabia.

E o deixou para trás.

Sim, a morte esteve ali. Trinta e seis andares abaixo. Mas não estava ali com ela. Ainda não.

Ela estava mais perto de Ethan do que da morte.

Amy encheu os pulmões de ar quente e se preparou para dar um empuxo com o abdômen; isso, garota! Concentre-se apenas em impulsionar o corpo para a frente uma vez, e segure-se na armação da janela. Só é preciso agarrá-la uma vez. Entre. Mate aquela criminosa desgraçada de uma figa. Encontre Ethan.

Agora, de pé no corredor com uma arma em punho, Amy estava pronta para a parte seguinte.

A FAXINA

Um líder que se preze não mede esforços para alavancar a autoestima de seu pessoal. É incrível o que as pessoas conseguem realizar quando acreditam em si mesmas.

– Sam Walton

No final do corredor, Amy viu um vulto se mexer. Não. Não era um vulto.

Era *Molly*.

Amy apertou o gatilho. O ar foi imediatamente tomado por uma névoa de farpas de madeira e *drywall*. Com a explosão, Molly rodopiou, chocou-se contra a parede atrás dela e em seguida desapareceu.

– Abaixe-se! – gritou Amy.

As duas caíram no chão, afastando a pontaria de suas armas para longe uma da outra.

– Acho que acertei a desgraçada.

– Tem certeza?

– Precisamos olhar.

– Deixa que eu olho – prontificou-se Nichole.

Arrastou-se de quatro até a beirada do corredor. Olhou para o canto e voltou a esconder a cabeça.

– Tô vendo as pernas.

– É a Molly?

– Acho que sim. A mulher que tô vendo está descalça. Uma hora atrás, quando vi Molly, ela estava sem sapato.

– Então é ela.

– Seja quem for, vou aleijá-la. Uma bala no tornozelo vai sossegar o facho da desgraçada. A gente se levanta, encurrala essa nojenta e ponto final.

– Precisamos matá-la.

– Não – advertiu Nichole. – Ela tem de responder pelo que fez.

Amy deu um sorriso torto.

– A agente da CIA aqui é você. – O tom usado aqui deu a entender algo do tipo, *A idiota aqui é você*.

– Isso mesmo. Sou eu.

Nichole ergueu a arma e se arremessou pelo corredor. O braço esticado, pontaria firme. Procurando a perna. Buscando o tornozelo.

Só que não disparou; soltou um palavrão.

– O que foi? – sussurrou Amy.

Nichole voltou à posição original, fora do carpete. Na verdade, Amy nem precisou que ela dissesse nada. Sabia o que acontecera.

As pernas desapareceram.

Ania deu sorte, de certa forma. A bala atravessara-lhe a pele e o músculo do ombro esquerdo. Não atingiu o osso. Tampouco as articulações. Nada que fosse insuportável e que não se pudesse dar um jeito mais tarde.

Seu grande azar, entretanto, foi que, ao ser atingida, ela rodopiou e se chocou contra a parede. Os músculos que já haviam sofrido uma demanda excessiva anteriormente, agora recusavam-se a funcionar. Deitou-se no carpete azul-piscina, parcialmente contorcendo-se em agonia – essa bala doeu – e incapaz de executar um simples comando corporal sequer, tal como: *Você precisa se arrastar e fugir deste corredor – AGORA*.

Há uma pessoa armada em algum canto deste corredor.

Seu palpite: era a Amy.

Cara, Ania havia subestimado demais aquela mulher!

Amy Felton era uma guerreira administrativa, um soldado de uma central de operações. Não havia *quaisquer* registros de suas habilidades com armas de fogo.

Entretanto, era perfeitamente possível que, antes de ser contratada pela Murphy, Knox & Associates, ela tivesse recheado o currículo

– Vou aleijá-la. Uma bala no tornozelo.

com vários anos de prática no campo, usando um nome diferente. Nesse caso, Ania tinha à frente um trabalho muito mais árduo.

De bruços, Ania conseguiu usar os cotovelos e joelhos para sair do corredor em questão de segundos. Rolou para a área das assistentes, fechou a porta com o cotovelo, o mais discretamente possível.

Com isso, ganhou um pouco mais de tempo.

Ania detestava a área das assistentes. Tratava-se de uma parte da empresa utilizada para várias finalidades; era ocupada por copistas, pesquisadoras e tudo quanto era espécie de temporárias. As contratações de David baseavam-se numa avaliação que corria dos seios aos quadris e ainda levava em consideração os olhos. Raramente um homem pisava na área das assistentes; era, em essência, um domínio de mulheres com as quais muito provavelmente, sem o menor esforço, David podia trepar sem nenhum compromisso futuro.

Não que ele alguma vez o tivesse feito. Pelo que Ania sabia, ele mantinha as relações corporativas dentro de certos limites e buscava alívio para suas necessidades em outro canto da cidade – geralmente nos anúncios pessoais na última página de jornais alternativos. Certa vez ela encontrou um recorte enfiado na agenda de compromissos dele: "Quero sentir seu iogurte cremoso escorrendo por minha garganta." O anúncio trazia um número de telefone. Alguém – presumidamente David – o sublinhara duas vezes.

Ania curtia muito a ideia de matar David mais tarde.

Só que agora era a vez de Amy.

A área das assistentes definitivamente não oferecia qualquer coisa que servisse como arma. Sobre as mesas com tampo de fórmica dentro das baias havia tão somente computadores. Cadeiras de rodinhas. Cestas plásticas de lixo. Canecas de café feitas em cerâmica estampando: A MURPHY, KNOX & ASSOCIATES ORGULHA-SE DE ESTAR SEDIADA NA CIDADE DO AMOR FRATERNO... HÁ 5 ANOS! Caixas de entrada de plástico preto. Uma parede de cortiça pintada de azul-claro, com tachinhas aglomeradas em um dos cantos. Uma guilhotina de papel.

Uma guilhotina de papel.

Ania não perdeu tempo e tratou de examinar o cabo, a lâmina, o encaixe.

No momento, o braço esquerdo estava inutilizado, no momento.

Mas o direito...

Abriu um compartimento no bracelete e tirou uma minichave Phillips. Pôs-se a trabalhar imediatamente.

Ouviu alguém se aproximar.

Nichole fez um sinal para Amy: *a área das assistentes*. Amy confirmou, com a cabeça. Havia duas entradas para a área das assistentes: uma, junto à sala de David, e outra, próxima às baias centrais. Amy escolheu a primeira. Nichole guarneceu a outra.

Um rastro delgado de sangue dava direto na porta onde Nichole montava guarda.

Molly tinha sido baleada.

Molly sangrava.

Molly estava acuada.

Molly estava *ferrada*.

Ania afrouxou o quarto parafuso e o retirou. Sentiu o peso da lâmina nas mãos; o troço era bastante afiado. Teria de se esforçar muito para manobrar aquela arma com apenas um braço. Mas valeria a pena: o peso do aço cravaria muito mais fundo no que quer que viesse pela frente.

Quem sabe um pescoço.

Um rosto.

Embora não tivessem planejado, Amy e Nichole abriram as duas portas ao mesmo tempo.

Amy estava decidida a mandar chumbo na primeira coisa que se mexesse, apesar do escasso número de balas em sua arma. Contudo, ela só precisava de uma. Um tiro conseguiria tirar sua presa da toca. E quando isso acontecesse, Amy agarraria a desgraçada pelo pescoço, apertando-o com toda força e cuspiria em sua cara, até que ela...

Ania ouviu os passos à esquerda.

E à direita.

Os da esquerda pareceram mais próximos.

Ergueu bem a lâmina.

Olhou fixamente para o carpete. Aguardou uma sombra aparecer.

Nichole segurava a arma da forma clássica: com as duas mãos, braços esticados à frente; estava pronta para mandar bala em qualquer coisa hostil. Naquela manhã, Molly Lewis certamente estava nesta categoria.

Ela havia se desviado uma vez. Não ia mais conseguir repetir a façanha.

Nichole concentrava-se em um botão em particular na blusa branca perfeita de Molly. Servia-lhe de alvo. O botão que ficava poucos centímetros à esquerda do coração. Apontaria para o botão, moveria rapidamente para a direita e então dispararia. Fixou-se naquele botão.

Fixou-se tanto que não percebeu exatamente quando algo frio e molhado cortou-lhe os punhos.

Oh!

O que lhe teria atingindo as mãos?

Ai, meu Deus.

Não!

Nichole cambaleou para trás.

Onde...

... estavam suas mãos?

Ania sentiu o revólver tocar-lhe a nuca. Ouviu o clique.

– Parada! – ordenou Amy.

Ania percebeu ter cometido mais um erro. Até um minuto antes, pensou que havia apenas uma pessoa em seu encalço. Eram duas. Nichole Wise. E Amy Felton.

Nichole tinha sido moleza – fora preciso apenas um golpe. A criatura agora encontrava-se em estado de choque ou vasculhava o chão, em busca das mãos.

Mas Ania, por sua vez, abriu a guarda.

Por trás.

E Amy se aproveitou disso.

A lâmina nas mãos de Ania era pesada demais. Quando a usasse para golpear, ao atingir um quarto da trajetória do golpe, acabaria com a espinha estraçalhada por um tiro disparado por Amy.

– Largue isso.

Ania obedeceu. O piso daquela parte do escritório, um espaço de trabalho compartilhado, era coberto por linóleo. A pesada lâmina caiu, com uma pancada surda.

– Coloque as mãos acima da cabeça. Entrelace os dedos.

Então ela gritou:

– Nichole? Está tudo bem?

Aquilo tudo estava fora da ordem. De alguma forma, Nichole Wise sobrevivera ao golpe mortal e Amy Felton superara o medo de altura. Mais duas decepções entre tantas outras. Será que os caras tinham assistido a tudo? À ressurreição miraculosa de Nichole? À corajosa ascensão de Amy?

O que estariam dizendo, agora?

Era inadmissível não se completar um assassinato. Com Amy Felton, a coisa fora calculada. Nichole tinha sido diferente. Era para Nichole ter morrido. Ania deveria ter dado um último e derradeiro tiro. Mas naquele momento – quando pareceu imprescindível que ela fugisse para a outra sala – não tinha sido uma prioridade. Nichole parara de respirar, graças ao golpe paralisante que recebera no diafragma. Era impossível ter ressuscitado sem nenhuma ajuda.

O que estariam dizendo sobre Ania naquele instante? Com um revólver apontado na nuca, obrigada a largar a arma?

– Vamos – rosnou Amy, que em seguida agarrou o colarinho da camisa de Ania, girou-a e empurrou-a para a frente, na direção da porta próxima à sala de David. Alguns metros adiante, no corredor, Amy deu-lhe um empurrão violento e Ania bateu com a cabeça na divisória. Amy puxou-a de volta pela camisa e então voltou a empurrá-la para a frente.

– Anda! Você tem um encontro com uma janela, cadela!

Nichole escorou-se na parede mais próxima, planejando abaixar-se e relaxar no chão. Só que acabou tropeçando. Tentou apoiar-se com as mãos, mas foi impossível. Aquilo não estava certo. Os braços geralmente tinham mãos.

Olhe. Lá estava uma. No chão.

A outra ainda estava presa ao braço.

Mais ou menos.

Ania sorriu.

... sorriu.

Ah, sim, Amy.

Vamos à sua sala.

Vamos fazer o tal encontro.

No caminho da sala, Amy socou a cabeça de Molly contra a divisória mais três vezes – o que era impressionante, em um trajeto com menos de quatro metros de extensão. Na terceira vez, a parede se estraçalhou, soltando lascas de tinta e poeira pelo carpete.

A porta da sala de Amy estava levemente entreaberta. Amy sabia muito bem que a fechara perfeitamente ao escapar. Queria despistar Molly.

– Por que a porta da minha sala está aberta?

– Seu namorado a aguarda – respondeu Molly que, em seguida,

virou-se de perfil. Do cabelo escorria uma trilha torta de sangue. Os lábios comprimidos estampavam um sorrisinho.

Amy empurrou-lhe a cabeça para a frente, de forma a socá-la na porta, causando o curioso efeito duplo: ao mesmo tempo em que castigara Molly, fizera com que a porta se escancarasse.

Um segundo depois, Amy arrependeu-se daquilo.

Ethan estava atrás de sua mesa com os braços repousados na cadeira e as mãos espalmadas para cima, pendendo para fora dos descansos de braço. O sorriso delirante que ele estampava teria dado calafrios em Amy; isso se o sorriso não estivesse tão... antinatural.

– Ethan?

Deus do céu.

Ethan não podia estar...

Ania abaixou-se rapidamente até o chão e deu uma rasteira em Amy, que por sua vez deu com a cara na parede. A arma caiu da mão dela.

Aqueles dezesseis andares desgraçados de escadas de incêndio que Ania subira, trazendo consigo Ethan Goins, de repente valeram a pena; cada degrau.

Era bom demais vê-la sofrer.

Ania ajeitou a blusa como pôde, aproximou-se da mesa de Amy e pegou uma pilha de lenços de papel em uma caixa decorada com girassóis. Era imprescindível que ela contivesse o sangramento. Caso perdesse sangue demais, acabaria sentindo vertigem. Precisava acabar logo com Amy, em seguida David e então conversar com Jamie. Estava quase no fim.

Amy, no entanto, ergueu-se muito mais depressa do que Ania previra.

– Eu vou te machucar – disse, cuspindo sangue dos lábios.

Rapidamente, Ania acessou o banco de dados mental. O que ainda não usara? O que podia fazer para impressionar os caras do outro lado da câmera de fibra ótica? Como podia salvar aquela manhã desastrosa?

Amy partiu para cima.

* * *

Nichole só tinha uma ideia: arrastar-se até a sala de reunião e fazer algo indescritivelmente mau com David, para forçá-lo a revelar o código do confinamento. O ideal era lançar mão de um método de tortura que não exigisse muita força, pois Nichole não sabia quanto tempo ainda conseguiria resistir. E algo que não precisasse do uso das mãos. Talvez conseguisse esmagar-lhe a cara com os calcanhares.

Não tinha coragem de olhar para o punho cotó. Sentia a mão que lhe restara ali, pendendo pelo que parecia o fio mais delgado de carne. Sabia que a coisa estava preta. Tinha consciência de estar perdendo mais sangue do que deveria.

Não importava. Podia ainda contar com os joelhos para se arrastar. Assim o faria em um ritmo maior do que aquele com que perdia sangue.

Não, não podia.

Era burrice. Precisava enfaixar os punhos. E então continuar a se arrastar.

Mas, como?

Não dá para se enfaixar nada sem as mãos, certo?

Mesmo assim, Nichole ia tentar.

Seria o fim para Nichole, caso a hemorragia a fizesse desmaiar antes de se encontrar com o objeto de sua raiva e que merecia sentir o peso de sua vingança.

O chefe.

Virou-se até ficar de barriga para cima, em seguida, com toda raiva, rasgou a blusa com os dentes. Tudo bem. Que ele me veja de sutiã. Enquanto espremo meu próprio sangue na cara dele. Que seja a última coisa que ele vê.

Que ele sinta o gosto.

Foi quando Nichole pensou em uma solução:

A cozinha.

O fogão elétrico.

Um botão que ela conseguisse girar com os dentes.

É isso aí.

Keene precisava parar com a laranjada. Estava bebendo compulsivamente, agora, e o ácido fazia um estrago no estômago. Os antigos hábitos estavam aos poucos voltando. Só que, dessa vez, consumia o melhor da Flórida, não o néctar torrado das montanhas escocesas.

Entretanto, o que estava lendo... bem, aquilo faria qualquer um beber.

Keene consultara outro contato.

O segundo contato era de elite; corria o boato de que a mulher era a atual diretora da CI-6, ou fosse lá como se quisesse chamar aquele *troço*. Com certeza ela sabia bastante. Keene jamais ficara insatisfeito com as conversas que tinham.

Se a informante estivesse correta, então a "Murphy, Knox" não era o que seu amiguinho McCoy afirmara ser:

Uma fachada para os agentes da CI-6. Mediadores. Espiões sabotadores. Assassinos. Matadores de classe, cujas execuções pareciam acidentes. Profissionais, misturados a auxiliares civis, para completar a ilusão de uma empresa de serviços financeiros.

Nada disso.

Era, *de fato*, uma empresa de serviços financeiros.

Uma empresa de serviços financeiros cujo propósito era infiltrar-se e destruir redes financeiras terroristas ou qualquer pessoa cujas finanças precisassem ser destruídas, fosse dentro do país ou no exterior.

De acordo com o segundo contato de Keene, o financiamento vinha dos dois lados. A Murphy, Knox & Associates também injetava dinheiro. Financiando treinamento. Armas. Pesquisa. Operações. Qualquer coisa que não se quisesse associar a uma linha orçamentária oficial? Simplesmente era só passar para um cara como Murphy.

Então, por que McCoy tinha mentido? Era óbvio que ele estava por dentro disso. Agia como se soubesse de todo e qualquer detalhe íntimo daquele escritório.

E pelo amor de Deus – por que mais de seis pessoas iam morrer lá naquela manhã?

Jamie mantinha um olhar fixo, ali, na cadeira onde estava sentado havia cerca de... quanto tempo mesmo? Uma hora? Duas horas? Observar a passagem do tempo definitivamente não era o forte de Jamie. Sempre que se dedicava a escrever, era como se o relógio digital do computador o sacaneasse. Durante a licença que tirou por causa do nascimento do filho, Jamie fizera um trato com Andrea: toda manhã ele dedicaria um tempo ao trabalho como autônomo, escrevendo e enviando matérias para a avaliação de revistas masculinas.

Só assim, explicou, conseguiria sair da Murphy, Knox & Associates. Deixaria para trás a panelinha, o círculo VIP.

No entanto, quando Jamie pegava o embalo na escrita, o tempo já tinha se esgotado. Chase precisava de sua atenção. Andrea precisava descansar. Ele alegrava-se em poder ajudá-los. Eram sua família. Aqueles dois eram tudo em sua vida. Porém, cada minuto que passava fora da mesa de trabalho parecia mais um minuto que o sonho se atrasava.

E agora, ali, preso na sala de reunião com o chefe semimorto, tinha a mesma impressão: a de estar em um lugar estranho onde o relógio parecia trabalhar propositadamente contra ele.

– Jamie – alguém disse. – Você está aí?

Deus!

Era David.

Amy e Nichole deixaram instruções claras sobre o que fazer caso alguém – que não fossem elas – tentasse entrar na sala: Mire na cabeça.

– Não vou matar ninguém – ele lhes dissera.

– Quer voltar a ver seu filho? – perguntara Nichole.

– Você não pode me obrigar – retrucou Jamie, sentindo-se feito um menininho na terceira série, assim que as palavras escaparam-lhe da boca.

Nichole enfiou a terceira arma no cós da calça de Jamie.

– Faça isso por sua família.

E então as duas se foram.

Não lhe disseram o que fazer caso David puxasse papo. David, o homem que começara aquilo tudo ao tentar obrigá-los todos a beber champanhe envenenado.

– Jamie... por favor.

– Sim, tô aqui.

– Posso pedir um favor?

– Qual?

– Pode pegar um biscoitinho pra mim? Tô morrendo de fome.

Por mais que quisesse ignorá-lo, Jamie não conseguia. Aquele homem que pedia um biscoitinho levara um tiro na cabeça.

Pouca importância tinha o fato de um homem que levara um tiro na cabeça não poder estar pedindo um biscoitinho.

Poucas semanas antes de Chase nascer, Andrea comprou um livro infantil em uma loja próxima ao trabalho. "Para começar a montar a biblioteca dele", explicara. O título do livro era *If You Give a Mouse a Cookie* (Se você der um biscoito a um ratinho). Certa noite, lá pelas tantas, Jamie o leu. A questão central era uma graça, além de simples: Dê um biscoito a um ratinho e ele vai querer outra coisa. E mais coisa. E outras coisas mais, até que por fim você tenha entregado a alma a um roedor.

Está bem, talvez essa não fosse a questão central da história, mas era o que parecia naquele momento. David pedia um biscoitinho. Depois ia querer um litro de leite. Daí pediria um revólver. E então...

– Você se incomoda? – David perguntou.

– Que tipo de biscoito? – Jamie se pegou indagando.

– Qualquer um, menos um Chessman.

É claro.

Chessmen eram para otários.

A mesa de reunião estava congelada no tempo. Pilhas de biscoitinhos organizadas sobre guardanapos. Garrafas de champanhe transpirando, cheias de gotículas. Cadernos. Canetas, algumas sem tampa.

A caixa branca de padaria trazida por Molly – onde havia rosquinhas e um revólver. O barbante cortado.

Jamie enfiou a mão no saco e caçou um biscoitinho Milano; levou-o até David, que estava de olhos fechados. Jamie se ajoelhou próximo a ele. Na cabeça, uma tempestade de opções e alternativas. Precisava continuar com muita cautela.

Se você der um biscoito a um chefe...

– Trouxe seu biscoito.

David abriu os olhos rapidamente.

– Obrigado.

– Vai querer?

Jamie balançou o biscoitinho sobre a boca aberta de David. O chefe parecia, de forma absurda, um filhote de passarinho, esperando para receber uma minhoca no bico.

– Sim.

– Bem, ainda não.

David apertou os olhos.

– Sério?

– Primeiro, você vai me dizer como desativar o confinamento pra eu dar o fora desse andar.

David sorriu descrente.

– E então eu ganho o biscoitinho?

– Então você ganha o biscoitinho.

Para Jamie, aquilo parecia uma tentativa de se fechar um negócio imobiliário com um bebê dando os primeiros passos. Quem sabe ele não pudesse dar uma adocicada na oferta, oferecendo como brinde um copinho com sugador.

– Gosto de você, Jamie. De verdade. Você é diferente de todos neste escritório. Eu não queria que você viesse hoje, só que meus chefes insistiram. Disseram que você tinha de morrer. Não entendi nada.

– Então me ajude.

– Ainda tô sem entender *nada*.

– Se eu conseguir sair daqui, posso chamar uma ambulância pra você. Não precisa morrer, David.

– Ainda mais porque você tem um filhinho recém-nascido.

– Porra, David! – gritou Jamie. – Me conte logo como sair desse andar!

– Eu queria muito poder fazer isso. Mas a resposta é não. Você vai morrer aqui, assim como todos nós.

Jamie sentiu o sangue ferver. Sentiu uma vontade enorme de mandar um soco na cara de David, obrigá-lo a desembuchar e revelar o código ou a chave, ou a merda do *Projeto Ômega* – qualquer coisa que o ajudasse a sair daquele prédio. *Agora*.

Ao invés disso, cerrou bem o punho e espatifou o Milano. Os farelos caíram sobre a face de David, alguns pousando no fio de sangue e lá permanecendo.

Jamie abriu a mão. Estava suja de recheio de chocolate.

Agora vejam só a situação do cara: preso a um andar de um prédio, enfrentando a morte, de certa forma, com as mãos sujas de sangue e chocolate.

Que vida absurda!

– Que *maldade* – reclamou David, que esticou a língua para fora e pegou um farelinho do biscoito que caíra próximo ao canto da boca.

– Hummmmm.

Jamie levantou-se e voltou à mesa de reunião. As garrafas de champanhe ainda estavam enfileiradas, cobertas de gotículas. Talvez ele devesse enfiar uma dose de Mimosa goela abaixo de David. Fazê-lo calar para sempre.

Nada disso.

O mundo ao seu redor tinha pirado.

Mas ele não era nenhum assassino.

Além disso, Nichole mantivera David vivo por um bom motivo: obter informações. Ainda que fosse remota a possibilidade de fazê-lo revelar algo que os ajudasse a sair dali, era suicídio desperdiçar tal chance.

Mas não dava para permanecer mais tempo ali com ele. Jamie acabaria por matá-lo *mesmo*.

– Você não vai sair vivo deste andar.

– Vou descobrir um meio – retrucou Jamie.

– Não, não vai. Mesmo que conseguisse, vá por mim, não seria nada bom sair. Acha que pode simplesmente cair fora de um troço desses? Acha que não há ninguém lá fora para garantir que você morra? Para garantir sua morte e a de sua família?

– Seria a última coisa que você faria nesta vida.

– Eis a dura realidade, palavras de um cara durão – disse David. – Nenhum homem quer admitir ser incapaz de proteger a própria família.

– Ah, vá chupar um pau, desgraçado!

– Ponha pra fora, viado!

Jamie sacou a arma do cós, e mirou no rosto de David.

– Oh, oh, por favor. *Atire!* Aperte o gatilho. Mostre que é durão.

Nichole dissera que havia apenas mais duas balas. Mas daquela distância, o tiro seria certeiro.

– Por *favorzinho*!

É isso que ele quer, pensou Jamie. Igualzinho ao biscoito. O desgraçado quer morrer aqui. Por que tanta necessidade de agradá-lo? Ele não é mais seu chefe. Não precisa lhe dar ouvidos.

– Com cobertura de açúcar.

Jamie largou o revólver no chão e se foi em direção às portas da sala de reunião.

– *Hei!*

David não ficou nada feliz. Jamie, porém, nem ligou. Já estava bem próximo às portas.

– Hei, volte aqui!

Jamie atravessou as portas.

– Eu conto! – gritou David. – Vou garantir que eles estuprem sua mulher bem gostoso! Vão esfolar seu filho vivo! Na frente dela!

Jamie saiu.

– *Vão gostar muito! Eles vivem para isso!*

* * *

Amy não imaginara que a parede fosse cair com tamanha facilidade. O espaço que as cercava foi tomado por uma nuvem de poeira fina. Ficou difícil distinguir-se o chão do teto. Contudo Amy confiava nas próprias mãos. Que agora envolviam o pescoço de Molly e, sem pressa ou hesitação, privavam-na de oxigênio. Suas mãos eram a única coisa que importava agora. As mãos fortes. Precisavam ser fortes por Ethan.

O corredor que levava à sala de reunião era bem comprido. Na verdade, para quem se arrastava por sua extensão com os cotovelos e joelhos, sentindo o cheiro da própria carne cozida, o corredor era ridiculamente comprido. Melhor seria para Nichole que aquele trajeto doloroso fosse em direção a Harrisburg.

Agora, porém, tudo de que ela precisava era chegar à sala onde estava David.

E chegaria.

Ora, para quem conseguiu suportar a agonia causada pelo calor do fogão elétrico para estancar o sangramento, o resto era moleza.

Seu desejo por David era da natureza mais física possível.

Jamie só apertou mesmo o botão do elevador por via das dúvidas; já pensou que hilário se David tivesse mentido o tempo todo sobre o código de circuito secundário?

Não era o caso.

Ele apertou novamente, enfiando o dedo no botão de plástico, como se conseguisse desativar o sistema pura e simplesmente por meio da força.

Que droga!

Restava apenas uma alternativa: as portas de emergência. Jamie foi em direção à que ficava mais próxima das salas, e surpreendeu-se ao ver um gancho e um fio pendendo da maçaneta. Teria alguém já aberto aquela porta e desativado a bomba com a neurotoxina?

Estaria ele disposto a se arriscar?

Somente agora, deitada sobre o carpete e sendo asfixiada, Ania se deu conta do próprio erro de cálculo. Tinha achado que, ao ver o cadáver de Ethan, Amy ficaria incapacitada. Mas o efeito foi inverso. Amy renovara as energias. Pela primeira vez desde a infância, Ania achou que fosse morrer mesmo.

A mão esquerda, presa ao braço esquerdo e ao ombro lesionado, estava completamente fraca. Sozinha, a mão direita não tinha força suficiente para livrá-la da poderosa pegada de Amy. Da pressão desgraçada que os polegares de Amy exerciam sobre sua traqueia. Das pontas bem lixadas das unhas de Amy grudadas à nuca, como se tentassem penetrar em busca do ponto onde o cérebro se encontra com a espinha.

A vertigem agora era pra valer. A realidade se esvaía de sua frente em ondas cinzentas. E não se tratava do pó criado pela parede derrubada. Ania viu tudo cinza quando fechou os olhos.

Prendeu a respiração e apertou os punhos de Amy com a mão direita. Não era lá uma boa forma de se defender.

Não tinha previsto aquilo.

Como Amy podia estar fazendo isso?

Impulsionada ao pensar em seu amor verdadeiro.

Era algo extraído de um conto de fadas, e Ania detestava contos de fadas – pelo menos os poucos que lhe permitiram ler. Mas talvez houvesse algo genuinamente mágico ao se pensar em quem se amava de verdade.

Ela então pensou em Jamie.

Jamie pôs a mão na maçaneta prateada e brilhante. Caso a virasse para baixo, talvez ouvisse o clique da bomba ainda em tempo. Daria para se livrar em um pulo e achar outro caminho.

Mas não há outros caminhos, certo, Jamie?

Andrea, caso consiga me escutar, saiba que o tonto do seu marido tentou o impossível, e foi a única solução que lhe veio à cabeça para conseguir voltar para casa e reencontrá-la...

Do chão, David ouviu um barulho.

Não conseguia virar a cabeça para ver, mas conhecia muito bem aquele som. O zunido das portas da sala de reunião. Ah, Jamie tinha retornado. Provavelmente havia se dado conta de que era inútil tentar fugir. Agora estava de volta para matar o chefe.

Obrigado, meu Deus!

– Você deixou sua arma aqui – disse David.

– Eu sei – respondeu uma voz.

Não era Jamie.

Mas David, da posição em que se encontrava, estirado no chão, de barriga para cima, não conseguiu ver ninguém. Estaria ouvindo coisas? Não seria nenhuma surpresa para ele. Tinha levado um tiro na cabeça e estava simplesmente *faminto*. Tudo que comera naquela manhã fora um farelo de um biscoitinho Milano. *Puta sacanagem!*

– Oi, David – disse a voz.

Uma voz de mulher.

Nichole.

Ele virou a cabeça, mas doeu. Só que agora dava para vê-la. Arrastando-se em sua direção, com as mãos cobertas com tinta vermelha. David sequer conseguia ver as mãos. Por que ela estaria empurrando o revólver com o rosto? Empurrando-o com o nariz, de forma que o cano apontasse para ele? Por que não pegava aquela merda e acabava logo com aquilo?

Ele só queria concluir a missão e ir para casa.

Quando Ania era Molly, achava-se imune à América. E era. Só que havia Jamie. Ele era bom ouvinte. Prestava atenção de verdade. Não a via como uma parte descartável de uma engrenagem maior. Não a via como um sistema de apoio vital para uma buceta e um par de tetas – não que ela as mostrasse no trabalho. Por algum motivo, Jamie a deixava tão à vontade que ela precisava tomar cuidado para não derrapar na língua e acabar falando russo. Jamie lhe proporcionava grande conforto.

Ela queria tocá-lo, apenas segurar-lhe a mão, desde o momento em que o conheceu.

Pensar em Jamie e na oportunidade de segurar-lhe a mão, ainda que para causar-lhe dor, eram as duas únicas coisas que a distraíam naquela manhã.

A dor ensinaria uma lição a ele, e serviria para que ele se lembrasse dela.

Tudo que há de belo nesta vida pode ser destruído.

Ela pensava em Jamie, mas sua corrente sanguínea não experimentava nenhuma descarga de adrenalina. Sentia tão somente uma melancolia.

Podia morrer estrangulada ali, sem que Jamie jamais viesse a saber, tampouco, importar-se.

Jamie.

Com os dedos dilacerados.

Foi lá que Ania encontrou a resposta e teve a reta exata de que chegara a hora de simplesmente desprender-se.

Jamie abaixou a maçaneta.

Por um instante, nada aconteceu.

Nada de clique.

Ou silvo.

Ou bipe.

Ele empurrou a porta mais alguns centímetros.

Nichole estava agora montada em David, que enfim percebia não se tratar de tinta em suas mãos. No lugar das mãos, Nichole tinha dois tocos ensanguentados. Ok, uma das mãos estava lá, meio que pendurada por um fio. O cheiro da pele de Nichole parecia comida chinesa. O enjoativo aroma adocicado o distraiu do fato de Nichole estar sem blusa e com a buceta pressionada contra seu peito. O que privava ambos do toque de suas peles eram as roupas – e ainda havia aquelas mãos dilaceradas – mas ainda assim, ela o excitou. David nunca pensou que um dia passaria por um momento tão íntimo com Nichole, que desde o início ali na empresa sempre esteve a fim de destruí-lo. O que era uma pena. Ele sempre a achou deliciosamente comível.

– Você tem uma chance – ela anunciou, com uma gotícula de sangue pendendo do canto da boca. – Diga-me como sair deste andar.

– Eu *definitivamente* seria capaz de te comer neste exato momento.

Nichole arregalou os olhos e então se inclinou para a frente. Por um momento, David achou que ela fosse lhe dar um beijinho. Bem ali na testa.

O ângulo de inclinação, porém, conduzia Nichole muito mais acima.

Com os cotovelos, Nichole pegou o cabo do revólver, posicionado próximo à cabeça de David. Esticou a língua para fora.

Desisto, ela pensou, e, com a língua, apertou com toda força o gatilho.

David Murphy morreu sem saber se a missão fora cumprida.

Ainda tentava imaginar como era a buceta de Nichole. Imaginava-a bem aparada, mas meio alargada. Bem usada. Ouvira dizer que ela andara trepando com os entregadores de correspondência durante muitos anos. O que procedia. Ele chegou a assistir a algumas trepadas. Curtiu muito.

David usava um relógio a prova d'água, que nunca tirava do punho, nem mesmo quando transava ou se masturbava. As amantes faziam piada com isso. *Qual é? Vai cronometrar meu tempo?*

Ele o colocou no pulso quando alugou o trigésimo sexto andar do edifício Market 1919, e montou dispositivos detonadores no trigésimo. E instalou o disparador no relógio.

Tratava-se de um desses modelos de relógios que medem a frequência cardíaca. De maneira constante, discreta e eficaz.

Entretanto, aquele relógio não era *exatamente* grande coisa. Ele o mandara modificar para caber o disparador. Caso seu coração parasse de bater, um sinal seria emitido até os dispositivos detonadores seis andares abaixo. Se David Murphy tivesse de ir, todo o resto iria também.

E assim foi.

No momento em que a porta abriu, seguiu-se uma explosão.

Jamie gritou e se arremessou para trás, chocando-se contra a parede; deslizou até o chão e tentou fugir feito um caranguejo.

Minha N...

Aquilo não era uma bomba química.

O desgraçado insano... instalou um *explosivo de verdade* na porta.

Mas não foi ali. Não havia sinal de fogo tampouco de fumaça.

Teria ele deixado a bomba armada em outro lugar?

Cristo Rei, estaria David planejando derrubar tudo ali?

Vinte andares abaixo, Vincent Marella sonhou que ouvia uma explosão. Acordou com os olhos sangrando e uma enorme dificuldade em respirar.

Ouviu ainda o grito de um homem.

Amy afrouxou a pegada momentaneamente – algo explodira em algum canto, o que a deixou confusa.

Foi tudo de que Ania precisou.

A tampa do compartimento de um de seus braceletes abriu-se facilmente. A lâmina correu para baixo e pousou na palma da mão.

Tinha arriscado, soltando os punhos de Amy para pegar sua arma. Mas, o que era o amor verdadeiro sem riscos?

Com o braço lesionado, Ania envolveu o corpo de Amy e, com a mão direita, posicionou a lâmina no vão do pescoço de sua oponente.

E deslizou a arma para baixo, cortando-a entre os seios até o estômago onde anteriormente Amy usara o cinto.

Jamie DeBroux

[redacted]

~~Ethan Goins~~

[redacted]

Molly Lewis

~~Stuart McGrane~~

Nichole Wise

A bala atravessou o cérebro de David e ainda atingiu um dos janelões da sala, rachando o vidro feito uma teia de aranha. Foi muita sorte, pensou Nichole. Não seria difícil terminar de arrancar aquele vidro. Não tinha a intenção de gritar por socorro. Daquela altura, a ideia nem lhe passava pela cabeça. E com a explosão lá embaixo, bem, pelo menos por enquanto, as pessoas não pensariam em outra coisa.

Não. Nichole Wise, codinome Burro de Carga, fazia planos de longo prazo.

Se conseguisse arrancar o último pedaço de pele preso à mão – o que seria facilmente realizado com um caco da vidraça – jogaria a mão pela janela. Estaria dando um aceno de adeus trinta e seis andares abaixo. Podia até levar um tempo, só que mais cedo ou mais tarde um investigador a encontraria, a colocaria em um saco e, por fim, checaria as digitais. Chegariam imediatamente ao sobrenome Langley. Fariam algumas perguntas. E talvez a história finalmente fosse contada. A história dos anos lastimáveis, os quais passou disfarçada, trabalhando na Murphy, Knox & Associates.

Talvez seu destino fosse acabar como uma estrela negra, esculpida em uma pedra branca de mármore da Vermont, em um muro onde a CIA prestava homenagens aos colaboradores:

NOSSA SINCERA HOMENAGEM AOS MEMBROS
DA AGÊNCIA CENTRAL DE INTELIGÊNCIA
QUE DERAM AS VIDAS
SERVINDO AO SEU PAÍS

Meu amigo, você não sabe da missa a metade, pensou Nichole, que em seguida, faleceu.

Jamie DeBroux

[redacted]

~~Ethan Goins~~

~~Rox[redacted]~~

Molly Lewis

~~Stuart McGrane~~

~~Nichole Wise~~

Keene parou em frente ao mar para observar as ondas. Não gostava nem de pensar na conversa que estava prestes a ter.

Mais adiante, lá na praia, viu outro cachorro – dessa vez, não era um com três pernas. Era um labrador preto inteirinho, correndo em direção às ondas que quebravam nas margens. Uma jovem mãe ruiva, com trinta anos, no máximo, acompanhava os dois filhinhos na idade pré-escolar, ambos com cabelos louros avermelhados. Pulavam e riam do cão, que se jogou nas ondas, deu uma parada para aliviar o intestino e saiu correndo da água antes que outra onda o atingisse. Uma cagada a jato. Keene teve de admirar aquilo. O dono do cachorro merecia um prêmio. "Teriam as crianças recebido a mesma espécie de treinamento?", pensou. *Vamos lá, criançada! Corram para a água. Hora de cagar!*

O celular de Keene tocou. Era seu segundo contato.

– Achei que você não fosse mais dar notícias – disse Keene.

– Eu não pensei que fosse ligar.

– O que está pegando?

– A chapa está quente por aqui.

– Não me diga!

– Pois é.

Houve uma pausa.

– Desembucha logo. Não pode ser pior do que já imagino.

– Seu macho está por trás de tudo.

– Como assim?

– David Murphy é só um leão de chácara. Boi de piranha. Seu homem, o McCoy, o tirou da lama e começou a comandá-lo. Ajudou o cara a se reerguer. Só que McCoy estava por trás de tudo. Inclusive financiou o desenvolvimento de um dispositivo de localização e rastreamento que nos tem causado muito problema ultimamente.

– Sei. E só agora você descobriu isso tudo?

– Porra, sacanagem comigo.

– Sacanagem *comigo*, isso sim. Eu é que estou trabalhando com um traidor. Há *meses*!

– Somos um animal grande e burro, Will. Você sabe bem disso. Grande e forte, mas burro. O importante é que você nos ajudou a desmascará-lo. Se não fosse pelos seus questionamentos, não saberíamos até hoje. É o que importa.

– É mesmo?

O labrador saltou do mar e seguiu a costa. A mãe e as crianças correram atrás dele. Nada como uma boa corrida depois de aliviar o intestino.

– Tem mais uma coisa.

– Você precisa que eu o mate, é claro.

– Precisamos que você faça isso.

– Sei – Keene engoliu o excesso de saliva. – Estou com uma gripe danada, sabe.

– Sinto muito, Will.

– Não tô querendo solidariedade. É que... caramba, é um dia de merda pra isso.

A mãe, as crianças e o labrador preto estavam saindo da praia nesse momento, depois que o cão completou a transação com a mãe natureza. Caso retornasse ao mesmo ponto no dia seguinte, Keene provavelmente assistiria à mesma cena. Ele ficou se perguntando quanta merda daquele cachorro havia em seu mar.

– É, eu sei. Mas existe algum dia bom?

– Tem razão.

– E quanto às outras pessoas naquele prédio na Filadélfia?

Fez-se uma pausa.

– Não podemos nos envolver nisso agora.

– Entendo.

– Sinto muito.

– Não, não. Eu entendo. Cara, o dia tá uma merda pra todo mundo, né?

– Will...

– Depois falo contigo. Tchau.

ENCERRANDO O EXPEDIENTE

O sucesso parece estar ligado à ação. Os bem-sucedidos não param. Cometem erros, mas não desistem.

– Conrad Hilton

Vincent Marella tentou ignorar os sintomas, ergueu o parceiro Rickards para retirá-lo das escadas de incêndio. Agarrou o camarada por baixo dos braços, mas não resistiu. Tocou a pele sensível sob os olhos, e as pontas dos dedos ficaram ensanguentadas. Cristo Rei! Não dava para checar naquele momento. Não, depois do ano anterior. Não, assim. Não, como *Center Strike*.

Estava muito, *muito* difícil respirar.

E olhar.

No chão, havia um dente humano ensanguentado.

Que maravilha!

Caso aquela explosão lá em cima não tivesse apenas sido um sonho – e, bem, sabe como é... o barulho do alarme de incêndio parecia indicar que *não* se tratava de um evento restrito à Terra do Nunca – então ele estava seriamente ferrado. Pois no caso de um incêndio, todos os elevadores descem direto para o saguão, onde permanecem. A única saída são as escadas de incêndio.

Como a escadaria que acabaram de abandonar, pois fora invadida pelo que parecia alguma espécie de neurotoxina.

O produto o sufocou.

E com certeza não se tratava de nenhum Lysol.

Em algum lugar lá embaixo, na sala de segurança, nas prateleiras feitas de madeira, havia um manual bem grosso intitulado *Terrorismo e outras emergências de saúde pública*. Uma pequena apostila bem interessante, que todos receberam um ano antes.

O manual trazia dicas de primeiros socorros. Vincent só conseguia se lembrar de uma: lavar a pele abundantemente. E sem dúvida nenhuma, era a primeira coisa que ele faria.

Se conseguisse chegar até o manual, ele e Rickards tinham uma chance de sobreviver.

Em seguida, abandonaria aquele maldito trabalho na área de segurança para sempre, fim de papo. Será que ainda existia venda de tapumes de alumínio?

Só que sem poder contar com as escadas de incêndio do lado norte e com os elevadores fora de cogitação, restava apenas uma saída. As escadas do lado sul. A menos que os terroristas tivessem liberado a mesma neurotoxina por lá.

Seria parte do plano deles? Intoxicar as saídas de emergência e então explodir o prédio, de forma a matar todos de um jeito ou de outro? Mas, por que fazer essa merda em um sábado, quando o prédio estava praticamente vazio? Não fazia sentido. O vidro quebrado, o confronto com aquela psicopata... nada fazia sentido.

Não adiantava pensar naquilo agora. Depois ele teria tempo de sobra para coçar o saco e considerar as milhares de possibilidades, depois de pedir demissão. Agora precisava arrastar Rickards para a escadaria do lado sul e rezar para que não houvesse nenhum gás toxico por lá.

– Você é mais pesado do que parece – reclamou Vincent.

Rickards não disse nada.

– É, imaginei que você fosse dizer isso.

Levante desse chão, Jamie. Vamos! Não vai resolver nada aí sentado. Tente a outra saída de emergência. Tente chamar o elevador novamente. Tente alguma coisa. Talvez a explosão que você ouviu tenha desativado o código de circuito secundário. Talvez tenha piorado as coisas. Mas você só vai descobrir se levantar daí e fizer *alguma coisa*.

Jamie voltou ao hall dos elevadores. Os dispositivos borrifadores de água tinham sido acionados. Luzes brancas piscavam. O alarme de incêndio soava violentamente.

E lá estava ela, parada, Molly.

Toda ensanguentada.

Do pescoço ao início das coxas; só de calcinha. Perdera a saia sabe-se lá como. Ou então a retirou para exibir a calcinha lisa, que se não fosse pelo sangue que a encharcava, seria branquinha. Molly parecia Carrie White, posando para Victoria's Secret.

Os borrifadores retiravam parte do sangue, mas não era o suficiente.

– Precisamos conversar – anunciou Molly bem alto, fazendo-se escutar, apesar do alarme.

– O que aconteceu com você? – indagou Jamie. Não era uma pergunta retórica, mas literal. No entanto, ao pronunciar as palavras, ele percebeu que queria saber também o que aconteceu com o estado *mental* daquela mulher. Onde estava a Molly que ele conhecia? Teria desaparecido para sempre? Ou estaria de volta?

– Você tem um minuto para fazer a escolha mais importante de sua vida.

Ela se aproximou, passo a passo, deixando um rastro de sangue no meio do carpete.

– Onde...?

– Pssssiu! Primeiro, me escute. Depois vai poder fazer quantas perguntas quiser.

Jamie engoliu o excesso de saliva.

– Certo – respondeu.

Mas ele pensava: Estou desarmado. Que droga. Não deveria ter deixado a arma na sala de reunião. Pelo menos para encurralar Molly por alguns minutos, até conseguir bolar um plano de fuga.

– David ia te matar. Eu quis te *salvar*. Taí o motivo de eu tá fazendo isso tudo. Pode até não acreditar, mas é tudo por você.

– É isso mesmo – ele gritou. – Não acredito em você.

– Cortei sua mão pra convencer meus superiores de que você aguentava a dor. E aguentou. Atendeu às expectativas. Agora olhe só você. Buscando uma saída. Muitos homens teriam se acuado e esperado pela morte. É o que Paul teria feito.

– Precisamos conversar.

Paul.

Marido dela.

Teria?

Ela estava bem próxima agora, e ficou mais fácil ouvi-la. Jamie percebeu que ela também tinha levado uma surra. Estava com o ombro esquerdo ferido, parecendo ter levado um tiro e o pescoço todo rasgado, cheio de hematomas. Era provável que tivesse levado porrada na cara, também, mas não dava muito para dizer, pois os cabelos longos, molhados, cobriam-lhe a face. Molly nunca soltava os cabelos no escritório. Estava estranho. Quase tão estranho quanto a falta de roupas e o sangue pingando.

– Quero que venha comigo.

– Aonde?

– Para bem longe.

– Do que está falando?

– Pra Europa. Podemos ser felizes lá. Você vai poder escrever. Vai poder passar o tempo que bem quiser escrevendo. É o que você quer fazer. Eu sei disso.

– Europa? Molly, eu sou casado. E você é...

Maluca.

Ela esticou o braço para tocá-lo no rosto e ele se esquivou.

– Psssiu! – ela o silenciou, dessa vez, mais baixinho. – Molly Lewis era casada, sim. Mas não sou Molly Lewis. Meu nome é Ania Kuczun.

Anya *quem*?

– Você também pode ser quem bem quiser. Tão fácil quanto uma cobra trocando de pele.

Jamie presenciara Molly sobreviver ao ataque violento de Nichole. Ele a viu atirar na cabeça de David. Sentiu a agonia, quando ela o paralisou com apenas um simples golpe, retalhando-lhe os dedos em seguida. Quem era aquela mulher? E do que era capaz? O que realmente queria?

Europa?

Tirando o sangue, arrumando o cabelo, prendendo-o para trás em um tradicional rabo de cavalo e a vestindo, Jamie quase conseguia ver a antiga Molly. Sua “cônjuge colega”. Uma linda mulher, pacata e sensível, o oposto de Andrea.

Às vezes, porém, são os opostos que nos pegam de jeito. Exercem uma forte atração, de uma hora para a outra.

Como há alguns meses.

Na volta para casa, depois de uma happy hour.

Hei, vou te acompanhar até o carro. Bem, chegamos. Que carro bacana. Acho que já vou. É. É muito legal estar com você também... e é aí que o cara cai direitinho, quando se pega inclinado-se para beijá-la no rosto, mas na verdade o alvo é a boca, e a mulher, um pouco alarmada, se afasta. E o cara se consola dizendo: “Melhor assim, pois teria sido estúpido. Tenho uma esposa grávida em casa.”

Mesmo assim, naquele momento de embriaguez, o cara definitivamente queria dar aquele beijo.

A expressão que a mulher estampa no rosto passa de confusão para vergonha, e então, ela entra no carro, enquanto o cara volta a pé para casa, que não fica assim tão longe. O sereno da noite permite que o camarada reflita sobre o que evitou por pouco.

No dia seguinte, no trabalho, continua tudo bem, só que de vez em quando é provável que a mulher lance sobre ele um olhar estranho ou afetuoso, ou consciente. O sujeito deixa para lá. Está prestes a ser pai.

Ele tem um filho. Volta para o trabalho.

Em uma manhã quente de agosto.

Aqueles lábios que, por um instante, ele quis beijar, estão agora sujos de sangue.

E a mulher está falando em trocar-lhe a pele.

– Tem uma coisa que você precisa deixar pra trás – disse Molly.

– Não sei do que está falando. Este prédio está pegando fogo. Precisamos sair daqui. *Agora!*

Ela se aproximou ainda mais dele. Os lábios. Ela sorria levemente.

– Tenho outra saída, se quiser me acompanhar – disse ela.

– Como?

– Não vai doer tanto.

Será que ela conhecia mesmo outra saída?

Não importava. Jamie confiara nela antes, e acabou com a mão destroçada feito um frango assado. Não ia cair naquela cilada duas vezes. Podia até trabalhar como relações-públicas, mas não era nenhum imbecil.

Molly estava mais perto agora. Apesar da água borrifada do teto, ele conseguia sentir seu cheiro. O odor ferroso de sangue.

Então, Jamie fez a única coisa que conseguiu imaginar: empurrou-a. Com força. Como se fossem duas criancinhas em um playground.

Ela tropeçou e caiu de costas.

Jamie disparou na toda.

Keene abriu a despensa do corredor e levantou o fundo falso de compensado. Lá estava sua arma extra. Um Ruger Six Special, prata, calibre 38. Nunca imaginou que fosse precisar dele ali em Porty. Não foi nada fácil conseguir um. Ele o comprou com um gordo de Haddington chamado Joe-Bob, por menos provável que parecesse. No entanto, Keene o escondeu meses antes. Era difícil quebrar as Regras de Moscou, embora já fizesse muitos, muitos anos que ele saíra da CIA.

Crie as oportunidades, mas use-as comedidamente.

Enfiou o revólver na cintura, próximo à lombar. E, enquanto subia as escadas, lembrou-se de outro velho ditado da espionagem:

Qualquer um corre o risco de estar sob o controle do inimigo.

E, ao tocar na maçaneta e pensar em matar McCoy...

A habilidade do ser humano de racionalizar a verdade é ilimitada.

A descida de volta não foi totalmente ruim; Vincent só caiu uma vez e derrubou Rickards duas. Se Rickards perguntasse depois, Vincent planejava encolher os ombros. *Sei lá como esses hematomas foram parar em você, cara!* Vincent estava com os músculos trêmulos e uma grande dificuldade respiratória. Mas não dava para se sentar e tomar um ar. Quanto mais tempo ficassem ali nas escadarias, maiores as chances de eles morrerem.

Os caras do corpo de bombeiros da Filadélfia começavam a chegar quando Vincent atingiu o térreo. Corriam rapidamente pelo saguão e pela calçada lá fora. Que merda. Dois caras bem equipados, com machadinhas e máscaras de ninja se aproximaram deles e tentaram tirar Rickards das mãos de Vincent.

Vincent puxou de volta e os advertiu:

– Fomos atingidos por agentes tóxicos. Precisamos de uma equipe especializada em toxinas ou a Segurança Nacional, ou sei lá quem vocês têm de chamar em casos como esse!

– Onde?

– Eu estava lá no décimo sexto, na escada de incêndio do lado norte. Avise logo aos seus colegas antes que eles corram para lá.

– E a outra saída?

– Não faço ideia. E olha só, tem gente lá em cima. Ouvi gritos.

– Em que andar?

– Não sei. Bem mais acima de onde eu estava. Pode ter sido em qualquer lugar.

– Tudo bem, vamos! Andem! Andem!

Pronto, aviso dado... agora ele precisava levar Rickards ao banheiro e achar a porcaria do manual de *Terrorismo*. Não havia como prever quanto tempo os cientistas levariam para chegar e analisar a coisa. Se ele sobrevivesse – caso não fosse sangue, o que sentiu escorrer pelo rosto, embora desconfiasse de que era – Vincent tinha certeza de que enfrentaria várias semanas sendo submetido a exames de sangue, coleta de material da bochecha interna, sondas anais. O filho ficaria deslumbrado. Faria várias perguntas. A dúvida era a seguinte: Um pai deveria falar sobre uma coisa dessas com um filho? Seria instrutivo?

Vincent Marella faria duas coisas depois que tudo aquilo tivesse acabado.

Definitivamente ia pedir as contas.

E jogaria *Center Strike* no lixo, mijaria em cima e tocaria fogo.

* * *

Com a mão boa, Jamie teclou o código de destrave da porta e a abriu na toda. Apressou-se pelo corredor pequeno e ficou imediatamente confuso. Por que estava escuro ali fora? Não conseguiu abrir a porta da sala mais próxima – estava trancada – mas olhou pelas venezianas da janela para as janelas externas.

Não estava escuro. Era fumaça.

E isso porque *o prédio estava pegando fogo*.

Conseguiu ver os fachos de luz vermelha no céu. Caminhões do corpo de bombeiros.

Que desgraçado aquele David Murphy!

Espere. Preocupe-se com isso mais tarde. Jamie precisava ir para outro lugar, bem longe de Molly. Já que havia dado uma volta nela conseguiria chegar à outra saída de emergência. Talvez houvesse explosivos lá também. Talvez não. Mas era sua única alternativa.

Não é verdade, DeBroux. Molly disse que tinha uma saída.

É, mas também disse que não ia "doer tanto".

É isso.

Mas, se Molly conhecia outra saída, é porque havia mesmo. Talvez ele conseguisse se esconder por tempo suficiente para descobrir. Observaria Molly escapando e então a seguiria pela tal saída. Ou as duas coisas.

O importante era não parar.

Jamie foi para a direita. Se conseguisse chagar às salas e baias abandonadas, poderia usá-las para se esconder e esperar ouvir os passos de Molly (pés descalços no carpete?, boa sorte, parceiro!) e por fim, daria a volta, chegaria à outra porta, pegaria o hall dos elevadores e iria para a outra saída de emergência.

Além do mais, o outro caminho – em direção à sala de David – era um beco sem saída.

A única coisa que ele podia fazer agora era encaminhar-se para o outro lado do andar. E também controlar a respiração. Os pulmões estavam bombeando com muita força. Precisava se acalmar. Inspirar pelo nariz, expirar pela boca. Inspirar pelo nariz, expirar pela boca.

Do outro lado do escritório, Jamie avistou a caixa branca com o pequeno desenho de um coração.

Espere. Havia outra coisa que ele podia fazer, *sim*!

Abriu o painel frontal. Leu rapidamente as instruções. Agarrou as pás com as duas mãos, nem se importou com a mão machucada – aguentaria a dor por um tempinho – e usou o polegar bom para alcançar o botão de descarga. O troço soltou um ganido estridente.

Teria de esperar um minuto.

Jamie encostou-se no painel, com as pás nas costas.

Molly estava parada no corredor.

– Você nunca respondeu à minha pergunta – ela disse.

Keene abriu a porta e disparou o Ruger.

Não dava para ser bonzinho. Alguma coisa dizia a Keene que McCoy perceberia um ardil em um microssegundo.

A bala, no entanto, acertou a parede. Algo atingiu-lhe o antebraço, rasgando-lhe a pele e o músculo. Um facão de carne.

– Ah, filho da puta.

O revólver caiu da mão de Keene. Keene jogou o peso do corpo para entrar na sala. A porta bateu em McCoy. Keene rodopiou e deu um chute tão forte nos testículos de McCoy, que o fez cambalear para trás. McCoy bateu a cabeça na quina de uma cômoda de carvalho.

Com a dor cada vez maior no antebraço, Keene caiu para trás. Caiu de bunda no chão. Não era para um simples corte provocar tamanha dor.

Ou McCoy estava preparado para o golpe ou então não tinha testículos, pois se refez muito depressa. Abriu a última gaveta perto dele. Enfiou a mão embaixo de uma pilha de seis camisetas. Sempre com suas camisetas. A de cima tinha uma estampa que dizia: THE BAD PLUS.

Escondera um revólver ali. Era um Ruger, também.

Crie as oportunidades, mas use-as comedidamente.

Ambos foram treinados com os velhos e clássicos conceitos.

– Fez um bom passeio? – perguntou McCoy, e atirou contra o peito de Keene.

– Venha comigo – disse ela.

– Não – respondeu Jamie. Tentando manter a respiração sob controle.

– Não precisa fingir, Jamie. Posso te dar tudo que quiser.

Quantos segundos se passaram? Dez? No máximo?

Mantenha a calma.

Mantenha-a falando.

Molly começou a se dirigir até ele.

– Venha comigo e poderemos sair deste prédio. Agora mesmo.

– Não. Só depois que você me disser o que está acontecendo aqui. Porque o pessoal todo teve de morrer.

– Que importância tem isso? Vai escrever um livro sobre a história? – perguntou ela, sorrindo.

Jamie ouvia o ganido estridente. Estaria Molly ouvindo também?

– Quero saber – respondeu Jamie.

Molly estava a poucos metros. Jamie fingiu recostar-se contra a parede, assustado. O que não era difícil de se fazer.

Já teria se passado meio minuto?

– Isso aqui é só uma empresa. Somos meros empregados. Serei promovida. Não apenas por mim. Por nós dois. E agora quero saber se você vem comigo.

– Como posso simplesmente deixar minha vida pra trás?

– Será uma vida, mesmo, que te fará falta?

Atrás dele, alguma coisa fez um clique.

Ela tocou-lhe o peito.

Sorriu.

Jamie pressionou as pás do desfibrilador cardíaco contra o peito de Molly e apertou os cabos plásticos. Rezou para que tivesse dado tempo suficiente.

Tinha dado.

– Fez um bom passeio?

Ouviu-se um estalo bem alto.

Ela gritou. O choque arremessou-a para trás, cruzando o corredor. No chão, ela parecia uma marionete com os fios cortados.

Jamie largou as pás. Deus abençoe a CIPA, que começara a exigir que os prédios com mais de vinte andares, no centro da cidade da Filadélfia, tivessem esses equipamentos. Até mesmo os andares abandonados dos prédios.

O choque não seria suficiente para matá-la. Apesar da distância, dava para ele ver o peito de Molly se mover. Mas ganharia tempo para bolar um jeito de sair daquele andar.

Nem que para isso tivesse de levantar uma mesa e jogá-la contra o vidro. Sinalizar para os bombeiros, avisando que tinha gente ali em cima precisando ser resgatada.

A sala de reunião era sua melhor aposta. Talvez pudesse usar aquela arma para atirar contra o vidro. Ai, droga! Idiota! Por que não pensou nisso antes? Era para atirar no vidro e arremessar os móveis pela janela. Primeiro, uma cadeira, para chamar atenção. Depois, se preciso fosse, a própria mesa de reunião.

Jamie começou a cruzar o corredor mas parou, ao sentir algo na perna da calça.

Dedos.

Puxando para baixo.

– Você – disse Molly – nunca respondeu à minha pergunta.

Keene sabia que a lesão era fatal. Não lhe restava muito tempo. A bala provavelmente atingiu várias artérias. Dava para visualizar o interior do peito com mangueiras em miniatura vazando sem parar e um cardiologista imaginário erguendo os braços e gritando em desespero. *O que vou fazer agora? Não consigo dar jeito nisso, minha gente!*

Ele sentia, também, uma dor no traseiro.

Literalmente. Algo duro, pressionado contra a parte macia e carnuda da nádega.

– Descobriu agora ou já fazia algum tempo que sabia? Acho que acabou de descobrir.

Keene olhou para McCoy. Seu amante estampava um sorriso de escárnio. Estranhamente, Keene sentiu prazer ao ver aquele sorriso. Sentiu tesão.

– Não vou me sentar aqui e te explicar tudo – disse McCoy. – Detesto isso.

– Pois é – disse Keene. Ou pelo menos ele achou ter dito. Deve ter sido só mentalmente.

– Só que vou te contar uma coisa. E é um lance pessoal, embora tenha uma pequena ligação com o lado profissional.

– Pois não?

McCoy. Sempre prolongando as coisas. Obrigando os interlocutores a perguntar "o quê?" ou "pois não?" ou algo assim. Mesmo enquanto Keene estava ali, sentado, morrendo.

– Não sou gay.

Keene tocou no Ruger sob a bunda. Teve forças para levantá-lo. Logo, obviamente, teve força para apertar o gatilho. Repetidamente. Usou os cinco últimos tiros.

A maioria das balas atingiu McCoy. Apenas uma não o acertou, totalizando duas balas que o próximo usuário daquele apartamento teria de extrair das paredes.

Caso os dois estivessem sendo observados naquele momento – o que era absurdo, mas não impossível – as pessoas se sentiriam tentadas a concluir que tudo tinha sido por causa do comentário sobre a homossexualidade. No entanto, ao sentir sua força vital se esvair, Keene negou mentalmente, dizendo ter sido profissional até o fim.

Era seu trabalho.

Como sempre.

Afinal...

A habilidade do ser humano de racionalizar a verdade é ilimitada.

* * *

Molly o empurrou contra a parede.

Tentou novamente paralisá-lo com os dedos, mas as mãos estavam escorregadias com o sangue. Jamie escapou e tentou se arrastar no chão. Sentiu a mão de Molly no cós da calça. Jamie deu um chute para trás, atingindo-lhe a perna. Ela expirou, agarrou-lhe o tornozelo e o virou; chutou-lhe o peito com o calcanhar.

Parecia que alguém tinha girado uma válvula no peito dele. Jamie ficou sem respiração. Não conseguia inspirar. Tampouco expirar. Os dedos arrastavam-se pelo carpete involuntariamente, enviando ondas de agonia pela mão lesionada.

Mas Jamie não estava exatamente pensando nisso, pois o pior de tudo era que *ele não conseguia respirar.*

Então Molly começou a arrastá-lo pelo chão.

A quase setenta quilômetros de Edimburgo, em uma tranquila casa de cômodos nos arredores de Madison, Wisconsin, uma mulher de camiseta e calça jeans assistia ao vídeo de um homem alvejando o amante.

Alguns minutos depois, o atirador – um agente usando o nome de Will Keene – pareceu morrer também. Foi um final repentino e chocante de vários meses de vigilância. Ela não tinha certeza do que aquilo se tratava; os superiores nunca lhe contaram. Apenas os observe, disseram-lhe. E foi o que fez. O mais frequentemente possível. Era um par interessante de se observar. Parecia um casal de velhinhos. Ela jamais imaginou que fosse terminar assim. Eles pareciam se gostar. Mas *pou!*. Lá estava – a briga, a faca, as armas, e a breve conversa antes dos tiros derradeiros.

Foi tudo porque o outro disse que não era gay, pensou.

A mulher pegou o telefone e ligou para o diretor. Precisariam enviar uma equipe.

Durante a espera telefônica, ela rapidamente pensou quem seria o próximo objeto de investigação. Então lhe veio pizza à cabeça.

– Se quiser vir comigo, abaixe a cabeça uma vez – disse Molly.

Jamie não tinha escolha. Jamie não tinha ar.

Ela o arrastara por poucos metros. Estavam na sala de reunião. Ele reconheceu o teto. Sentiu nas costas o calor do chão. A fumaça subia e rolava pelos janelões.

– A qualquer momento você vai perder a consciência.

Jamie fez que sim.

Ela apertou-lhe o peito com a mão. A válvula misteriosa foi liberada. O ar tentou entrar e sair dos pulmões dele ao mesmo tempo. Jamie virou-se de lado, se encolheu e vomitou.

– Isso. Isso mesmo – dizia Molly. – Respire. A sensação já, já vai passar.

O chão estava tão quente agora que Jamie imaginou o próprio vômito fervendo em questão de segundos. Reaquecendo seu desjejum. Aqueles biscoitinhos Chessmen.

Ela estava agora massageando-lhe as costas. Jamie abriu os olhos e viu duas pessoas deitadas no chão. Uma mulher, só de sutiã. Caída sobre um cara de terno. Nichole... e David? Molly o virou de barriga para cima novamente e, com um guardanapo que ela devia ter pegado na mesa, limpou-lhe os lábios.

– Não me leve a mal, mas acho que só vou beijá-lo depois que tiver escovado os dentes.

Jamie sentia uma ardência na boca e na garganta. E os pulmões pareciam ainda estar prestes a explodir. O resto do corpo estava paralisado. Foi perdendo a sensibilidade às coisas mais corriqueiras. A pele esfriou. As pernas ficaram dormentes. Um suor frio começou a escorrer pela testa. Seria possível que ele fosse morrer, depois de tudo aquilo?

– Uma última coisa, Jamie. Teremos de deixar para trás algo seu. Algo de que os investigadores possam colher DNA mais tarde. Sangue não vai adiantar, pois se queima logo. Tem de ser alguma coisa que os impeça de ir à sua busca.

Vá se foder. Deixe que eles me encontrem. A mim, ao David, Nichole, Stuart, Amy e Ethan. Deixe que eles encontrem todos que foram trazidos aqui nesta manhã para morrer; deixe que desvendem o que se passou. Se fosse para morrer, Jamie queria que Andrea e Chase soubessem o que aconteceu. Não queria que Chase crescesse pensando, *Um dia meu pai saiu e não voltou mais*.

– Tô achando que sua mão é uma boa ideia.

– O quê? – resmungou Jamie.

– Já está ferrada, mesmo. Sei que você é escritor, mas vou ficar ao seu lado ajudando. Você dita e eu digito. – Molly sorriu. – Afinal, tenho ampla experiência como assistente executiva.

– Não.

– Posso deixar seu braço dormente. Só não posso prometer que não vai doer, mas não vai ser tão ruim quanto imagina. Pode fechar os olhos e deixar tudo comigo.

– *Não*.

– Não temos tempo a perder – ela disse e se levantou. – Se tem outra parte do corpo em mente, diga logo.

Molly virou-se em direção a um canto da sala de reunião. Tirou o cabelo molhado do rosto, da melhor forma que pôde. Ajeitou o sutiã e a calcinha, como se ajeitasse um terninho ao sair do trem após enfrentar uma longa jornada pela cidade. Então fez a coisa mais esquisita de todas: falou com um fantasma no canto da sala:

– Namoradinho, estou pronta.

A mulher é pirada, pensou Jamie.

Pirada mesmo!

– Você assistiu a uma demonstração de minhas habilidades. Viu o que sei fazer, a rapidez e a resolução com que reajo aos imprevistos. No fim, apesar de todos os entraves, atingi meus objetivos. Espero que você me ache criativa e determinada; uma agente capaz de lidar com qualquer desafio que encontra pela frente.

Com quem diabos ela estava falando? Com as vozes imaginárias em sua cabeça que a mandaram matar, matar, matar?

– Em nossas conversas, você prometeu ajuda para escapar e refúgio quando eu completasse minha demonstração, caso achasse meu desempenho satisfatório ou algo melhor. Agora eu pergunto: Você acha que sou merecedora?

Jamie rolou no chão, virando-se, em busca de outro par de pernas. Talvez tivesse mais alguém ali na sala de reunião. Talvez um helicóptero estivesse sobrevoando lá fora, esperando-os agarrar uma escada de corda e levá-los para um lugar seguro.

Só que não tinha mais ninguém na sala. Apenas os dois e os colegas mortos. Stuart não se movera sequer um centímetro desde que caíra morto horas antes. David devia ter finalmente morrido com o tiro na cabeça. Ou outra coisa. Talvez Nichole tivesse dado cabo dele. Mas quem a matara?

– Acha? – ela perguntou ao canto da sala de reunião.

Molly, é claro. Molly tinha matado todo mundo. Um por um. Por que o estava poupando?

Por causa da tentativa de um beijo depois de uma bebedeira em uma noite alguns meses antes?

– *Por favor*, me responda – ela suplicou.

Jamie virou-se de barriga para baixo e, com a mão boa, impulsionou-se e ficou de joelhos. Agora conseguia ver Nichole e David mais claramente. E, mais importante, conseguia ver o revólver no chão, sob o rosto de Nichole. O cabo estava para fora.

– POR FAVOR, RESPONDA!

A mais de cinco mil quilômetros dali, não havia ninguém que pudesse responder.

A questão era: Será que Jamie conseguiria?

Conseguiria atirar em uma mulher?

Não, não apenas uma mulher. Molly Lewis. Por mais insana que estivesse – e o fato de estar mentalmente incapacitada era outro ponto a se considerar – seria correto atirar em uma mulher que, meses antes, ele queria beijar? Ainda mais depois que a criatura pirou de vez?

Mas Jamie ficou na dúvida. Talvez ela estivesse sã. Havia outras coisas em jogo, muito mais importantes do que ele. Nichole lhe dissera o bastante para que ele chegasse àquela conclusão. A menos que a Home Depot estivesse fazendo uma queima total em seus estoques de armas químicas, explosivos e champanhes envenenadas... não seria possível que aquilo fosse algo maior e mais estranho do que Jamie imaginara?

E que Molly estivesse no centro de tudo?

Jamie olhou para o revólver. Olhou para Nichole, que sabia o que estava acontecendo, mas se recusou a contar.

Se você ainda não sabe, é porque não deve saber mesmo.

Isso foi uma traição sem precedentes!

Ania não estava entendendo nada. Tudo bem, seu teste não tinha sido perfeito. Nada saíra como planejado. Mas seu improviso tinha sido o máximo. E no fim, a missão tinha sido cumprida. Os colegas estavam mortos. Não sobrara nenhum – exceto Jamie. Os explosivos tinham sido detonados, embora não do jeito como planejado; mas o incêndio que extinguiria tudo já estava em progresso. As coisas tinham funcionado. Ela provara seu valor. Merecia uma resposta.

Será que não podiam pelo menos responder?

Será que ela não merecia uma simples sílaba?

Um *sim*?

Ou um *não*?

O silêncio era enlouquecedor.

Ania lembrou-se da mãe, naquele lugar horrível, confiando na promessa de uma vida melhor. Não se preocupe, mamãe. Vou voltar pra cuidar de você, ela prometera.

Ania tinha mentido.

Mentido para *a própria mãe*.

Nenhuma sílaba sequer, e agora ali estava, no local de seus próprios pesadelos, queimando viva, toda ferrada, coberta de sangue, presa com o único homem de quem gostava. O homem que ela prometera apresentar à mãe.

A senhora vai gostar dele. É escritor. Como o Josef.

E ambos iam morrer.

Tentou uma última vez. Uma última súplica para que respondessem. Era o mínimo que lhe deviam.

Ela se dedicara demais àquela missão para acabar daquele jeito.

Sem nada.

Será que ele conseguiria? O revólver estava bem ali, no chão.

Pegue-o.

Essa era a mulher que levara um violento choque de um desfibrilador cardíaco e conseguira se levantar novamente.

Deixe para pensar no certo e no errado depois.

Você precisa parar essa criatura.

Faça isso.

Faça isso *agora*.

As portas da sala de reunião se abriram repentinamente e dois bombeiros de capacete, máscara e machadinha irromperam sala adentro.

– *Preciso de uma resposta!* – Molly gritou para o canto da sala.

– Relaxe, senhora – disse o mais alto. – Estamos aqui para ajudar.

Molly se virou com as mãos para o lado, punhos cerrados. Parecia estranhamente perdida, mesmo para uma mulher praticamente nua e ensopada de sangue.

– Não – respondeu Molly. – Estão aqui para me punir.

Olhou para o canto da sala e disse ao amigo invisível:

– Vou mostrar que sou merecedora.

Ela então deu três passos para trás e pulou no mais alto, com os pés para o ar.

Os calcanhares estraçalharam a máscara plástica do bombeiro, que saiu cambaleando para trás.

O outro, mais baixo, partiu para cima de Molly com o cabo da machadinha, prendendo-a contra a parede.

Não durou muito. Ela conseguiu erguer a perna, pressionou o pé contra o peito do bombeiro e o atirou do outro lado da sala. Ele bateu as costas na quina da mesa. As garrafas de champanhe se chocaram, fazendo barulho. Os biscoitos escorregaram dos pratos. O bombeiro caiu para a frente, de cara no chão, com os braços estirados.

Nesse instante, o parceiro com a máscara quebrada tinha se refeito e partia para cima.

Molly chutou-lhe a face novamente, quebrando o resto da máscara. Ele gritou.

Jamie ficou de pé e agarrou uma das cadeiras. A cadeira rolou sob ele, e provou ser mais pesada do que parecia.

Mesmo assim, ele a pegou e a jogou contra Molly.

Mirou as costas.

Ela precisava ser parada.

Molly, porém, o pressentiu. Deu uma voadora. Atingiu a cadeira. Jamie cambaleou para trás, sobre os corpos de Nichole e David. Saiu catando cavaco, tentando se afastar dos cadáveres.

Os bombeiros, àquela altura do campeonato, já estavam fartos. Lembraram-se de que as machadinhas tinham lâminas.

O mais baixo partiu para cima de Molly, mirando-lhe o peito. Ela ergueu o antebraço para bloquear e a lâmina partiu seu bracelete, que acabou caindo no chão. Só que o golpe atingira a carne. Molly soltou um grito. Agarrou o punho e se inclinou para a frente.

O bombeiro mais alto aproveitou e enfiou a machadinha nas costas de Molly, na parte mais alta à esquerda. Ela deu alguns passos à frente, cambaleando, e então caiu.

Ninguém falou nada por alguns instantes. A fumaça continuava a se espalhar pelo prédio. O ar na sala de reunião estava impregnado.

Molly jazia no chão, com a bochecha pressionada contra o carpete, olhando fixamente para Jamie.

Ele pensou naquela noite alguns meses antes, a noite da bebedeira quando a acompanhou ao carro. Ela o olhara do mesmo jeito.

Só que agora alguma coisa estava diferente.

Agora ela fazia um bico.

Mandando-lhe um beijinho.

Antes de fechar os olhos.

O bombeiro mais baixo ajoelhou-se perto dela. Retirou as luvas. Pressionou dois dedos curtos contra seu pescoço. Fez um gesto negativo com a cabeça.

– Ok, vamos! – disse o parceiro. Ele então se virou para Jamie. – Tá tudo bem, amigão?

– Tá – Jamie respondeu automaticamente.

Mas não estava tudo bem, é claro.

– Temos de sair daqui. Agora.

– Amigão. Está consciente?

Jamie se levantou. As coisas tinham acontecido muito depressa. Ele então se lembrou do que tentava pegar.

O revólver.

Embora o chefe estivesse morto – o corpo estava bem ali no chão, a cabeça coberta por um halo desordenado de sangue – suas palavras ecoaram.

Acha que pode simplesmente cair fora de um troço desses? Acha que não há ninguém lá fora para garantir que você morra? Para garantir sua morte e a de sua família?

Não sou nenhum assassino, Jamie dissera a David.

Mas a verdade era que ele *podia* ser.

Se fosse pela família.

Jamie se inclinou e tirou o revólver que estava sob o rosto de Nichole. O metal, grudado à sua pele, ainda estava quente. Se bem que, na verdade, tudo ali naquela sala estava muito quente.

Ele se virou para o corpo de Molly. Precisava se certificar.

Precisava cravar uma bala em seu cérebro.

– Opa, *opa*! Qual é, cara! – exclamou o bombeiro mais baixo, agarrando Jamie, que já tinha esticado o braço; conseguiu impedi-lo. O bombeiro não viu que ele segurava uma arma. – Essa aí já era.

– A fumaça tá aumentando pra cacete – constatou o parceiro. Jamie viu os olhos e o nariz sob a máscara estraçalhada. Era um cara jovem.

– Preciso fazer isso – explicou Jamie.

– Não precisa nada.

– Ela...

– Amigão, ela já *era*. Está vindo outra equipe aí. Os caras vão pegá-la. E vão pegar os outros também.

Jamie jogou o revólver no carpete.

Os três saíram do prédio.

AUSENTE DO ESCRITÓRIO

> **Quero apenas passar mais tempo com minha família.**
>
> **– ditado popular**

A descida pelas escadas de incêndio do lado sul pareceu durar uma eternidade. Jamie jamais sentira tamanho calor. Estava certo de que, pelo menos uma vez, ele ia desmaiar. Talvez até duas. Mas contava com o apoio dos braços dos bombeiros, que ele nem sabia como se chamavam. Pensou em perguntar, mas a boca não conseguiu formar as palavras. Ia ter de descobrir mais tarde. Escrever para eles. Agradecer. Pagar uma cerveja para os caras. Apresentá-los a Andrea e Chase. Oferecer-lhes um jantar.

O inacabável movimento de *descida e virada, lance de escadas após lance de escadas* também parecia muito mais longo do que fisicamente possível.

Mas, finalmente, chegaram ao térreo; ao ser acomodado em uma maca, Jamie ergueu o braço na direção de seus salvadores, na tentativa de dar um tapinha de mão ou coisa assim, mas os caras já tinham dado as costas e rumavam de volta, prédio adentro.

Alguém espetou uma agulha em seu braço e cobriu-lhe o rosto com uma máscara, enfiando-o, em seguida, nos fundos de uma ambulância.

Ele começou a adormecer, embora estivesse apenas no meio do dia. Difícil dizer a hora, pois o céu estava negro.

Ele *queria* adormecer. Talvez acordasse de repente e se visse na cama, em sua posição de costume: com o braço esquerdo enfiado sob o travesseiro de Andrea. O cabelo dela, esparramado pelo travesseiro. Seu cheiro inebriante, mesmo no meio da noite. A mão dele sobre o quadril de Andrea. Ou, se estivesse no clima, mais para cima e ao centro.

Então, Jamie adormeceu um pouco, fantasiando estar de volta em casa com Andrea. Chase no outro quarto, o monitor ligado para que escutassem quando ele fizesse o menor movimento e pudessem chegar até ele bem depressa e confortá-lo.

Jamie sentia o cheiro do cabelo de Andrea.

Ou, pelo menos, imaginava.

Espere.

Não.

Não podia adormecer. Ainda não.

Precisava contatar Andrea e dizer que estava bem. Um telefonema, *qualquer coisa*. Provavelmente todos os canais da TV já estavam noticiando o incêndio. Deus, era bem possível que ela conseguisse ver a fumaça da entrada do prédio onde residiam. Ficaria sem entender nada. Checaria os noticiários. Ouviria o que acontecera no 1919. Entraria em pânico. Ele não podia fazer isso com ela.

Jamie sentou-se na maca. Afastou a máscara do rosto. Tirou a agulha do braço.

Enfiou a mão no bolso traseiro para checar se estava com a carteira ou se a tinha deixado lá em cima. Talvez conseguisse fazer sinal para um táxi e chegar em casa em segundos.

Mas em vez da carteira havia um cartão.

E na face, o desenho de um patinho de calças.

Mais tarde, ao evacuarem os andares, os investigadores descobriram algo estranho no trigésimo sexto: um paraquedas de Dacron – material preferido entre os praticantes de saltos esportivos de prédios, antenas, pontes e penhascos – ainda no compartimento, todo queimado. Encontraram o embrulho no chão, mas pelo visto tinha sido enfiado sobre as placas do teto rebaixado no trigésimo sexto andar, logo na entrada da sala de David Murphy, o CEO da Murphy, Knox

& Associates. Com o incêndio, as placas se queimaram e o paraquedas veio a baixo.

Atônitos, os investigadores só conseguiram concluir que se tratava de um aventureiro que, planejando um salto no futuro, guardara ali o equipamento.

Isso, contudo, não explicava o bilhete impresso, encontrado em um envelope no fundo do pacote, dizendo:

PARABÉNS!

O corpo de Paul Lewis foi encontrado naquela tarde, quando policiais chegaram à casa dos Lewis com a notícia do desaparecimento da esposa. Surpreenderam-se, ao encontrá-lo morto, com pedaços de batata ainda quase inteiros na boca.

Os exames de sangue nada revelaram; a morte foi dada como acidental.

Alguém informou a um jornalista. No final da semana, mais de quarenta e sete jornais contavam a curta e triste história do casal azarado.

Não divulgaram nenhum nome, de forma a não comprometer inocentes.

Jamie correu pela rua Vinte, à caça de um orelhão. Lembrava-se de um na esquina da rua Arch, perto de uma lanchonete que tinha passado por recentes melhorias e se tornado chique – cobrando nove dólares por um hambúrguer e incorporando sete tipos de Martini ao cardápio.

Olhou para trás rapidamente. O topo do prédio 1919 estava agora um inferno em chamas, com tanta fumaça que parecia que todo o centro da cidade estava pegando fogo. Era como se tivessem vendido todo o local para o capeta.

A agitação era tamanha que ninguém percebeu que ele tinha abandonado a ambulância e começado a caminhar.

Para casa.

Havia um telefone na rua Arch, exatamente como ele se lembrava. O fio de aço ligando o fone à caixa estava todo ferrado, mas o aparelho ainda tinha sinal. Jamie digitou o código do cartão de chamadas e em seguida o número de casa. No terceiro toque, entrou a secretária eletrônica.

Oi, você ligou pra gente. Sabe quem a gente é, pois está ligando. Deixe seu recado e um de nós vai retornar. Se der vontade.

Jamie, dando uma de engraçadinho.

Biiipe.

– Querida, sou eu; se estiver aí, atenda. Não sei se viu as notícias, mas estou bem. Estou fora do prédio, não se preocupe. Você está aí?

Nada.

– Amor, se estiver aí, por favor, atenda.

Nada de Andrea.

– Ok... Estou indo pra casa neste instante. Chego em cinco minutos. Te amo.

Jamie fez uma pausa de cinco segundos, só para garantir. O apartamento deles tinha uma planta estranha: um corredor, a cozinha, a sala de estar e o escritório em um andar; um andar semissubterrâneo com dois quartos conectados por um pequeno espaço. Andrea podia muito bem estar lá embaixo, trocando a fralda de Chase. Era comum.

Mas a essa altura já era para ela ter atendido...

Esqueça. Desligue, vá pra casa, abrace a esposa e o filho. Comece a contar a história que, muito provavelmente, você contará pelo resto da vida.

Então diga-lhe – com a voz mais séria que conseguir fazer – que está na hora de abandonar esse trabalho.

Andrea ia rir disso.

Não ia?

Acha que pode simplesmente cair fora de um troço desses? Acha que não há ninguém lá fora para garantir que você morra? Para garantir sua morte e a de sua família?

Para!

Jamie acelerou a caminhada, passando a todo vapor pelo Instituto Franklin, em seguida pela matriz da Free Library, então pela Starbucks, o antigo edifício Granary, Spring Garden, a antiga loja de vinhos, fechada há muito tempo, e finalmente a lavanderia, que sinalizava sua chegada à rua Green. O caminho da rua Market à rua Green formava, gradualmente, uma ladeira. Quase sempre, ao voltar do trabalho, Jamie chegava ensopado de suor.

Hoje, nada importava. Nem a umidade, o sol, o incêndio. Nada disso.

Quando chegou à porta da frente, Jamie se lembrou: suas chaves.

Droga! Suas chaves. Ficaram na bolsa, no trigésimo sexto andar.

Jamie esmurrou o botão do interfone onde tinha seu nome. Por favor, Andrea, ouça e atenda. Quero ouvir o clique. Sua voz nesta caixa vagabunda de plástico. Jamie apertou o botão novamente.

Nada.

Que ódio!

Apertou outros botões. Os vizinhos, que ele mal conhecia. Não era exatamente um prédio de gente muito sociável. E o fato de terem um bebê também não os tornava muito queridos.

Ah, por favor! Alguém atenda! Quero ouvir um clique.

Por favor!

Esqueça. Jamie desceu as escadas da frente, pegou uma pedra grande em um quadrado de terra perto de uma árvore, subiu de volta as escadas e a arremessou contra o vidro. Enfiou a mão, destrancou a porta e continuou, rumo ao seu apartamento. Depois pagaria pelos danos. Com o maior prazer do mundo. Sorriria ao fazer o cheque.

O apartamento ficava no final do corredor, mais para os fundos. Estava prestes a usar a mesma técnica – dar um chute e depois pagar pelo estrago – mas viu que a porta já estava entreaberta.

Andrea jamais a deixava aberta.

Tinha medo da Filadélfia.

Vou garantir que eles estuprem sua mulher bem gostoso! Vão esfolar seu filho vivo! Na frente dela!

Ele cruzou o corredor às pressas, passou pela cozinha, entrou na sala de visitas onde a TV estava ligada no noticiário local, cobrindo o incêndio com helicópteros e repórteres espalhados pela rua, fazendo perguntas malucas sobre o que acontecera, mas Jamie não deu a mínima. Queria ver Andrea e Chase *imediatamente*. Arremessou-se pelas escadas de madeira, que rangiam loucamente, que levavam ao quarto deles. Estava escuro lá embaixo, o que era comum. Andrea mantinha as luzes bem baixas enquanto Chase dormia.

– Andrea! – Jamie gritou.

Ouviu algo vindo do quarto do bebê.

Um choro baixinho.

Um pequeno murmúrio.

Ai, graças a Deus!

Jamie foi até a porta e olhou para dentro do quarto de Chase. Andrea estava lá, na cadeira de balanço de madeira, segurando Chase nos braços, cantarolando para ele. Só que parecia estranha. Estava só com as roupas de baixo.

– Andrea?

O quarto estava escuro. Precisava vê-los. Tocá-los. Sentir o cheiro deles.

Suas mãos encontraram o interruptor. Mas antes que conseguisse acender as luzes, ela falou:

– Você não me contou que ele era a sua cara.

Jamie acendeu as luzes.

E soltou um grito.

AGRADECIMENTOS

O criador de *A indenização* gostaria de parabenizar os seguintes funcionários pelo serviço exemplar:

Diretores Executivos: Meredith, Parker e Sarah Swierczynski, Allan Guthrie, Marc Resnick, David Hale Smith, Angela Cheng Caplan, Danny Baror e Shauyi Tai.

Benfeitores Corporativos: Matthew Baldacci, Bob Berkel, Julie Gutin, Sarah Lumnah, Lauren Manzella, Andrew Martin, Matthew Sharp, Eliani Torres, Tomm Coker, Dennis Calero e toda a equipe da editora St. Martin's Minotaur.

Parceiros Silenciosos: Axel Alonso, Ray Banks, Lou Boxer, Ed Brubaker, Ken Bruen, Aldo Calcagno, Jon Cavalier, Nick Childs, Michael Connelly, Bill Crider, Paul Curci, Albin Dixon, Padre Luke Elijah, Loren Feldman, Ron Geraci, Greg Gillespie, Maggie Griffin, Paul Guyot, Ethan Iverson, Jon e Ruth Jordan, Jennifer Jordan, McKenna Jordan, Deen Kogan, Terrill Lee Lankford, Joe R. Lansdale, Paul Leyden, Laura Lippman, Michelle Monaghan, H. Keith Melton, Karin Montin, Edward Pettit, Tom Piccirilli, Will Rokos, Greg Rucka, Warren Simons, Kevin Burton Smith, Mark Stanton, David Thompson, Andra Tracy, Peter Weller, Dave White e todos os meus amigos e parentes.

Impressão e Acabamento:
GRÁFICA STAMPPA LTDA.
Rua João Santana, 44 - Ramos - RJ